Sir Arthur Conan Doyle
(1859-1930)

Sir Arthur Conan Doyle nasceu em Edimburgo, na Escócia, em 1859. Formou-se em Medicina pela Universidade de Edimburgo em 1885, quando montou um consultório e começou a escrever histórias de detetive. *Um estudo em vermelho*, publicado em 1887 pela revista *Beeton's Christmas Annual*, introduziu ao público aqueles que se tornariam os mais conhecidos personagens de histórias de detetive da literatura universal: Sherlock Holmes e dr. Watson. Com eles, Conan Doyle imortalizou o método de dedução utilizado nas investigações e o ambiente da Inglaterra vitoriana. Seguiram-se outros três romances com os personagens, além de inúmeras histórias, publicadas nas revistas *Strand*, *Collier's* e *Liberty* e posteriormente reunidas em cinco livros. Outros trabalhos de Conan Doyle foram frequentemente obscurecidos por sua criação mais famosa, e, em dezembro de 1893, ele matou Holmes (junto com o vilão professor Moriarty), tendo a Áustria como cenário, no conto "O problema final" (*Memórias de Sherlock Holmes*). Holmes ressuscitou no romance *O cão dos Baskerville*, publicado entre 1902 e 1903, e no conto "A casa vazia" (*A ciclista solitária*), de 1903, quando Conan Doyle sucumbiu à pressão do público e revelou que o detetive conseguira burlar a morte. Conan Doyle foi nomeado cavaleiro em 1902 pelo apoio à política britânica na guerra da África do Sul. Morreu em 1930.

Livros do autor na COLEÇÃO **L&PM** POCKET

Aventuras inéditas de Sherlock Holmes
A ciclista solitária e outras histórias
Um escândalo na Boêmia e outras histórias
O cão dos Baskerville
Dr. Negro e outras histórias
Um estudo em vermelho
A juba do leão e outras histórias
Memórias de Sherlock Holmes
A nova catacumba e outras histórias
Os seis bustos de Napoleão e outras histórias
O signo dos quatro
O solteirão nobre e outras histórias
O vale do terror
O vampiro de Sussex e outras histórias

SIR ARTHUR CONAN DOYLE

AVENTURAS INÉDITAS DE
SHERLOCK HOLMES

Tradução de LIA ALVERGA-WYLER

www.lpm.com.br

L&PM POCKET

Coleção **L&PM** POCKET vol. 70

Texto de acordo com a nova ortografia.

Título original: *The Final Adventures of Sherlock Holmes*

Este livro foi publicado pela L&PM Editores em formato 14x21cm, em 1988.
Primeira edição na Coleção **L&PM** POCKET: agosto de 1997
Esta reimpressão: junho de 2015

Tradução: Lia Alverga-Wyler
Capa: Marco Cena
Revisão: Ruiz Faillace e Delza Menin

D754b

Doyle, Arthur Conan, *Sir,* 1859-1930
    As aventuras inéditas de Sherlock Holmes / Arthur Conan Doyle – tradução de Lia Alverga-Wyler. – Porto Alegre: L&PM, 2015.
    256 p.; 18 cm (Coleção L&PM POCKET; v. 70)

ISBN 978-85-254-0670-5

1. Ficção inglesa-Romances policiais I. Título. II. Série.

CDD 823.72
CDU 820-312.4

Catalogação elaborada por Izabel A. Merlo, CRB 10/329.

© da tradução, L&PM Editores, 1997

Todos os direitos desta edição reservados a L&PM Editores
Rua Comendador Coruja, 314, loja 9 – Floresta – 90.220-180
Porto Alegre – RS – Brasil / Fone: 51.3225.5777 – Fax: 51.3221.5380

Pedidos & Depto. Comercial: vendas@lpm.com.br
Fale conosco: info@lpm.com.br
www.lpm.com.br

Impresso no Brasil
Inverno de 2015

ÍNDICE

Introdução de Peter Haining 9

A verdade sobre Sherlock Holmes 32
O mistério da casa do tio Jeremy 49
Bazar no campus 95
O caso do homem dos relógios 99
O caso do trem desaparecido 118
O caso do homem alto 138
Os apuros de Sherlock Holmes 149
O caso do homem procurado 160
Alguns dados pessoais sobre Sherlock Holmes 188
O caso do detetive medíocre 198
O diamante da coroa 201
O aprendizado de Watson 216

Apêndice
Uma morte espetaculosa 219
O mistério de Sasassa Valley 226
Minhas aventuras favoritas de Sherlock Holmes 241

"Tem-se questionado se as Aventuras de Holmes ou se a capacidade narrativa de Watson decaíram com a passagem do tempo. Quando se bate nessa tecla, por mais variada que seja a melodia, subsiste o perigo da monotonia. A mente do leitor está menos fresca e receptiva, o que pode injustamente predispô-lo contra o autor. Estabelecendo-se um paralelo com grandes obras, Scott, em suas notas autobiográficas, comentou que cada novo panfleto que Voltaire publicava era considerado inferior ao anterior e, no entanto, quando todos foram reunidos numa coletânea, concluiu-se que eram brilhantes. Algumas das melhores obras de Scott também foram depreciadas por seus críticos. Assim, com exemplos tão ilustres, gostaria de guardar a esperança de que aqueles que futuramente lerem a minha série de trás para diante não concluam que suas impressões são muito diferentes das de seu vizinho que a leu na ordem correta."

De "Sherlock Holmes a Seus Leitores", revista *Strand*, março de 1927, suprimido por *Sir* Arthur Conan Doyle quando usou o ensaio como prefácio de *Histórias de Sherlock Holmes*.

> Para John Bennett Shaw "Arquivista" e W.O.G. Lofts "Pesquisador-mor".

Introdução

"Em algum canto da caixa-forte do banco Cox & Company, em Charing Cross, existe uma mala de metal muito viajada e gasta com o meu nome na tampa. Está repleta de papéis, que são em sua maioria registros de casos que ilustram os curiosos problemas que em várias ocasiões o sr. Sherlock Holmes precisou resolver."

Assim escreveu o dr. Watson em *The Problem of Thor Bridge* e o maior desejo dos sherlockianos do mundo inteiro é que esses fantasiosos documentos venham à luz e sejam finalmente publicados. Naturalmente, muitos outros escritores além do respeitado *Sir* Arthur Conan Doyle já tentaram criar novas aventuras para o Mestre dos Detetives e o seu fiel cronista – e não poucos se basearam em sugestões e pistas de histórias existentes –, mas como no caso de todo homem original (o que Holmes inegavelmente é) nenhuma imitação pode jamais suplantar o modelo. Pois será que alguém ousaria negar que em menos de um século Sherlock Holmes se tornou um dos três personagens mais famosos da literatura, sendo os outros dois Hamlet e Robinson Crusoé?

De acordo com o critério geralmente aceito, as Aventuras Completas de Sherlock Holmes consistem em sessenta casos – cinquenta e seis contos e quatro noveletas. Mas, conforme este livro irá demonstrar, e mais de um especialista sherlockiano já declarou[1], existem de fato mais *doze* manuscritos que deveriam com justiça ser incluídos nesse

---

1. Um importante estudo desses manuscritos restantes é o ensaio em duas partes de Peter Richard, "Completing the Canon", que apareceu em *The Sherlock Holmes Journal*, invernos de 1962 e 1963. Houve também "Postscript", primavera de 1964. Nesses artigos o sr. Richard faz uma defesa habilidosa da inclusão de cada uma das histórias adicionais, e tenho prazer em reconhecer a minha dívida para com o seu trabalho nas minhas pesquisas e nas conclusões a que cheguei ao preparar esta coleção.

cânone. Na realidade, *Sir* Conan Doyle nos deixou de seu detetive imortal setenta e dois manuscritos, todos essenciais à compreensão global do gênio de Holmes. As razões de esses doze manuscritos terem sido omitidos serão discutidas aqui em detalhes, uma a uma. Eles estão sendo reunidos em livro pela primeira vez, e como tal constituem um adendo essencial à edição definitiva em dois volumes. A reunião desses manuscritos raros e de difícil obtenção naturalmente exigiu um considerável trabalho de detecção pessoal – tal era a sua obscuridade –, e companheiros sherlockianos, tanto britânicos quanto americanos, me auxiliaram nessa pesquisa para que pudéssemos finalmente oferecer o cânone completo das Aventuras de Sherlock Holmes. É também motivo de satisfação publicar esses manuscritos no quinquagésimo aniversário da morte de Conan Doyle (ele nasceu em maio de 1859 e faleceu em julho de 1930), e foi a passagem de sua obra ao domínio público que permitiu tal publicação.

Se, primeiramente, examinarmos esses manuscritos, poderemos classificá-los como se segue:

a. Dois comentários de Conan Doyle sobre o seu famoso detetive: "A verdade sobre Sherlock Holmes" e "Alguns dados pessoais sobre Sherlock Holmes".

b. Duas paródias de Conan Doyle tendo como protagonista Holmes: "Bazar no campus" e "O aprendizado de Watson".

c. Dois casos sherlockianos: "O caso do homem alto" (completada por outro escritor) e "O caso do homem procurado" (cuja autoria é controversa).

d. Dois contos de Conan Doyle, em que Holmes surge como escritor de importantes cartas à imprensa que ajudam a resolver mistérios frustrantes.

e. Duas peças, um drama em um ato – "O diamante da coroa" – e uma comédia – "Os apuros de Sherlock Holmes" –, em que o ator William Gillette talvez tenha colaborado.

f. Um dos primeiros contos de Conan Doyle, "O

mistério da casa de tio Jeremy", em que os protótipos de Holmes e Watson fazem sua aparição; e um poema, "O caso do detetive medíocre", em que Conan Doyle se dissocia da opinião de Holmes sobre outros detetives literários.

Se porventura algum sherlockiano ardoroso imediatamente refutar a inclusão de dois dos manuscritos arrolados, a saber, "O caso do homem procurado" e "Os apuros de Sherlock Holmes", o total de doze manuscritos continua válido, pois ainda existem duas outras peças completas de Conan Doyle – "Sherlock Holmes" e "A faixa malhada". "Sherlock Holmes" sem dúvida foi escrita por Conan Doyle, embora William Gillette, que a tornou famosa, talvez a tenha revisado em parte; já "A faixa malhada" foi trabalho exclusivo de Doyle, um drama em três atos baseado em um conto de mesmo título. Estes não foram incluídos nesta coletânea, embora inegavelmente façam parte do cânone sherlockiano, simplesmente porque teriam tornado esse volume proibitivamente longo e, o mais importante, ambos podem ser obtidos em edições publicadas por Samuel French Ltd. Assim, em vez disso, incluí neste livro, sob forma de um apêndice, três outros manuscritos sherlockianos, todos de autoria de Conan Doyle. Cada um deles tem especial relevância na composição do retrato do grande detetive.

Por uma questão de abrangência, creio que deveria também mencionar mais uns dois manuscritos encontrados entre os papéis de Conan Doyle por seu biógrafo, John Dickson Carr, quando fazia pesquisas para o seu livro *Life of Sir Conan Doyle* (1949), embora, na minha opinião, não se justifique a sua inclusão neste livro. Num pacote marcado *Envelope XXIX*, Carr nos conta que encontrou um "Mapa dos confrontos de Holmes e Watson com o inimigo" –, mas antes que alguém possa se alvoroçar com essa descoberta potencialmente importante, ele acrescenta: "Isto é uma brincadeira, sem relevância sherlockiana". Mais interessante, no entanto, foram três manuscritos encadernados em cartão grosso que ele encontrou em uma coleção de mais de cinquenta cadernos e livros de citações de Doyle. Continham uma peça em três atos intitulada *Anjos das trevas*, escrita na caligrafia clara e característica do autor. Comenta Dickson Carr:

"Ele escreveu os primeiros dois atos em Southsea em 1889, e o terceiro em 1890, quando Sherlock Holmes já não parecia ter possibilidade de futuro. *Anjos das trevas* é em grande parte uma reconstrução das cenas passadas em Utah em *Um estudo em vermelho*; toda a ação tem lugar nos Estados Unidos. Holmes não aparece nelas. Mas o dr. John H. Watson aparece e muito.

"*Anjos das trevas* apresenta um problema para qualquer biógrafo. O biógrafo, ao menos em teoria, precisa ser um pesquisador incansável; não deve condescender com as gloriosas especulações Holmes-watsonianas que provocaram controvérsia nos dois lados do Atlântico. Mas o demônio da tentação é horrivelmente insistente. Qualquer pessoa que folheie *Anjos das trevas* se sentirá eletrizada ao descobrir que Watson andou ocultando de nós muitos episódios importantes de sua vida.

"Watson, na verdade, praticou medicina em São Francisco. E sua reticência é compreensível; agiu desabonadoramente. Aqueles que suspeitaram da falsidade de Watson com relação às mulheres terão suas piores suspeitas confirmadas. Ou Watson teve uma esposa antes de se casar com Mary Morstan, ou desalmadamente abandonou a pobre moça que enlaça nos braços ao cair o pano em *Anjos das trevas*.

"O nome da moça? Aí reside a nossa dificuldade. Dar-lhe um nome, um nome muito conhecido, seria trair o autor e a personagem. Na melhor das hipóteses estaríamos desacreditando Watson nas questões não matrimoniais; na pior, abalaria toda a saga e proporia um problema que as mentes argutas de Baker Street não conseguiriam resolver.

"Conan Doyle (...) sabia que devia engavetar aquela peça para sempre. Havia boas cenas nela, especialmente as cômicas, que se encontram ausentes em *Um estudo em ver-*

melho; mas uma peça sobre Watson sem Sherlock Holmes deixaria o público estupefato; e jamais foi publicada".

O veredito de Dickson Carr será partilhado, estou certo, por todos os sherlockianos!

Contudo, já me alonguei bastante em questões que não cabem aqui; deixem-me agora esboçar o cenário dos doze manuscritos que realmente completam o cânone. Arrolei-os em ordem de publicação, desde "O mistério da casa de tio Jeremy", em 1887, até "O aprendizado de Watson", escrito em 1924 (excluindo, naturalmente, "A verdade sobre Sherlock Holmes", que Conan Doyle escreveu em 1923, mas que se lê mais oportunamente no início da coleção), e isso abarca todo o período da saga desde o seu nascimento, em 1887, com *Um estudo em vermelho* até *O último adeus*, publicado em 1917. Se essas contribuições forem acrescentadas às sessenta aventuras já arroladas, teremos, finalmente, um fecho triunfante para a vida e os casos autênticos do Mestre dos Detetives.

A VERDADE SOBRE SHERLOCK HOLMES (1923)

Creio que seria difícil encontrar algo mais apropriado do que este ensaio de Conan Doyle para abrir a coletânea dos seus últimos manuscritos sobre Sherlock Holmes – exceto, naturalmente, se conseguíssemos que ele compusesse uma introdução inédita no além. Na realidade, ele o escreveu nos idos de 1923 para a *Collier's*, a editora americana que publicou muitas histórias de Holmes, e o ensaio apareceu no periódico *The National Weekly*, edição pré-natalina de 29 de dezembro de 1923. No texto ele descreve como criou Holmes, suas dificuldades iniciais em encontrar um editor, e em seguida a genuína surpresa que foi a receptividade do público ao seu detetive. Essa popularidade, por sua vez, criou problemas próprios para a sua carreira literária, e ele discorre sobre suas dúvidas de maneira sincera e cativante.

Posteriormente, *Sir* Arthur utilizou dados desse ensaio em sua longa autobiografia esgotada, *Memórias e aventuras* (1924), mas esta é a primeira reedição do texto original.

O MISTÉRIO DA CASA DE TIO JEREMY (1887)

Segundo Conan Doyle admitiu, Holmes e Watson não surgiram inteiramente acabados em sua mente, mas, ao invés, foram se desenvolvendo a partir de reflexões sobre um velho professor de universidade, dr. Joseph Bell, e o gênero policial como um todo. A primeira aparição dos dois sob a forma que hoje conhecemos e apreciamos foi, é claro, no romance *Um estudo em vermelho*, publicado no *Beeton's Christmas Annual,* de 1887. Mas eles já estavam assumindo forma antes disso e fizeram sua primeira apresentação prototípica num conto de Conan Doyle intitulado "O mistério da casa de tio Jeremy", publicado em *Boy's Own Paper*, quase doze meses antes do *Beeton*. É importante observar que, em seu ensaio "A verdade sobre Sherlock Holmes", Conan Doyle refere-se ao fato de ter escrito algumas de suas primeiras histórias para diversos periódicos, inclusive o *Boy's Own Paper*, mas rejeita todos esses esforços e confia que permaneçam "para sempre no esquecimento". Examinando-se "O mistério da casa de tio Jeremy", publicado em sete episódios nos meses de janeiro e fevereiro de 1887, torna-se imediatamente aparente a razão de sua atitude: o conto é, na realidade, um esboço inicial da ideia de um detetive inteligente e engenhoso, com parceiro e tudo, resolvendo um mistério intrigante – a fórmula que traria tanto êxito às histórias de Holmes e Watson. Estudando-se a obra de Doyle, percebe-se que na realidade ele reciclou vários dos seus primeiros temas em obras posteriores: "O mistério de Sasassa Valley", por exemplo, que é reeditado mais adiante neste livro, traz no cerne "um demônio assustador de olhos esbraseados", que afinal é apenas um objeto mais comum. O paralelo com a história de *O cão dos Baskervilles* será óbvio para o leitor. Minha opinião a respeito de "O mistério da casa de tio Jeremy" também é partilhada por um ilustre sherlockiano, James Edward Holroyd, que teve oportunidade de ler os exemplares de *Boy's Own Paper*, hoje extremamente raros e cobiçados, em que a história policial de Conan Doyle apareceu. No *Sherlock Holmes Journal*, primavera de 1967, ele comenta que a história é "notável por evocar vários ecos de Holmes e Watson antes de a primeira aventura de Baker Street aparecer impressa". E prossegue:

"Na história, Hugh Lawrence, o narrador, morava em Baker Street. Seu amigo era John H. Thurston. Não precisaremos lembrar aos sherlockianos que os dois primeiros nomes de Watson eram John H. e que Thurston era o nome do homem com quem ele jogava bilhar no clube. Lawrence, à semelhança de Watson, estudava medicina, enquanto Thurston, à semelhança de Holmes, dedicava-se à química, passava o tempo 'feliz com os seus tubos de ensaio e suas soluções' e tinha até 'um dedo manchado de ácido'... Se 'A casa de tio Jeremy' foi realmente escrita, ou concebida, antes de *Um estudo em vermelho*, todos os paralelos que citei se tornariam precursores da saga e responderiam à pergunta: 'Será que Sherlock Holmes nasceu no *Boy's Own Paper*?'."

Ao ler esta história fascinante, reeditada pela primeira vez em quase cem anos, o leitor encontrará também outros paralelos sherlockianos que não foram citados por Holroyd. Hugh Lawrence, a exemplo de Holmes, cultiva o hábito de estudar pessoas para lhes discernir o caráter, é perito em reinquirição e é indiferente ao charme das mulheres. É também forte, corajoso e engenhoso, e prefere descobrir sozinho os misteriosos acontecimentos em sua casa a chamar a polícia. Creio que o leitor encontrará muitas outras características de "O mistério da casa de tio Jeremy", que foram repetidas em *Um estudo em vermelho* e em aventuras posteriores de Holmes, o que o transforma num legítimo precursor da saga e o qualifica a um lugar no cânone.

As memórias de Sherlock Holmes: "Bazar no Campus" (1896)

O "Bazar no campus", que Conan Doyle escreveu em 1896, é não só uma genuína aventura sherlockiana da fase inicial como também uma das primeiras paródias de Holmes e Watson – o tipo de história que subsequentemente se tornou muito popular com outros autores, e tem ocupado criadores tão diversos quanto J.M. Barie, Bret Harte, O. Henry, Stephen Leacock, R.C. Lehmann, A.A. Milne e Mark Twain, para mencionar apenas alguns. A paródia é uma das duas que o próprio Doyle escreveu; a outra é "O aprendizado de Watson", que também está sendo reeditada nesta coletânea. O "Bazar no campus" é um texto divertido sobre uma conversa entre Holmes e Watson à mesa do café da manhã e foi escrita por Conan Doyle por ocasião da campanha em benefício da Universidade de Edimburgo, onde ele estudou medicina de 1876 a 1881. (O dinheiro destinava-se à ampliação do campo de críquete e Conan Doyle era, conforme sabemos, um entusiasta desse esporte.) Apareceu na revista da universidade, *The Student*, em 20 de novembro de 1896, e foi posteriormente considerada uma "aventura perdida" devido à dificuldade em se encontrá-la.

O caso do homem dos relógios (1898)
O caso do trem desaparecido (1898)

Essas duas histórias policiais de Conan Doyle que apareceram na *Strand* com um intervalo de um mês (julho e agosto de 1898) vêm exercitando as mentes dos sherlockianos há quase cinquenta anos. Já em 1936 eram descritas como "dois episódios suprimidos de Holmes" pelo renomado Christopher Morley, e desde então tem sido intensa a discussão sobre a sua inclusão no cânone. Pessoalmente nunca tive dúvidas e a minha opinião tem sido apoiada de maneira enfática possivelmente pelo maior especialista na saga, o americano Edgar W. Smith, editor de *The Baker Street Journal*, que em 1956 escreveu: " 'O trem desaparecido' e 'O homem dos relógios' são sem dúvida, na minha opinião, material para o cânone. Estou convencido de que foram escritos por Holmes, da mesma forma que 'O caso da juba do leão' e 'O caso do soldado covarde'. Certamente o estilo não é o de Watson; mas lembra muito *O último adeus de Sherlock Holmes*, que muitos, inclusive eu, hoje acreditam ter sido escrito por Holmes".

Conhecendo o prazer dos sherlockianos em discutir quaisquer pontos controversos a respeito do Mestre, não constitui surpresa descobrir que um grande número de artigos vem sendo publicado há anos sobre esta questão, mas quase consensualmente os escritores defendem a opinião de que as duas histórias *fazem* parte do cânone. O eminente sherlockiano inglês, *Lord* Donegall, é um firme defensor desse ponto de vista e citou dois trechos das histórias que liquidam em definitivo o assunto. Ao escrever no *Sherlock Holmes Journal*, inverno de 1969, ele aborda primeiro " O trem desaparecido" e diz: "Mas não pode haver dúvida, mesmo diante do silêncio de Watson, que o 'racionador amador que goza de certa celebridade' (a que se refere a história) e que apresentou uma solução para o caso numa carta publicada no *Times* de Londres em 3 de julho de 1890, era sem dúvida o sábio de Baker Street. Nesse ponto, a evidência da frase de abertura na carta conforme nos foi transmitida é final e conclusiva". Lord Donegall em seguida aborda a segunda história: "Nem pode haver dúvida de que 'o famoso investigador criminal' (mencionado no conto) que igualmente apresentou a solução para o intrigante mistério de 'O homem dos relógios', dois anos depois, era também Sherlock Holmes. Mais uma vez a explicação oferecida – em carta a *Daily Gazette*, provavelmente escrita em fins de março ou princípios de abril de 1892 – não se ajustava perfeitamente aos fatos afinal revelados; e mais uma vez a reticência watsoniana pode ser aceita com base nesse fundamento e na preocupação de Holmes com assuntos mais férteis. Mas a carta em si parece verdadeira – a lógica fria e sistemática do raciocínio sintético empregado, o didatismo condescendente que marca o estilo e o método de expressão da carta atestam seguramente a mão do Mestre". À luz de argumento tão convincente, acho impossível negar que essas duas histórias façam merecidamente parte do cânone sherlockiano completo. (Registre-se que há muitos anos as duas histórias têm sido incluídas em todas as edições francesas das Aventuras Completas.)

O CASO DO HOMEM ALTO (1900)

Este é um manuscrito particularmente incomum e interessante da coletânea sherlockiana, pois é a ideia geral de uma trama para uma aventura de Holmes que Conan Doyle nunca chegou a desenvolver plenamente. Foi encontrada por outro biógrafo de Conan Doyle, Hesketh Pearson, quando pesquisava a volumosa papelada do autor no início da década de 40. Muito oportunamente, ele escolheu as páginas da revista *Strand* para anunciar a descoberta, que foi publicada no número de agosto de 1943: "Entre os papéis de Doyle encontrei o roteiro de uma história de Sherlock Holmes em que o detetive, frustrado pela astúcia do criminoso, é obrigado a apelar para o estratagema de assustar o vilão a fim de obter uma confissão de culpa. Isso é feito com a ajuda de um ator, que devidamente maquiado se faz passar pelo homem assassinado, mete a cabeça fantasmagórica na janela do quarto do assassino e grita seu nome com 'uma voz medonha e sepulcral'. O criminoso tartamudeia de susto e entrega o jogo". Quando Pearson anunciou sua descoberta houve quem imediatamente expressasse dúvidas sobre a autenticidade do roteiro – porém essas foram logo desfeitas por Edgar W. Smith, que rebateu no *The Baker Street Journal*: "Acho que o roteiro é autêntico. Sem dúvida veio da caixa-forte da Cox

& Company!" O manuscrito foi reeditado aqui exatamente como Conan Doyle o deixou e, além de seu valor intrínseco em nos fornecer detalhes de mais um caso de dedução do Mestre, nos fornece um fascinante vislumbre da maneira que o autor escrevia suas histórias, esboçando primeiramente os personagens, a trama e o desfecho antes de desenvolver o conto em si. Em 1947, outro conhecido sherlockiano americano, Robert A. Cutther, assumiu a difícil tarefa de revestir esse esqueleto literário de músculos: o resultado está incluído aqui, e creio que Conan Doyle o teria aprovado.

Os apuros de Sherlock Holmes (1905)

Este é mais um manuscrito esquivo e misterioso da coletânea sherlockiana – uma peça de um ato em que Holmes soluciona um mistério sem dizer uma só palavra! É esquivo porque suas cópias têm sido raríssimas nesses últimos cinquenta anos, e misterioso porque não podemos ter certeza se seu autor foi Conan Doyle ou William Gillette, o ator americano que encenou Holmes pela primeira vez em um palco nova-iorquino em 1899. Desse drama original em quatro atos a que me referi anteriormente, afirma Peter Richard: "Em 1897 Doyle escreveu uma peça com Sherlock Holmes. Tanto Henry Irving quanto Beerbohm Tree consideraram a possibilidade de produzi-la – mas acabaram por deixá-la de lado até que Charles Frohman obteve os direitos para o ator americano William Gillette (...). A peça teve uma vida longa e bem-sucedida e Gillette desempenhou o papel de Sherlock em muitas reapresentações durante uns trinta e cinco anos, inclusive em uma temporada londrina, no Lyceum Theatre em 1901".

Foi em 1905, quando a peça *Sherlock Holmes* já se estabelecera como uma favorita do público, que *Os apuros de Sherlock Holmes* foi apresentada pela primeira vez em Londres, com Gillette no papel principal. Na época, o ator americano estava representando uma nova comédia, intitulada *Clarice*, mas queria um espetáculo curto para entreter o público. Segundo um relato contemporâneo, ele planejara encenar um *sketch* humorístico intitulado *The Silent System*, mas aparentemente este não estava disponível e era preciso encontrar algo que o substituísse. Gillette decidiu que a busca terminara ao se deparar com o personagem com o qual já estava se identificando e que ajudara imensamente a sua carreira – Sherlock Holmes. E neste ponto começam as especulações. Alguns sherlockianos são de opinião que o próprio Gillette escreveu às pressas *Os apuros*, embora não haja manuscrito em seu poder para consubstanciar essa alegação; outros, especialmente Edgar W. Smith, acham que o ator talvez tenha procurado Conan Doyle – de quem se tornara amigo – e pedido que escrevesse rapidamente alguma coisa para ele. Sem dúvida sabemos que Doyle escreveu diversas peças e pastichos nessa época (por exemplo, as já mencionadas *Sherlock Holmes* e *Bazar no campus*), e parece razoável especular que poderia muito bem ter produzido esse *sketch* leve em questão de dias, se não de horas. Também é fato que Holmes estava protegido por direitos de reprodução na Inglaterra e Conan Doyle teria de ser consultado. Em todo caso, a peça foi encenada em 23 de março de 1905, com Gillette e uma certa srta. Barrymore no papel da cliente tagarela de Holmes. A pressa com que a produção foi apresentada nos é revelada por uma crítica do *New York Times* no dia seguinte à estreia: "A srta. Barrymore representou seu papel depois de estudá-lo apenas vinte minutos, o que é um notável feito de memória, e só errou nas falas uma única vez. Durante toda a peça o sr. Gillette não abriu a boca, mas há uma história de escrever papeizinhos e passá-los à srta. Barrymore. Através desse expediente alertava-a das deixas!". Uma observação interessante sobre essa peça há muito esquecida é que o ator que desempenhou o outro papel importante no *sketch*, um criadinho chamado Billy, estava destinado a gozar de uma forma de imortalidade que rivalizava com a de Sherlock Holmes. Seu nome era Charles Chaplin.

O CASO DO HOMEM PROCURADO (1914)

Este é sem dúvida o manuscrito mais controverso dos que estão associados ao cânone. Foi descoberto entre os papéis de Conan Doyle por Hesketh Pearson, e mais tarde publicado nos Estados Unidos com autorização dos executores do espólio de Conan Doyle – no entanto, alega-se que a história foi na realidade obra de um arquiteto inglês aposentado, Arthur Whitaker, que vendeu a trama para Conan Doyle pela ridícula soma de dez libras! Vamos, porém, examinar os fatos. Pearson revelou sua descoberta no mesmo número de *Strand* (agosto de 1943) em que anunciara o achado de "O caso do homem alto". Ali escreveu: "Fiz uma outra descoberta mais interessante: uma aventura completa do grande detetive intitulada 'O homem procurado'. Não está à altura das outras, e Doyle demonstrou sabedoria em deixá-la inédita. No entanto, quando a notícia da minha descoberta chegou aos Estados Unidos, a ameaça de suprimi-la quase criou um incidente internacional, e um fã de Holmes chegou a sugerir que as relações futuras entre os dois países estariam em perigo se esse acréscimo à saga sherlockiana não fosse apresentado ao mundo". Apesar de sua falta de entusiasmo pela qualidade da história, Pearson acrescentou sugestivamente: "A cena de abertura entre Holmes e Watson denuncia a mão do Mestre (...). Na altura em que escreveu essa história, Doyle estava farto de Sherlock Holmes". John Dickson Carr também se refere a essa história em *Life of Conan Doyle* (1949): "Ele nunca tentou forçar uma história. Uma delas, 'O homem procurado', ele refugou e guardou. Uma vez que não foi publicada, aqueles que a leram dizem que a ideia da trama principal – como um homem pode desaparecer de um navio diante de testemunhas – é digna daquele conto não escrito do sr. James Phillimore (...). Mas foi desenvolvida com displicência, quase com impaciência, o coração e a mente do autor voltados para outros assuntos". Carr não estava inteiramente correto em uma de suas afirmações, porque "O homem procurado" *foi* publicado, conquanto apenas nos Estados Unidos. Desde que a notícia da descoberta de Pearson se espalhou, os editores de revistas americanas procuraram sem descanso obter de Denis Conan Doyle, executor literário do espólio do pai, permissão para reeditar essa "aventura perdida". Finalmente, Denis sucumbiu à proposta do gigantesco grupo Hearst, de Nova Iorque, e concedeu permissão para que publicassem a aventura em sua popularíssima revista *The Cosmopolitan*, em agosto de 1948. É natural que a história tenha sido precedida pelo impressionante anúncio: "O mais famoso detetive de todos os tempos soluciona seu último caso! Uma noveleta inédita, recentemente descoberta, protagonizada pelo imortal Sherlock Holmes". Desde então a discussão sobre a autoria ainda não terminou, embora os descrentes de sua autenticidade pareçam estar em melhor posição, uma vez que os executores do espólio pagaram direitos de autoria ao sr. Arthur Whitaker. Apesar de tudo que foi dito e escrito sobre "O homem procurado", não posso deixar de me perguntar se Conan Doyle não teria participado de sua criação de algum modo. Infelizmente, nem Arthur Whitaker nem Denis Conan Doyle estão vivos para podermos reexaminar a questão. É possível, porém, que *Sir* Arthur tenha tido algo a ver com a concepção ou mesmo com a escritura (*vide* o comentário de Hesketh Pearson) e não me sinto capacitado para considerar a história espúria, a exemplo de muitos sherlockianos. Não se pode negar o mistério que envolve "O homem procurado", mas mesmo assim creio que merece um lugar neste livro. Espero que concordem.

Alguns dados pessoais sobre o sr. Sherlock Holmes (1917)

Sherlock Holmes já era mundialmente apreciado quando o editor de *Strand*, Greenhough Smith, ansioso para manter o nome do detetive aparecendo na revista, persuadiu Conan Doyle a escrever esse artigo sobre a lenda que criara. O ensaio salienta a crença de que Holmes fosse uma pessoa real e cita muitos casos de pessoas que escreviam ao detetive de Baker Street suplicando ajuda para elucidar crimes da vida real de um tipo ou de outro. Compreensivelmente, Conan Doyle também menciona as ocasiões em que lhe pediram para representar o papel de Sherlock Holmes, com resultados tão espetaculares quanto os obtidos pelo Grande Detetive! "Alguns dados pessoais sobre o Sr. Sherlock Holmes" foi publicado pela primeira vez no número de dezembro de 1917 de *Strand* e desde então tem sido difícil encontrá-lo.

O caso do detetive medíocre (c. 1919)

No primeiro livro de Holmes, *Um estudo em vermelho*, ele dirige alguns comentários depreciativos a dois de seus antecessores na ficção policial: C. Auguste Dupin, criado em 1841 por Edgar Allan Poe, e Monsieur Lecoq, imaginado pelo escritor francês Emile Gaboriau, em 1866. Conan Doyle, naturalmente, admitiu que se inspirou consideravelmente na obra de Poe e Gaboriau ao criar Holmes, de modo que é preciso não esquecer que é Sherlock quem fala na primeira história:

"Sherlock Holmes se ergueu e acendeu o cachimbo.
– Com certeza pensa que está me elogiando ao me comparar com Dupin – observou. – Ora, na minha opinião, Dupin era um indivíduo muito medíocre. Aquela história de interromper os pensamentos dos amigos com um comentário

pertinente após um silêncio de quinze minutos é, na realidade, muito exibicionista e superficial. Ele possuía alguma capacidade analítica, não resta dúvida; mas não era de modo algum um fenômeno como Poe parecia pensar.

– Já leu as obras de Gaboriau? – perguntei. – Será que Lecoq se ajusta à sua ideia de detetive?

Sherlock Holmes fungou ironicamente.

– Lecoq era um mísero trapalhão – disse aborrecido –; só tinha uma coisa que o recomendava, a sua energia. Aquele livro me deixou positivamente doente. A questão era identificar um prisioneiro desconhecido. Poderia tê-lo feito em vinte e quatro horas. Lecoq levou seis meses ou mais. Daria um bom livro didático para ensinar a detetives o que evitar."

Aparentemente Watson não foi o único a se perturbar com esses comentários pouco generosos sobre dois personagens literários que admirava. Em 1915, o crítico e poeta americano, Arthur Guiterman, dirigiu algumas linhas de queixas veementes a Conan Doyle. O pobre *Sir* Arthur percebeu logo que as palavras que pusera na boca de seu personagem foram igualmente atribuídas a ele. Pegou a caneta e se defendeu de maneira idêntica. Esses dois poemas formam um acréscimo único e importante ao cânone – os versos de Conan Doyle compreendem a única poesia sherlockiana que ele escreveu – e neles o autor esclarece de uma vez por todas a sua opinião sobre os antecessores literários de Holmes. O poema de Guiterman apareceu pela primeira vez numa coletânea de versos ligeiros intitulada *The Laughing Muse*, e a réplica de Doyle foi publicada alguns anos depois nas reminiscências de Lincoln Springfield, *Some Piguant People* (1924). Esta é a primeira vez em que aparecem juntos numa coletânea.

O DIAMANTE DA COROA: UMA NOITE COM SHERLOCK HOLMES (1921)

"O diamante da coroa" é a segunda das pequenas peças de Doyle apresentando Sherlock Holmes, e sua singularidade reside em ter sido posteriormente transformada em um dos casos de Holmes, "O caso do diamante mazarino", ao invés de adaptada de material existente. Os registros indicam que "Uma noite com Sherlock Holmes" teve uma récita experimental no Bristol Hippodrome em 2 de maio de 1921, e em seguida transferiu-se para Londres, onde estreou no Coliseum em 16 de maio. Embora a temporada prosseguisse, sem interrupção, até o fim de agosto, não há indicações de que tenha sido reencenada na Inglaterra, e certamente nunca foi encenada nos Estados Unidos. Todas as evidências apontam para o fato de que Doyle adaptou estultamente a peça em um conto para a *Strand*, enquanto a peça ainda estava sendo levada no Coliseum: em todo caso ela apareceu no número de outubro de 1921 da revista. Doyle fez também algumas alterações na história ao transpô-la do palco para o conto, e a mais importante é que o vilão da peça, o infame coronel Sebastian Moran, transformou-se no conde Negretto Sylvius no conto. Embora não se possa dizer que Conan Doyle fosse um teatrólogo excepcional, suas peças com Holmes e Watson possuem uma certa teatralidade que deve ter feito valer a pena assisti-las, e seria realmente interessante poder revê-las hoje.

É um prazer muito especial poder resgatar "O diamante da coroa" da obscuridade e incluí-lo no cânone sherlockiano, pois essa peça só foi publicada uma vez – e numa edição particular de apenas 59 exemplares.

O APRENDIZADO DE WATSON

O processo de criação dessa paródia de Holmes e Watson, a que Conan Doyle se dedicou quase no fim da vida, talvez seja o mais curioso na história da saga. Em 1924 uma extraordinária casa de bonecas que pertencia à rainha reinante da Inglaterra foi exibida em Londres. O brinquedo, caprichosamente construído com móveis e acessórios requintados, possuía uma pequena biblioteca com fileiras de livros minúsculos. Na época nenhum desses livros continha texto, e foi discutida a ideia de convidar as principais figuras literárias do período a escrever pequenos textos que seriam então penosamente copiados nos livrinhos. Não é surpresa que *Sir* Arthur tenha sido um dos autores abordados e – sendo um ardoroso patriota – concordasse em produzir a seguir uma história que achou aceitável: um episódio curto de Sherlock Holmes intitulado "O aprendizado de Watson". Quando entregou o texto, diz uma notícia da época, ele foi "impresso e encadernado para integrar as miniaturas que compõem essa primorosa estrutura liliputiana". Embora a história naturalmente gerasse considerável interesse enquanto a exposição esteve aberta, assim que as portas da casa de bonecas foram fechadas ao público não tardou a ser esquecida e o texto se tornou desde então raríssimo. Foi episodicamente resgatado da obscuridade em abril de 1951, quando apareceu datilografado em *The Baker Street Journal* – de onde o transcrevemos para o presente livro. Além da sua raridade, "O aprendizado de Watson" tem interesse porque parece confirmar a crença de que Sherlock Holmes nasceu em Surrey. No curso do episódio, que transcorre durante o café da manhã dos dois amigos, Holmes se surpreende com o sucesso de Surrey num jogo de críquete. Ao comentar isso em seu ensaio, "Completando o cânone", diz Peter Richard: "Ainda que um homem tenha apenas uma 'pequena experiência com os tacos de críquete' (conforme Holmes admite em 'Bazar no campus'), não é incomum que acompanhe os jogos do seu condado natal com interesse e até entusiasmo. Parece, portanto, provável que o condado natal de Holmes seja Surrey – parece mesmo possível que seus antepassados, pertencendo à aristocracia rural, e Reigate sendo em Surrey, que fossem de fato os primeiros senhores de Reigate!". Retrospectivamente, parece muitíssimo oportuno que na última aventura dispersa que Conan Doyle nos deixou tivesse apresentado uma pista do local de nascimento do seu já então imortal detetive.

O Apêndice deste livro reúne três peças raras e fascinantes da obra holmesiana que, à semelhança dos primeiros doze manuscritos, são de autoria de Conan Doyle e igualmente contribuem para ampliar o nosso conhecimento do Grande Detetive, bem como o do seu criador.

Uma morte espetaculosa: Conan Doyle conta a verdadeira história do fim de Sherlock Holmes (1900)

Essa parte do livro começa com um texto particularmente raro que escapou à atenção de muitos sherlockianos. Foi publicado no ano de 1900 em um semanário britânico, *Tit-Bits*, que, como o nome sugere, era um *pot-pourri* de histórias, artigos, ensaios, entrevistas, enigmas e fragmentos de notícias e informações apresentados num estilo vivo para agradar ao leitor médio. Os editores eram George Newes Ltd., também proprietários da revista *Strand*, e, quando o *Tit-Bits* chegou ao milésimo número e quiseram comemorar o feito, aproveitaram essa ligação para dar um furo pelo qual qualquer outro periódico teria pago uma fortuna – uma entrevista com o dr. Conan Doyle, que sabidamente fugia de publicidade.

Conan Doyle, é claro, já despachara Holmes para Reichenbach e parecia ansioso que ele continuasse lá, apesar da constante pressão de seus leitores. Donde a entrevista nas palavras de Conan Doyle, muito certamente vetada por ele antes da publicação, ser tanto mais interessante pela luz que lança sobre a "morte" planejada de Holmes e pela hesitação que Doyle começa a demonstrar na sua decisão de abandonar seu detetive em um túmulo aquático na Suíça. Essa entrevista não foi transcrita desde a sua aparição naquele número especial de *Tit-Bits,* datado de 15 de dezembro de 1900.

O MISTÉRIO DE SASASSA VALLEY (1879)

Já mencionei ligeiramente essa história, a primeira que Conan Doyle conseguiu publicar e pela qual recebeu a soma principesca de três guinéus. Ela é, porém, mais importante do que parece a princípio, porque usa pela primeira vez uma ideia que iria se tornar central na aventura mais famosa de Sherlock Holmes, *O cão dos Baskervilles*. À luz desse dado deixamos de nos surpreender que Conan Doyle não tenha especificamente mencionado esse conto em sua autobiografia, *Memórias e aventuras*, escrita em 1924, em que meramente nos informa: "Nos anos que antecederam o meu casamento, escrevi, a intervalos, alguns contos razoáveis que consegui vender muito barato – quatro libras em média –, mas que não eram suficientemente bons para reprodução. Encontram-se espalhados pelas páginas de *London Society*, *All The Yea, Round*, *Temple Bar*, *The Boy's Own Paper* e outros periódicos. Que ali descansem em paz". Na verdade, "O mistério de Sasassa Valley" foi enviado à popular revista *Chamber's Journal* na primavera de 1879 e, após a costumeira e interminável demora, aceito para publicação. O jovem e esforçado doutor ficou satisfeito com a aceitação e o conto apareceu, anônimo, no número de outubro. (Era norma da *Chamber's* imprimir os créditos apenas de seus colaboradores mais famosos.) Na época, descobrimos, Conan Doyle só lamentou uma coisa – que o editor tivesse suprimido a imprecação *damn* em diversos diálogos! Com o tempo, porém, sem dúvida se sentiu satisfeito que a história não lhe pudesse ser facilmente atribuída, pois, como verão, baseava-se numa superstição sobre uma criatura demoníaca de olhos faiscantes que se prova ser... mas não vou estragar o seu prazer revelando o fim. Todavia, a semelhança com a ideia do "cão demoníaco" de Dartmoor se tornará evidente a quem já leu aquela história de Holmes. A publicação do mistério de Sasassa marca a sua primeira reedição em quase cem anos.

Minha aventura favorita de Sherlock Holmes (1927)

Em março de 1927, alguns meses antes da publicação do quinto e último volume de contos de Holmes, *Histórias de Sherlock Holmes*, *Sir* Arthur Conan Doyle se dispôs pela última vez a escrever sobre seu famoso detetive. E o fez, apropriadamente, para o mesmo periódico em que o Grande Detetive "nascera", o *Strand*. A ocasião foi o anúncio de um concurso em que os leitores eram convidados a escolher a história favorita de Sherlock Holmes e *Sir* Arthur concordara em fornecer uma lista definitiva. Aparentemente não conseguiu resistir à oportunidade de se despedir de um personagem que o tornara famoso e rico, mas que também encobrira qualquer outra realização de sua vida. "Receio", escreveu no artigo que se intitulava "O sr. Sherlock Holmes fala aos leitores", "que o sr. Sherlock Holmes se torne um desses tenores populares, que, decadentes, ainda se sentem tentados a fazer continuadas despedidas de um público indulgente. É preciso pôr um ponto final nisso e deixá-lo seguir o caminho de toda a carne, seja ela real ou imaginária. Gostamos de pensar que existe um limbo fantástico para os frutos da imaginação, um lugar estranho e impossível onde os heróis de Fielding podem continuar a amar as heroínas de Richardson, onde os heróis de Scott continuam a se pavonear, o delicioso *cockney* de Dickens continua a provocar risos e os mundanos de Thackeray continuam suas carreiras censuráveis. Talvez em algum canto modesto desse Valhalla,

Sherlock e seu Watson possam encontrar guarida por algum tempo, enquanto outro detetive mais astuto com um companheiro ainda menos astuto talvez assumam o palco que eles deixaram vazio".

Embora, a essa altura, Holmes tivesse literalmente dezenas de rivais clamando por sua posição eminente no campo policial, o tempo não iria satisfazer o desejo de seu criador: os dois homens de Baker Street já se encontravam arrolados entre os imortais da literatura e ali estavam destinados a permanecer. No restante do artigo, Conan Doyle discorre sobre alguns fatos da carreira de Holmes e comenta opiniões que lhe chegavam aos ouvidos de que alguns leitores achavam que o padrão das aventuras tinha decaído nos últimos anos. Concluía: "É sob a forma de um pequeno teste de opinião pública que inauguro o concurso aqui anunciado. Preparei uma lista dos doze contos contidos nos quatro volumes publicados[2], que considero os melhores, e gostaria de descobrir em que medida a minha escolha está de acordo com a dos leitores de *Strand*. Deixei com o editor de *Strand* a minha lista em um envelope lacrado". Três meses depois do aparecimento desse artigo, no número de julho, Conan Doyle pôs fim à especulação publicando sua lista – ou talvez fosse mais exato dizer que ele realmente deu início às discussões que continuam acesas até hoje sobre o mérito das histórias.

Mais tarde, naquele ano, *Sir* Arthur usou seu ensaio "O sr. Holmes fala aos leitores" como prefácio de *Histórias de Sherlock Holmes*, suprimindo apenas a referência ao concurso, e, por alguma estranha razão que só ele conhecia, o relevante comentário sobre a qualidade das histórias que reproduzi no início deste livro. Com a lista dessas doze histórias favoritas, Conan Doyle finalmente terminara com

---

2. Os quatro volumes de histórias a que se refere Conan Doyle são *As aventuras de Sherlock Holmes*, *As memórias de Sherlock Holmes*, *A volta de Sherlock Holmes* e *O último adeus de Sherlock Holmes*. As doze histórias restantes ainda iriam ser lançadas em *Histórias de Sherlock Holmes*.

Sherlock Holmes: nunca voltaria a escrever sobre ele nos três breves anos de vida que lhe restavam. Talvez não houvesse necessidade de dizer mais nada, pois o último parágrafo do artigo que dirigiu aos leitores foi um fecho tão bom quanto um autor poderia esperar escrever sobre um personagem que criara e as ambições que alimentara com relação àquele personagem. Assim, ao reunir essa coletânea final de textos sobre Sherlock Holmes, de autoria de Conan Doyle, não consigo pensar num modo melhor de concluir meus comentários do que citar suas palavras uma última vez:

"E assim, leitor, adeus a Sherlock Holmes! Agradeço a sua constância, e só posso desejar que a tenha retribuído de alguma maneira em termos de distração das preocupações da vida e de estímulo a uma mudança no curso dos pensamentos, coisas que só encontramos no reino encantado do romance."

Peter Haining

A VERDADE SOBRE SHERLOCK HOLMES

"Quando *Sir* Arthur Conan Doyle matou Sherlock Holmes deliberadamente, os protestos veementes que vieram de todos os cantos fizeram-no perceber, para seu espanto, que o grande detetive cativara inteiramente a imaginação do mundo. Neste ensaio *Sir* Arthur responde a todas as nossas perguntas sobre Holmes – como nasceu e se desenvolveu e por que se tornou necessário matá-lo. É divertido ler que o dr. Bell, o protótipo de Holmes, nunca foi capaz de ajudar Doyle a criar as histórias. E vê-lo contar a história daquele aviador desastrado na ópera cômica de *Sir* James Barrie, e seus efeitos positivos – a deliciosa paródia de Sherlock Holmes que Barrie escreveu para consolar Doyle e que também foi incluída aqui."

The National Weekly da Collier's
29 de dezembro de 1923

Foi em outubro de 1876 que comecei meu curso de medicina na Universidade de Edimburgo. A personalidade mais notável que conheci foi um certo Joseph Bell, cirurgião no Hospital de Edimburgo. Bell era um homem extraordinário de corpo e mente. Era magro, vigoroso, com um rosto arguto, nariz aquilino, olhos cinzentos penetrantes, ombros retos e um jeito sacudido de andar. A voz era esganiçada. Era um cirurgião muito capaz, mas o seu ponto forte era a diagnose, não só de doenças, mas de ocupações e caráteres. Por alguma razão que nunca compreendi, ele me distinguiu dentre os muitos estudantes que frequentavam suas enfermarias me encarregando de seus pacientes externos, o que significava que tinha de receber esses pacientes, anotar sucintamente os casos e fazê-los entrar um por um numa grande sala onde Bell se sentava em majestade cercado de assistentes e alunos. Tinha então oportunidade ampla de estudar seus métodos e reparar que muitas vezes ele aprendia mais sobre um paciente com os olhos do que eu com as minhas perguntas. Por vezes os resultados eram impressionantes, embora houvesse ocasiões em que errasse. Em um dos melhores casos ele indagou a um paciente civil:

– Bom, homem, serviu no exército?
– Sim, senhor.
– Desmobilizado há pouco tempo?
– Sim, senhor.
– Regimento escocês?
– Sim, senhor.
– Alistado?
– Sim, senhor.
– Baseado em Barbados?
– Sim, senhor.

– Como veem, cavalheiros – explicou –, o homem falou respeitosamente, mas não tirou o chapéu. No exército não se tira, mas ele teria aprendido maneiras civis se estivesse há muito tempo desmobilizado. Tinha um ar confiante e é obviamente escocês. Quanto a Barbados, ele se queixa de elefantíase, que é uma doença daquela região e não da Inglaterra.

À plateia de Watsons tudo parecia miraculoso até que o dr. Bell explicasse e aí tudo se tornava simples. Não admira que depois de estudar uma personalidade dessas eu usasse e ampliasse seus métodos quando, mais tarde na vida, tentei criar um detetive científico que elucidasse casos em função de seus méritos e não da loucura do criminoso. Bell interessou-se vivamente por esses contos policiais e fez sugestões que não eram, sou forçado a dizer, muito práticas.

A Barrica de Dois *Pence*

Na universidade procurei quase desde o começo comprimir as aulas de um ano em meio ano, de modo que me sobrassem alguns meses para ganhar dinheiro. Foi nessa época que descobri que havia outros meios de fazê-lo além de encher frascos. Um amigo comentou que minhas cartas eram muito expressivas e que com certeza poderia escrever textos para vender. Devo confessar que minhas aspirações literárias eram extraordinariamente fortes e que a minha mente se expandia aparentemente a esmo em todas as direções. Costumava receber uma diária de dois *pence* para almoçar, que correspondiam ao preço de um empadão de carneiro; mas, próximo à loja de empadões, havia um sebo com uma barrica cheia de livros velhos encimada por um letreiro "Dois *pence*, a escolher". Muitas vezes o dinheiro do meu almoço era gasto nos livros dessa barrica e tenho ao alcance da mão, enquanto escrevo, exemplares do *Tácito* de Gordon, obras de Temple, o *Homero* de Pope, o *Espectador* de Addison e obras de Swift, todas saídas da barrica de dois *pence*.

Qualquer um que observasse os meus gostos e ações diria que uma nascente tão forte certamente transbordaria, mas no que me diz respeito nunca sonhei que poderia produzir uma prosa decente, e o comentário do meu amigo, que não era dado a elogios fáceis, me surpreendeu grandemente. Sentei-me, porém, e escrevi uma pequena aventura a que intitulei "O mistério de Sasassa Valley". Para minha alegria e espanto, ela foi aceita pelo *Chambers's Journal* que me pagou três guinéus. Não importava que as outras tentativas tivessem falhado. Conseguira uma vez e me animava o pensamento de que poderia tornar a conseguir.

Ao sair de Edimburgo como bacharel de medicina em 1881, meus planos eram excessivamente fluidos e estava pronto a me alistar no exército, na marinha, no serviço público indiano, ou qualquer outra atividade em que houvesse uma vaga. Mas, após uma viagem de cargueiro pela costa ocidental da África, finalmente me estabeleci como médico em Plymouth.

Por essa época eu já contribuíra com diversas histórias para *London Society*, uma revista hoje extinta, mas que então prosperava sob a direção de um certo sr. Hogg. Ainda não me passara pela cabeça que a literatura poderia ser uma carreira ou algo mais que um meio de ganhar um dinheirinho extra, mas ela já se tornara um fator decisivo em minha vida, pois não poderia me manter e teria morrido de fome ou desistido não fossem as poucas libras que o sr. Hogg me enviava.

Nos anos que antecederam o meu casamento, escrevi alguns contos razoáveis que consegui vender barato – cinco libras em média –, mas que não eram suficientemente bons para reprodução. Encontram-se espalhados pelas páginas de *London Society*, *All the Year Round*, *Temple Bar*, *Boy's Own Paper* e outros periódicos. Que ali descansem em paz. Cumpriram sua finalidade de atenuar em parte os encargos financeiros que sempre me oprimiram. Não devo ter recebido mais de dez ou quinze libras por ano dessa fonte, de modo que a ideia de viver de escrever nunca me ocorreu. Mas, embora não estivesse publicando, acumulei muito conhecimento. Ainda guardo cadernos repletos de todo tipo de informação que adquiri naquele período. É um grande erro começar a descarregar um navio quando mal se conseguiu carregá-lo.

Entram Holmes e Watson

A partir de 1884 eu andara trabalhando num sensacional livro de aventuras a que chamei de *A firma de Girdlestone* e que representou a minha primeira tentativa de produzir um texto de narrativa contínua. Exceto por ocasionais trechos, trata-se de um livro sem valor. Senti então que seria capaz de escrever algo mais conciso e estimulante e mais profissional. Gaboriau me atraíra bastante pelo encaixe preciso de suas tramas, e o genial detetive de Poe, sr. Dupin, era desde a infância um dos meus heróis. Mas será que poderia acrescentar algo de meu? Pensei no meu velho professor Joe Bell, no seu rosto aquilino, nos seus modos curiosos, no seu estranho dom de observar detalhes. Se ele fosse detetive certamente reduziria essa atividade fascinante, mas desorganizada, a algo mais semelhante a uma ciência exata. Tentaria obter o mesmo efeito. Se sem dúvida era possível na vida real, por que não conseguiria torná-lo plausível na ficção? Está muito bem dizer que um homem é inteligente, mas o leitor quer ver exemplos disso – exemplos como os que Bell nos dava diariamente nas enfermarias.

A ideia me agradou. Que nome daria ao personagem? Ainda guardo uma folha de caderno com várias opções de nomes. A pessoa se rebela contra a arte primária que deixa adivinhar o caráter através do nome, e cria um sr. Sharps (arguto) ou um sr. Ferrets (furão). Primeiro escolhi Sherringford Holmes e a seguir Sherlock Holmes. Ele não poderia relatar as próprias investigações, por isso precisava de um companheiro comum que lhe servisse de refletor – um homem instruído e ativo que pudesse ao mesmo tempo acompanhá-lo nas investigações e narrá-las. Um nome insípido, discreto, para esse homem simples. Watson serviria. E assim me decidi e escrevi *Um estudo em vermelho*.

Sabia que o livro era o melhor que era capaz de fazer e alimentava grandes esperanças. Quando *Girdlestone* voltava às minhas mãos com a precisão de um pombo-correio, senti surpresa mas não tristeza, pois concordava com a decisão. Mas quando o meu livrinho sobre Holmes também começou a ser devolvido fiquei magoado, pois sabia que ele merecia um destino melhor. James Payn o aplaudiu, mas considerou-o ao mesmo tempo muito curto e muito longo, o que era verdade. Arrowsmith recebeu-o em maio de 1886 e devolveu-o sem ler em julho. Dois ou três outros torceram o nariz e o recusaram. Finalmente, como Ward, Lock & Co. se especializavam em literatura barata e por vezes sensacionalista, enviei-lhes o manuscrito. Disseram:

"Prezado Senhor, Lemos a sua história e ela nos agradou. Não poderíamos publicá-la este ano porque presentemente o mercado está inundado de ficção barata, mas, se não fizer objeção de aguardarmos até o ano vindouro, enviaremos vinte e cinco libras pelos direitos de publicação.

Atenciosamente,
WARD, LOCK & CO.
30 de outubro de 1886"

Não era uma oferta muito tentadora e, mesmo eu, pobre como era, hesitei em aceitá-la. Não era apenas a pequena soma oferecida, mas a longa espera, pois esse livro poderia abrir caminho para mim. Sentia-me, porém, mortificado com os repetidos desapontamentos e achava que talvez fosse realmente sensato garantir publicidade ainda que tardia. Assim sendo, aceitei e o livro se tornou o *Beeton's Christmas Annual* de 1887.

Foi em consequência de um jantar de editores a que fui convidado que escrevi *O signo dos quatro*, no qual Holmes fez a sua segunda aparição. Mas depois disso deixei-o na prateleira por algum tempo, pois, encorajado pela simpática recepção que *Micah Clarke* recebeu dos críticos, estava decidido a dar um passo ainda mais ousado e ambicioso.

Seguiram-se assim meus dois livros: *A companhia branca*, escrito em 1889, e *O escudeiro heroico*, escrito quatorze anos mais tarde. Dos dois, considero o último melhor, mas não hesito em afirmar que juntos alcançaram inteiramente o objetivo a que me propus; pintam um quadro preciso da época, e como peça única formam o trabalho mais completo, satisfatório e ambicioso que fiz na vida. As coisas encontram o seu lugar no mundo, mas acredito que, se nunca tivesse tocado em Holmes, que contribuiu para obscurecer o meu trabalho de nível mais alto, a minha posição na literatura seria neste momento mais destacada. Os livros exigiram muita pesquisa e ainda guardo cadernos repletos de apontamentos. Cultivo um estilo simples e evito ao máximo o uso de palavras longas, e talvez essa facilidade superficial tenha por vezes levado o leitor a subestimar a quantidade real de pesquisa que embasa os meus romances históricos. Isso, no entanto, não me preocupa, pois sempre achei que, no final, a justiça triunfa e que o verdadeiro mérito de qualquer obra nunca se perde definitivamente.

Lembro-me que, ao escrever as palavras finais de *A companhia branca*, senti-me invadido por uma onda de felicidade e com a exclamação "Está feito!" arremessei a caneta suja de tinta pela sala, produzindo assim uma mancha negra no papel de parede. No íntimo eu sabia que o livro sobreviveria e iria iluminar as nossas tradições nacionais. Agora que já passou por cinquenta edições, suponho que possa dizer com toda a modéstia que a minha previsão se provou correta. Foi o último livro que escrevi nos meus tempos de médico em Southsea e marca uma época de minha vida; agora posso me voltar para outras fases dos meus últimos anos em Bush Villa antes de me lançar a uma nova vida.

Diversas revistas mensais estavam surgindo naquele período, entre as quais a mais notável era *Strand*, então, como hoje, sob a direção muito capaz de Greenhough Smith. Considerando esses vários *periódicos* com suas histórias estanques, me ocorreu que, se uma série de um personagem único conseguisse captar a atenção do leitor, prenderia aquele leitor à revista.

Procurando um personagem central, percebi que Sherlock Holmes, com quem já trabalhara em dois pequenos livros, se prestaria facilmente a uma sucessão de contos. Comecei-os nas longas horas de espera no meu consultório. Smith gostou deles desde o início e me animou a prosseguir.

Foi nesse momento que afinal compreendi a tolice de desperdiçar os meus ganhos literários para manter um consultório de oculista em Wimpole Street e decidi, exultando de alegria, cortar as amarras e confiar para sempre na minha capacidade de escrever. Então me dispus corajosamente a produzir obras literárias dignas do meu nome. A dificuldade em trabalhar com Holmes era que cada história exigia na verdade uma trama tão original e definida quanto um livro mais longo. Não se podem inventar tramas nesse ritmo sem esforço. Acabam se enfraquecendo ou partindo. Eu estava decidido, agora que já não tinha a desculpa da pressão financeira, a nunca mais escrever nada em que não pusesse o melhor de mim, e portanto não escreveria uma história de Holmes sem uma trama condigna e sem um problema que me interessasse pessoalmente, pois esse é o primeiro requisito para que se possa interessar a outros. Se fui capaz de sustentar esse personagem por muito tempo, e se o público acha, como achará, que a última história é tão boa quanto a primeira, deve-se inteiramente ao fato de que nunca, ou quase nunca, forcei uma história. Houve quem pensasse que as histórias caíram de nível, e essa crítica foi aptamente expressa por um barqueiro de Cornwall que me disse: "Acho, senhor, que quando Holmes caiu daquele penhasco talvez não tenha morrido, mas por alguma razão ele nunca mais foi o mesmo".

Eu estava cansado, porém, de inventar tramas e dispus-me a fazer um trabalho que certamente não seria tão bem remunerado, mas seria mais ambicioso de um ponto de vista literário. Há muito tempo me sentia atraído pela época de Luís XIV e pelos huguenotes, que eram os equivalentes franceses dos nossos puritanos. Tinha um bom conhecimento dos estudos daquele período e já preparara muitas notas, de modo que não me levou muito tempo para escrever *Os refugiados*.

Contudo, o público ainda clamava pelas histórias de Sherlock Holmes e essas eu continuava a produzir de tempos a tempos. Finalmente, depois de ter feito duas séries delas, percebi que corria o risco de me ver obrigado a escrever e ser inteiramente identificado com o que eu considerava uma realização literária de nível inferior. Portanto, simbolizando a minha resolução, decidi pôr fim à vida do meu herói. A ideia já me ocorrera quando tirei umas pequenas férias com minha mulher na Suíça, durante as quais descemos a pé até o vale Lauterbrunnen. Vi ali a maravilhosa catarata de Reichenbach, um lugar terrível e que, pensei, daria um túmulo digno para o meu pobre Sherlock, mesmo que enterrasse com ele a minha conta bancária. Assim, lá o abandonei, plenamente resolvido a mantê-lo lá – como de fato ocorreu durante uns vinte anos.

Surpreendi-me com a preocupação demonstrada pelo público. Dizem que só se dá valor a um homem quando ele morre, e o protesto geral contra a minha execução sumária de Holmes me ensinou como eram numerosos os seus amigos. "Seu carniceiro", começava uma carta de censura que recebi de uma senhora, e imagino que falava por si e por outras. Soube de muitos que choraram. Receio não ter sentido o menor remorso.

James Barrie é um de meus amigos literários mais antigos e o conheci nos primeiros dois anos, quando nos mudamos para Londres. Tivemos juntos uma tarefa desastrosa. O caso é que ele prometera ao sr. D'Oyly Carte que escreveria o libreto de uma ópera leve para o Savoy. Fui convidado a participar porque Barrie adoeceu devido a um problema de família. Recebi um telegrama urgente dele. Encontrei-o preocupado porque assinara um contrato e achava que em seu presente estado de saúde seria incapaz de ir até o fim. Deveria haver dois atos e ele escrevera o primeiro e já tinha pronto um roteiro para o segundo. Será que eu poderia colaborar, ajudando-o a terminar o libreto como coautor? Fiz o possível e escrevi o texto para o segundo ato e grande parte dos diálogos, mas precisava seguir a forma que predeterminara. O resultado não foi bom, e na noite de estreia me senti inclinado, a exemplo de Charles Lamb, a vaiá-lo do meu camarote. A ópera, *Jane Annie*, foi um dos poucos fracassos na carreira brilhante de Barrie. Fomos descompostos pelos críticos, mas Barrie suportou tudo com a maior coragem e ainda guardo os versos cômicos de consolo que me mandou no dia seguinte.

Seguia-se uma paródia a Holmes, escrita nas guardas de um de seus livros. Era assim:

A Aventura de Dois Colaboradores

Ao pôr um ponto final nas aventuras de meu amigo Sherlock Holmes sou forçosamente lembrado de que ele nunca, salvo na ocasião que, conforme lerão, terminou sua carreira singular, consentiu em intervir em qualquer mistério ligado a pessoas que ganhavam a vida escrevendo. "Não sou muito exigente com as pessoas com quem me misturo em negócios", diria ele, "mas faço minhas restrições quando se trata de personagens literários."

Estávamos em nossos aposentos em Baker Street certa noite. Eu (lembro-me) sentado à mesa de centro escrevendo "As aventuras do homem sem perna de cortiça" (que tanto intrigara a Royal Society e todas as outras organizações científicas da Europa) e Holmes, entretido a manusear um pequeno revólver.

Costumava nas noites de verão atirar em volta da minha cabeça, as balas a rasparem o meu rosto, até completar o meu retrato na parede oposta, e é uma prova insuficiente de sua habilidade que muitos desses retratos feitos a tiros de pistola fossem considerados admiravelmente fiéis.

Aconteceu-me olhar pela janela e, percebendo dois cavalheiros que se aproximavam rapidamente por Baker Street, perguntei-lhe quem eram. Ele imediatamente acendeu o cachimbo e torcendo-se na cadeira de modo a formar um oito, respondeu:

– São dois colaboradores em uma ópera cômica e a peça não foi um sucesso.

Saltei da cadeira até o teto de espanto, e então ele explicou:

– Meu caro Watson, eles são obviamente homens que têm profissões humildes. Isso até você deveria ser capaz de ler em seus rostos. Aqueles papeizinhos azuis que eles arremessam para longe, zangados, são notícias da Durrant's Press. Obviamente devem estar carregando centenas dessas (veja como trazem os bolsos estufados). Não sapateariam em cima delas se fossem notícias agradáveis.

Mais uma vez saltei até o teto (que está cheio de moscas) e exclamei:

– Fantástico! Mas talvez sejam simples autores.

– Não – retorquiu Holmes –, simples autores só recebem uma notícia por semana na imprensa. Só criminosos, teatrólogos e atores as recebem às centenas.

– Então talvez sejam atores.

– Não, atores viriam de carruagem.

– Pode me dizer mais alguma coisa a respeito deles?

– Muito mais. Pela lama que o homem alto traz nas botas percebo que vem de Norwood. O outro é obviamente um autor escocês.

– Como pode saber?

– Está carregando no bolso um livro intitulado (vejo claramente) *Auld Licht Alguma Coisa*. Mais alguém além do autor carregaria um livro com um título desses?

Tive de confessar que era pouco provável.

Tornava-se agora evidente que os dois homens (se assim podemos chamá-los) procuravam a nossa casa. Tenho dito (muitas vezes) que Holmes raramente demonstra qualquer emoção, mas agora seu rosto estava lívido de fúria. Em seguida essa expressão deu lugar a um estranho ar de triunfo.

– Watson – disse –, aquele homem corpulento há anos recebe o crédito pelos meus feitos mais notáveis, mas finalmente o peguei; finalmente!

Lá fui eu até o teto e quando desci os estranhos estavam na sala.

– Percebo, cavalheiros – disse o sr. Sherlock Holmes –, que os senhores estão aflitos com uma extraordinária novidade.

O mais simpático dos nossos visitantes perguntou surpreso como sabia disso, mas o grandalhão apenas franziu a testa.

– O senhor esquece que usa um anel no quarto dedo – respondeu o sr. Holmes calmamente.

Eu estava prestes a pular até o teto quando o grandalhão interpôs:

– Esses disparates ficam muito bem para o público, mas pode dispensá-los na minha presença. E, Watson, se você saltar até o teto outra vez farei com que fique lá.

Nesse ponto observei um curioso fenômeno. Meu amigo Sherlock Holmes *se encolheu*. Tornou-se pequeno diante dos meus olhos. Olhei cobiçoso para o teto, mas não ousei.

– Vamos deixar de lado as primeiras quatro páginas – disse o grandalhão – e entrar no assunto. Quero saber por que...

– Permita-me – disse o sr. Holmes, recobrando em parte a antiga coragem. – O senhor quer saber por que o público não vai à sua ópera.

– Exatamente – replicou o outro irônico –, como pode perceber pelo botão da minha camisa. – E acrescentou com mais seriedade: – E, como só pode descobrir de uma forma, devo insistir que veja uma representação completa da peça.

Foi um momento de ansiedade para mim. Estremeci, pois sabia que, se Holmes fosse, teria de acompanhá-lo. Mas meu amigo tinha um coração de ouro.

– Nunca! – exclamou aterrado. – Farei qualquer coisa pelo senhor, menos isso.

– A sua vida depende disso – ameaçou o grandalhão.

– Prefiro sumir em pleno ar – replicou Holmes orgulhoso, mudando de cadeira. – Mas posso lhe dizer por que o público não vai à sua peça sem ter de suportá-la.

– Por quê?

– Porque – respondeu Holmes calmamente – preferem ficar longe dela.

Um silêncio mortal se seguiu a esse extraordinário comentário. Por instantes os dois intrusos olharam admirados para o homem que tinha decifrado o mistério de maneira tão fantástica. Então, puxando as facas...

Holmes foi se tornando cada vez menor, até não restar nada exceto um anel de fumaça que girava lentamente em direção ao teto.

As últimas palavras dos grandes homens são em geral dignas de registro. Essas foram as últimas palavras de Sherlock Holmes: "Tolos, tolos! Sustentei-os no luxo durante anos. Graças a mim só andavam em táxis onde nenhum autor jamais foi visto. *Doravante só andarão de ônibus*!".

O grandalhão afundou numa cadeira estupefato. O outro autor não moveu um só fio de cabelo.

Para Conan Doyle
Do seu amigo, J. M. BARRIE

Terreno Perigoso

Essa paródia, a melhor de numerosas paródias, pode ser tomada como exemplo, não só do espírito do autor como também de sua coragem jovial, pois foi escrita logo após o nosso fracasso conjunto, que naquele momento era uma lembrança amarga para ambos. Não existe, de fato, nada mais penoso do que um fracasso teatral, pois se tem consciência de que os outros que o financiaram e apoiaram também foram afetados. Foi, me alegro em dizer, a minha única experiência do gênero, e tenho minhas dúvidas se Barrie poderia dizer o mesmo.

Antes de encerrar o assunto das muitas representações de Holmes, devo dizer que todas elas, inclusive os retratos, são muito diferentes da minha ideia original do homem. Eu o imaginei muito alto – "com mais de um metro e oitenta, mas tão exageradamente magro que parecesse consideravelmente mais alto", disse em *Um estudo em vermelho*. Tinha, na minha ideia, um rosto fino e anguloso, com um grande nariz curvo como um bico de falcão, e olhos miúdos, muito juntos. Essa foi a minha concepção. Aconteceu, porém, que o pobre Arthur Paget, que antes de sua morte prematura desenhou todos os retratos originais, tinha um irmão mais novo cujo nome, acho, era Harold, e lhe serviu de modelo. O bem-apessoado Harold tomou o lugar do mais vigoroso mas menos atraente Sherlock e, talvez do ponto de vista das minhas leitoras, foi melhor assim. O teatro seguiu o tipo firmado pelos retratos.

As pessoas já me perguntaram muitas vezes se sabia o fim de uma história de Holmes antes de começá-la. Claro que sim. Não seria possível seguir um roteiro se não se soubesse aonde se queria chegar. A primeira coisa é ter uma ideia. Suponhamos que essa ideia é de que uma mulher, como na última história, é suspeita de ter mordido o filho, quando na realidade estava chupando o ferimento com medo que alguém tivesse injetado veneno nele. Uma vez de posse da ideia central, a tarefa seguinte é camuflá-la e enfatizar tudo mais que possa levar a uma explicação diferente. Holmes, no entanto, é capaz de ver a falsidade de todas as alternativas, e chega mais ou menos teatralmente à verdadeira solução por etapas, que é capaz de descrever e justificar.

Ele demonstra sua capacidade através do que os sul-americanos chamam de *sherlocholmitos*, deduçõezinhas inteligentes, que em geral não têm relação com o problema em questão, mas impressionam o leitor com uma ilusão geral de capacidade. O mesmo efeito é obtido pelas suas alusões imprevistas a outros casos. Só Deus sabe quantos títulos mencionei casualmente e quantos leitores me pediram para satisfazer sua curiosidade sobre "Rigoletto e sua mulher abominável", "A aventura do capitão cansado", ou "A curiosa experiência da família Patterson na ilha de Uffa". Uma ou duas vezes, como em "O caso da segunda mancha", que em minha opinião é uma de suas melhores histórias, usei o título anos antes de escrever a história correspondente.

Existem algumas dúvidas sobre determinadas histórias que surgem periodicamente de todos os pontos do globo. Em "O caso do mosteiro", Holmes comenta, à sua maneira inesperada, que observando as marcas de pneu de uma bicicleta num terreno turfoso e úmido pode-se dizer em que direção está indo. Recebi tantos protestos por isso e que variavam da pena à raiva, que apanhei minha bicicleta e experimentei. Imaginara que a observação da maneira como a marca da roda traseira cobria a marca da roda dianteira quando o veículo não estava andando em linha reta poderia indicar sua direção. Descobri que os missivistas estavam certos e eu, errado, pois as marcas seriam iguais qualquer que fosse o sentido do veículo. Por outro lado, a verdadeira solução era muito mais simples, pois em terreno turfoso ondulado as rodas produziam uma impressão mais profunda na subida e mais rasa na descida, de modo que Holmes afinal tinha razão.

Por vezes, entrei em terreno perigoso, correndo riscos devido ao meu desconhecimento da atmosfera correta. Por exemplo, nunca entendi de corridas de cavalos e no entanto me arrisquei a escrever "Clarão prateado", em que o mistério depende dos regulamentos de treinamento e corrida. A história é boa e Holmes talvez estivesse em ótima forma, mas a minha ignorância brada aos céus. Li uma crítica excelente e altamente prejudicial dessa história em um jornal de esportes, obviamente escrita por alguém que *entendia* do assunto, em que se explicavam as penalidades exatas que recairiam sobre todos os envolvidos se agissem conforme eu descrevera. Metade estaria na cadeia e a outra metade seria barrada do turfe para sempre. Contudo, nunca fiquei nervoso com detalhes, e às vezes é preciso ser genial. Quando um editor assustado me escreveu certa vez: "Não há uma segunda linha férrea nesse local", respondi: "Eu construo uma". Por outro lado, há casos em que a precisão é essencial.

Não quero ser ingrato a Holmes, que de muitas maneiras tem sido um bom amigo. Se às vezes tenho uma tendência a me cansar dele é porque o seu caráter não admite nuanças. Ele é uma máquina de calcular, e qualquer coisa que lhe acrescente simplesmente enfraquece o efeito. Assim, a variedade das histórias tem que depender do romance e do tratamento coeso das tramas. Diria também uma palavra em favor de Watson, que em sete volumes desconhece qualquer sinal de humor e não faz uma única piada. Para fazer um personagem real é preciso sacrificar tudo à coerência e lembrar as críticas de Goldsmith a Johnson, de que este "era capaz de fazer peixinhos falarem como baleias".

A Crítica e a Cobra

A impressão de que Holmes era uma pessoa real de carne e osso pode ter sido intensificada pelas suas frequentes aparições no palco. Depois do encerramento de minha dramatização de *Rodney Stone* em um teatro que arrendara por seis meses, decidi tentar uma jogada mais arriscada e enérgica e sem dúvida nunca fui tão longe. Quando percebi o curso que as coisas tomavam, tranquei-me e dediquei toda a minha atenção a criar um sensacional drama com Sherlock Holmes. Escrevi-o em uma semana e o intitulei "A faixa malhada", nome do conto que lhe deu origem. Não creio que seja exagero dizer que quinze dias depois de encerrar uma peça já havia uma companhia ensaiando a outra. Foi um grande sucesso.

Tínhamos uma excelente jiboia para desempenhar o papel-título, uma cobra que era o meu orgulho, de modo que podem imaginar o meu desgosto quando vi que o crítico do *Daily Telegraph* terminava o seu artigo depreciativo com as seguintes palavras: "O clímax da peça foi a aparição de uma serpente visivelmente artificial". Senti-me inclinado a lhe oferecer uma avultada soma se se dispusesse a ir para a cama com ela. Usamos diversas serpentes em diferentes ocasiões, mas todas tendiam ou a pender de um buraco na parede como puxadores de campainha ou a voltar para dentro do buraco e se vingar do carpinteiro que lhes beliscava a cauda para torná-las mais vivas. Finalmente usamos cobras artificiais, e todos, inclusive o carpinteiro, concordaram que era melhor.

Tenho recebido muitas cartas endereçadas a Holmes pedindo-me que as encaminhe. Watson também recebeu numerosas cartas em que lhe pedem o endereço ou o autógrafo do seu brilhante *confrère*. Um serviço de notícias escreveu a Watson perguntando se Holmes gostaria de fazer uma assinatura. Quando Holmes se aposentou, muitas senhoras de meia-idade se dispuseram a tomar conta de sua casa e uma procurou se insinuar me garantindo que entendia de criação de abelhas e era capaz de "separar a rainha". Recebi também inúmeras ofertas para Holmes examinar e elucidar vários mistérios de família.

Perguntam-me muitas vezes se eu próprio possuo as qualidades que descrevo ou se sou apenas o Watson que pareço ser. Naturalmente tenho plena consciência de que uma coisa é lidar com um problema prático e outra poder resolvê-lo nas condições que se estabeleceu. Ao mesmo tempo, um homem não pode engendrar um personagem na mente e torná-lo real, a não ser que potencialmente possua aquele personagem dentro dele – o que é uma admissão perigosa para alguém que criou tantos vilões quanto eu.

Creio que nunca me dei conta de que Holmes se tornara uma personalidade real para os leitores mais ingênuos até que ouvi uma história muito lisonjeira de escolares franceses em excursão que, perguntados sobre o que queriam ver primeiro em Londres, responderam unanimemente que gostariam de ver a casa do sr. Holmes em Baker Street. Muitos já me perguntaram qual era a casa, mas isso é uma questão que, por excelentes razões, não esclarecerei.

O MISTÉRIO DA CASA DE TIO JEREMY

I

Minha vida tem sido um tanto acidentada e me coube no curso dela passar por inúmeras experiências incomuns. Há um episódio, no entanto, que é tão excepcionalmente estranho que sua lembrança sempre reduz os outros à insignificância. Ele assoma das névoas do passado, sombrio e fantástico, eclipsando os anos monótonos que o precederam e o seguiram.

Não é uma história que eu tenha contado muitas vezes. Umas poucas pessoas, mas muito poucas, que me conhecem bem, ouviram os fatos da minha boca. Essas mesmas pessoas me pedem de tempos em tempos para narrá-los em reuniões de amigos, mas invariavelmente me recuso, pois não tenho intenção de ganhar a reputação de um Munchausen amador. Cedi, porém, aos seus desejos em termos de fazer um relatório por escrito dos fatos ocorridos durante a minha visita a Dunkelthwaite.

Eis a primeira carta de John Thurston. É datada de abril de 1862. Apanho-a na minha escrivaninha e a transcrevo tal qual:

"Meu caro Lawrence,

Se você soubesse da minha absoluta solidão e do meu completo *ennui*, estou certo de que se apiedaria de mim e viria partilhar o meu isolamento. Você já fez muitas vezes promessas vagas de visitar Dunkelthwaite e dar uma olhada em Yorkshire Fells.

Que ocasião lhe conviria melhor do que a presente? Naturalmente compreendo que está muito ocupado, mas, como não está realmente frequentando aulas, tanto faz ler aqui como em Baker Street. Reúna os seus livros, como um bom rapaz, e venha! Temos um quartinho aconchegante, com uma escrivaninha e uma poltrona, que são perfeitas para o seu estudo. Avise quando posso esperá-lo.

Quando digo que estou só não me refiro à falta de pessoas em casa. Pelo contrário, somos bastante numerosos. Em primeiro lugar, é claro, temos o pobre tio Jeremy, tagarela e senil, arrastando as chinelas de pano e compondo, como de hábito, incontáveis maus poemas. Creio que na última vez que nos vimos lhe falei dessa mania dele. Chegou a tal ponto que contratou um secretário, cuja única tarefa é copiar e preservar essas efusões. Esse sujeito, que se chama Copperthorne, tornou-se tão necessário ao velho quanto o papel em que escreve ou o *Dicionário universal de rimas*. Não posso dizer que goste dele, mas sempre partilhei o preconceito de Júlio César contra homens magros – embora, não esqueçamos, o Julinho tendesse para a magreza, a se crer nas medalhas romanas. A seguir temos dois filhos do tio Samuel que foram adotados por Jeremy – eram três, mas um seguiu o destino de todo homem –, e a governanta deles, uma morena elegante com sangue indiano nas veias. Além desses, há três criadas e o velho criado; portanto, como vê, temos um mundinho próprio nesse fim de mundo. Apesar disso, meu caro Hugh, sinto falta de um rosto amigo e de um companheiro com gostos afins. Ando mergulhado na química, de modo que não interromperei seus estudos. Escreva pela volta do correio para seu amigo solitário.

John H. Thurston"

Na época em que recebi essa carta, encontrava-me em Londres, estudando com afinco para os exames finais que fariam de mim um médico. Thurston e eu fôramos amigos íntimos em Cambridge antes de me dedicar à medicina, e tinha grande vontade de revê-lo. Por outro lado, receava que, apesar de suas promessas, meus estudos pudessem sofrer com a mudança. Visualizei o velho infantil, o secretário magro, a governanta elegante, as duas crianças, provavelmente mimadas e barulhentas, e cheguei à conclusão de que quando estivéssemos todos juntos numa casa de campo haveria pouco espaço para ler com tranquilidade. Ao fim de dois dias de reflexão quase me decidira a recusar o convite, quando recebi uma segunda carta de Yorkshire ainda mais insistente do que a primeira:

"Esperamos receber notícias suas a cada entrega de correio e a cada batida na porta penso que é um telegrama anunciando o trem em que vai chegar. Seu quarto está pronto e creio que vai achá-lo confortável. Tio Jeremy me pede para dizer que ficará muito feliz em vê-lo. Ele gostaria de ter escrito, mas está ocupado com um grande poema épico de uns cinco mil versos e passa o dia andando pela casa, enquanto Copperthorne o segue furtivamente como o monstro em Frankenstein, com lápis e papel, anotando as pérolas de sabedoria que vão caindo de seus lábios. Ia me esquecendo, acho que mencionei a governanta morena. Sou capaz de usá-la como isca se você ainda conserva o seu gosto por estudos etnológicos. É filha de um chefe indiano, casado com uma inglesa. Ele morreu numa rebelião lutando contra nós e, uma vez que seus bens foram confiscados pelo governo, a filha, então com quinze anos, ficou quase sem recursos. Um caridoso comerciante alemão de Calcutá a adotou, parece, e a trouxe para a Europa juntamente com a própria filha. Essa última morreu e a srta. Warrender – como a chamamos, pelo nome materno – respondeu ao anúncio de meu tio; e aqui está. Agora, meu caro rapaz, não hesite diante da ordem de vir, venha imediatamente."

Havia outras coisas nessa segunda carta que me impedem de transcrevê-la na íntegra.

Não tinha como resistir à importunação de meu velho amigo, assim, resmungando intimamente, empacotei sem demora os livros e, tendo telegrafado à noite, parti para Yorkshire logo de manhã. Lembro-me bem que fazia um dia feio, e que a viagem me pareceu interminável, ali encolhido a um canto do carro, revolvendo na cabeça os problemas de cirurgia e medicina. Tinham-me avisado que a pequena estação de Ingleton, a uns 24 quilômetros de Carnforth, era a parada mais próxima do meu destino e ali desci no momento em que John Thurston surgia veloz pela estrada local numa carruagem leve de duas rodas. Acenou entusiasticamente com o chicote ao me ver e, sofreando o cavalo com um movimento brusco, apeou e saltou para a plataforma.

– Meu caro Hugh – exclamou –, que prazer vê-lo! Foi muita bondade sua ter vindo! – E sacudiu minha mão até meu braço doer.

– Receio que vá me achar uma péssima companhia agora que estou aqui – respondi. – Estou até as orelhas de trabalho.

– Claro, claro – disse no seu jeito bem-humorado. – Já imaginava. Mesmo assim teremos tempo para dar uns tiros nos coelhos. É uma viagem meio longa e você deve estar enregelado, por isso vamos logo para casa.

Saímos sacolejando pela estrada poeirenta.

– Acho que vai gostar do seu quarto – comentou meu amigo. – E não vai tardar a se sentir em casa. Sabe, não é sempre que visito Dunkelthwaite e só agora estou começando a me instalar e a pôr o meu laboratório em ordem. Estou aqui há 15 dias. É um segredo conhecido que ocupo uma posição de destaque no testamento do velho tio Jeremy, de modo que meu pai achou que seria justo vir e ser gentil. Nas circunstâncias, o mínimo que posso fazer é me incomodar um pouco de vez em quando.

– Sem dúvida alguma – disse.

– Além do mais, ele é um bom velhinho. Você vai achar a nossa casa engraçada. Uma princesa de governanta; parece interessante, não é? Acho que o nosso imperturbável secretário anda meio caído por ela. Levante sua gola, o vento está muito cortante.

A estrada passava por uma sucessão de ondulações descampadas, despojadas de qualquer vegetação, exceto uns poucos tojos e uma cobertura rala de relva rústica e dura, que servia de alimento para um rebanho esparso de carneiros magros de aspecto faminto. Ora passávamos por um valão ora por uma cumeada, de onde se via a estrada serpeando como uma trilha fina e clara nas sucessivas elevações além. A intervalos a monotonia da paisagem era quebrada por escarpas pontiagudas em que o granito cinzento espreitava sombrio, como se a natureza tivesse sido ferida até seus ossos descarnados furarem a terra. A distância via-se uma cadeia de montanhas, de onde sobressaía um alto pico coquetemente ornado por uma guirlanda de nuvens que refletiam a luz avermelhada do sol poente.

– Ali é Ingleborough – disse meu companheiro, indicando a montanha com o chicote – e aqui é Yorkshire Fells. Não encontrará um lugar mais agreste e desolado em toda a Inglaterra. Produz uma boa raça de homens. A milícia inexperiente que bateu a cavalaria escocesa na Batalha do Estandarte veio dessa região do país. Agora desça, meu velho, e abra o portão.

Tínhamos parado num lugar em que um comprido muro coberto de musgo corria paralelo à estrada. Era interrompido por um dilapidado portão de ferro, ladeado por duas colunas no alto, das quais havia estátuas de pedra que pareciam representar algum animal heráldico, embora o vento e a chuva as tivessem reduzido a blocos informes. Um chalé em ruínas, que algum dia talvez tivesse servido de casa de porteiro, ficava a um lado. Empurrei a porta e subimos uma avenida irregular, cheia de curvas, onde o mato crescia; era ladeada por magníficos carvalhos cujos galhos se projetavam tão densamente sobre nós que o crepúsculo se transformou de repente em escuridão.

– Receio que a nossa avenida não vá impressioná-lo favoravelmente – disse Thurston rindo. – É um dos caprichos do velho deixar que a natureza aja livremente. Finalmente chegamos a Dunkelthwaite.

Ao dizer isso, contornamos uma curva da avenida pontuada por carvalhos patriarcais, que se erguiam mais altos que outros, e deparamos com uma grande casa caiada, de formato quadrado, diante da qual havia um gramado. A parte inferior do prédio estava toda na sombra, mas no andar superior uma fieira de janelas injetadas de sangue faiscavam ao sol poente. Ao som das rodas da carruagem um velho de libré acorreu e segurou a cabeça do cavalo quando paramos.

– Pode levá-la para o estábulo, Elijah – disse meu amigo ao saltarmos. – Hugh, deixe-me apresentá-lo ao meu tio Jeremy.

– Como vai? Como vai? – exclamou uma voz esganiçada e asmática, e erguendo os olhos vi um homenzinho de rosto corado que esperava por nós parado no pórtico. Usava uma faixa de algodão amarrada em torno da cabeça à moda de Pope e outras celebridades do século XVIII, e ainda se distinguia por um par de enormes chinelos. Estes contrastavam de forma tão estranha com suas canelas finas e fusiformes que ele parecia estar usando sapatos de neve, uma semelhança que aumentava ao andar, pois era obrigado a deslizar os pés no chão a fim de manter seguros esses apêndices canhestros.

– O senhor deve estar cansado. Claro, e com frio – disse com um jeito estranho e sincopado, ao apertar minha mão. – Precisamos mostrar hospitalidade, de fato precisamos. A hospitalidade é uma das virtudes antigas que ainda conservamos. Deixe-me ver, como são mesmo aqueles versos? "O braço de Yorkshire é forte e disposto, mas, oh, o coração de Yorkshire possui calor." Muito bons. É de um de meus poemas. Que poema é mesmo, Copperthorne?

– "O Saque de Borrodaile" – respondeu uma voz atrás dele, e um homem alto de rosto comprido adiantou-se para o círculo de luz projetado por uma lâmpada acima do pórtico.

John nos apresentou e lembro-me que a mão que apertei era fria e desagradavelmente pegajosa.

Terminado esse cerimonial, meu amigo me conduziu ao quarto, passando por muitos corredores ligados por escadarias antiquadas e irregulares. Observei ao passar a espessura das paredes e as estranhas inclinações e ângulos dos tetos, que sugeriam misteriosos espaços acima. O quarto que me foi reservado provou-se, como dissera John, ser um aposento alegre e isolado com uma lareira crepitante e uma biblioteca bem-fornida. Comecei a pensar, enquanto calçava os chinelos, que poderia ter tido ideia pior do que a de aceitar esse convite para vir a Yorkshire.

II

Quando descemos para a sala de jantar o resto da família já se reunira. O velho Jeremy, ainda usando o seu estranho turbante, estava sentado à cabeceira da mesa. Ao lado dele, à direita, havia uma moça muito morena de olhos e cabelos pretos, que me foi apresentada como srta. Warrender. Junto a ela, duas crianças bonitas, um menino e uma menina, que eram evidentemente seus pupilos. Sentei-me defronte dela, tendo Copperthorne à esquerda, e John se sentou de frente para o tio. Sou quase capaz de visualizar o clarão amarelo do grande lampião a óleo projetando luzes e sombras, à Rembrandt, no círculo de rostos, alguns dos quais cedo iriam adquirir um estranho interesse para mim.

Foi uma refeição agradável, salvo a excelência da comida e o fato de que a longa viagem aguçara meu apetite. Tio Jeremy excedia-se em anedotas e citações, encantado de ter encontrado um novo ouvinte. Nem a srta. Warrender nem o sr. Copperthorne falaram muito, mas tudo que esse último disse revelava um homem solícito e instruído. Quanto a John, tinha tanto que dizer em termos de reminiscências da universidade e notícias posteriores que receio que o jantar tenha sido insuficiente.

Quando a sobremesa foi servida a srta. Warrender levantou-se com as crianças e tio Jeremy se retirou para a biblioteca, de onde podíamos ouvir o som abafado de sua voz a ditar para o secretário. Meu velho amigo e eu ficamos algum tempo sentados diante da lareira comentando as muitas coisas que nos tinham acontecido desde a última vez que nos encontráramos.

– E o que acha da nossa família? – perguntou finalmente, com um sorriso.

Respondi-lhe que me interessara muito pelo que vira.

– Seu tio – disse – é uma figura. Gosto muito dele.

– É; tem um grande coração por trás de todas as suas manias. A sua vinda parece tê-lo animado, porque ele nunca mais foi o mesmo desde a morte de Ethel. Era a filha mais nova de tio Sam e veio para cá com os outros, mas sofreu um ataque ou algo assim no jardim há uns dois meses. Encontraram-na morta à noite. Foi um grande golpe para o velho.

– Deve ter sido para a srta. Warrender também, não? – comentei.

– Foi; ela ficou muito aflita. Só estava aqui há uma ou duas semanas à época. Fora a Kirkby Lonsdale naquele dia fazer uma compra.

– Fiquei muito interessado em tudo que me disse a respeito dela. Não estava brincando, suponho?

– Não, não; é a pura verdade. O pai dela era Achmet Genghis Khan, um chefe tribal semi-independente de uma das províncias centrais. Era uma espécie de gentio fanático apesar da esposa cristã tornou-se íntimo da Nana e se meteu naquela história de Cawnpore, então o governo caiu em cima dele.

– Deve ter sido uma grande mulher antes de deixar a tribo. Qual é a visão religiosa dela? Tomou o partido do pai ou da mãe?

– Nunca insistimos nessa pergunta – respondeu meu amigo. – Aqui entre nós não acho que seja muito ortodoxa. A mãe deve ter sido uma boa mulher, e ela, além de ensinar inglês, fala francês e toca piano excepcionalmente bem. Ora, lá está ela!

Ao falar ouviu-se o som de um piano na sala ao lado e ambos paramos de falar para prestar atenção. A princípio a pianista tocou algumas notas isoladas, como se estivesse incerta do que tocar. Em seguida ouviu-se uma série de acordes metálicos e dissonâncias até que do caos surgiu inesperadamente uma estranha marcha bárbara, com toques de trombetas e retinir de pratos. A música prosseguiu cada vez mais alta com ímpeto selvagem e voltou a morrer com os acordes dissonantes com que se iniciara. Então ouvimos o som do piano sendo fechado, e a música findou.

– Ela faz isso todas as noites – comentou meu amigo. – Suponho que seja alguma lembrança indiana. Pitoresca, não é? Mas não se prenda se precisar se retirar. Seu quarto está pronto para quando quiser estudar.

Aproveitei a deixa de meu companheiro e o deixei com o tio e Copperthorne, que tinham voltado à sala, e fui para cima ler um pouco de jurisprudência médica. Imaginei que não voltaria a ver os habitantes de Dunkelthwaite àquela noite, mas estava enganado, pois em torno das dez horas tio Jeremy meteu seu rosto corado no meu quarto.

– Está confortável? – perguntou.

– Excelente, muito obrigado – respondi.

– Ótimo. Continue assim. O êxito é garantido – disse a seu modo espasmódico. – Boa noite!

– Boa noite! – retribuí.

– Boa noite! – disse outra voz vinda do corredor; e espiando para fora vi o vulto alto do secretário nos calcanhares do velho como uma longa e escura sombra.

Voltei à escrivaninha e estudei mais uma hora, e depois fui me deitar, refletindo até adormecer, impressionado com a curiosa família de que me tomara membro.

III

Levantei-me cedo e saí para o jardim, onde encontrei a srta. Warrender, que colhia prímulas reunindo-as num buquê para a mesa do café da manhã. Aproximei-me antes que me visse e não pude deixar de admirar a beleza flexível de sua silhueta enquanto se curvava para as flores. Havia uma graça felina em cada um de seus movimentos como não me lembrava de ter visto em nenhuma outra mulher. Recordei-me das palavras de Thurston sobre a impressão que ela causara no secretário, e parei de me surpreender. Ao ouvir meus passos ela se endireitou e voltou o lindo rosto moreno para mim.

– Bom dia, srta. Warrender – cumprimentei. – A senhora é madrugadora como eu.

– Sou – respondeu. – Fui habituada a me levantar com o nascer do sol.

– Que paisagem estranha e agreste! – comentei contemplando a extensão da terra devastada. – Sou um forasteiro nesta região do país, como a senhora. Gosta daqui?

– Não, não gosto – disse francamente. – Detesto. É frio, desolado e triste. Olhe só para isso – mostrou-me o buquê de prímulas –, chamam a isso de flores. Nem mesmo cheiram.

– Está acostumada a um clima mais ameno e à vegetação tropical?

– Ah, então o sr. Thurston andou falando de mim – disse com um sorriso. – É verdade, estou acostumada a algo melhor que isso.

Estávamos juntos quando uma sombra caiu entre nós, e olhando à volta descobri que Copperthorne estava logo atrás. Estendeu a mão magra e branca para mim com um sorriso forçado.

– Parece que já sabe andar sozinho por aqui – comentou, correndo o olhar de um lado para o outro, do meu rosto para o da srta. Warrender. – Deixe-me segurar as flores para a senhora.

– Não é preciso, obrigada – respondeu a moça friamente. – Já colhi o bastante e vou entrar.

E passou majestosamente por ele, atravessando o gramado em direção à casa. Copperthorne acompanhou-a com os olhos franzindo a testa.

– O senhor estuda medicina, sr. Lawrence? – perguntou, voltando-se para mim e erguendo e baixando o pé de maneira nervosa e convulsiva enquanto falava.

– Estudo sim.

– Ah, já ouvimos falar dos estudantes de medicina – exclamou em voz alta, com um risinho crepitante. – Os senhores são terríveis, não são? Já ouvimos falar. Não se pode competir com os senhores.

– O estudante de medicina, meu senhor – respondi –, em geral é um cavalheiro.

– É bem verdade – disse, mudando de tom. – É claro que só estava brincando.

Contudo, não pude deixar de reparar que ao café da manhã ele mantinha os olhos fixos em mim quando a srta. Warrender falava, e, se por acaso eu fazia algum comentário, seus olhos corriam rapidamente para a moça como se quisesse ler nos nossos rostos o que pensávamos um do outro. Era óbvio que sentia um interesse maior que o normal pela bela governanta, e me parecia ser igualmente evidente que seus sentimentos não eram de modo algum retribuídos.

Naquela manhã tivemos uma ilustração da natureza simples dessa gente primitiva de Yorkshire. Parece que a criada e a cozinheira, que dormiam no mesmo quarto, se assustaram durante a noite com alguma coisa que as suas mentes supersticiosas imaginaram ser uma aparição. Eu estava sentado depois do café da manhã com tio Jeremy, que, com o auxílio de contínuas sugestões do secretário, recitava alguns poemas de Border, quando ouvimos uma batida na porta e apareceu a criada. Nos seus calcanhares vinha a cozinheira, robusta mas medrosa, as duas a se encorajar e instigar mutuamente. Contaram a história em estrofe e antístrofe, como um coro grego, Jane falando até perder o fôlego, quando a narrativa era retomada pela cozinheira que, por sua vez, era substituída pela outra. A maior parte do que diziam era quase ininteligível para mim devido ao seu extraordinário dialeto, mas eu conseguia acompanhar o fio da história. Parece que de manhã cedinho a cozinheira fora acordada por alguma coisa que lhe tocava o rosto, e assustada vira um vulto junto à cama, que em seguida deslizara silencioso para fora do quarto. A criada acordou com o grito da cozinheira e afirmava com vigor que vira a aparição. Não houve reexame ou argumento que as fizesse vacilar, e as duas terminaram informando que iam deixar o serviço, o que era uma maneira prática de demonstrar que estavam sinceramente apavoradas. Pareciam bastante indignadas com a nossa incredulidade e por fim saíram impetuosamente da sala, deixando tio Jeremy aborrecido, Copperthorne desdenhoso e eu muito divertido.

Passei quase todo o segundo dia de minha visita no quarto e consegui terminar uma considerável quantidade de trabalho. À noite John e eu caminhamos até a coutada de coelhos com nossas espingardas. Quando voltávamos contei a John a cena absurda com as empregadas naquela manhã, mas ele não pareceu encarar a história com a mesma impressão de ridículo que eu.

– O caso é que – disse ele –, em casas muito antigas como a nossa, em que a madeira está podre e empenada, observam-se efeitos curiosos que às vezes predispõem a mente à superstição. Já ouvi uma ou duas coisas à noite durante essa visita que teriam apavorado um homem nervoso, e mais ainda um empregado sem instrução. Naturalmente essa história de aparições é simples tolice, mas uma vez que a imaginação se excita é difícil fazê-la parar.

– O que foi que ouviu? – perguntei interessado.

– Ah, nada de importância – respondeu. – Aí estão as crianças e a srta. Warrender. Não devemos falar disso diante dela, ou a teremos dando aviso prévio também, e isso seria uma perda para a casa.

Estava sentada num degrau de pedra à beira do bosque que cerca Dunkelthwaite, e as duas crianças estavam encostadas nela, uma de cada lado, as mãos segurando-lhe os braços, e os rostinhos gorduchos voltados para a moça. Era um quadro bonito e paramos para admirá-lo. Ela nos ouviu aproximar, porém, desceu com leveza e veio ao nosso encontro, com os dois pequenos a segui-la.

– O senhor precisa me ajudar com o peso da sua autoridade – disse a John. – Esses rebeldezinhos gostam do ar da noite e não consigo persuadi-los a entrar.

– Não quero entrar – falou o menino decidido. – Quero ouvir o resto da história.

– É, a 'tória – ciciou a mais nova.

– Vocês ouvirão o resto da história amanhã, se forem bonzinhos. O sr. Lawrence, que é médico, está aqui: ele vai lhes dizer como faz mal às crianças ficarem ao relento quando cai o orvalho.

– Então estiveram ouvindo uma história? – perguntou John enquanto caminhávamos juntos.

– Estivemos: uma história ótima! – disse o menininho com entusiasmo. – Tio Jeremy nos conta histórias, mas são em versos c não são nem de longe tão boas quanto as da srta. Warrender. A de hoje foi sobre elefantes...

– E tigres... e ouro – acrescentou a menina.

– Foi, e guerras e lutas e o rei de Cheroots...

– Rajpoots, querido – disse a governanta.

– E as tribos nômades que se conhecem por meio de sinais, e o homem que morreu na mata. Ela sabe histórias esplêndidas. Por que não lhe pede para contar algumas, primo John?

– Francamente, srta. Warrender, a senhora despertou a nossa curiosidade – disse o meu companheiro. – Precisa nos falar dessas maravilhas.

– Elas pareceriam ao senhor bastante tolas – respondeu rindo. – São apenas umas poucas lembranças de minha infância.

Enquanto caminhávamos pelo caminho que atravessava o bosque encontramos Copperthorne, que vinha em sentido contrário.

– Andava à procura de todos os senhores – disse numa tentativa desajeitada de ser cordial. – Queria avisar que está na hora do jantar.

– Nossos relógios nos informaram isso – respondeu John, um tanto descortês, achei.

– E estiveram todos caçando coelhos juntos? – continuou o secretário, caminhando ao nosso lado.

– Não – respondi. – Encontramos a srta. Warrender e as crianças quando voltávamos.

– Ah, a srta. Warrender veio encontrá-los na volta! – comentou. Essa rápida distorção de minhas palavras, somada ao modo desdenhoso com que falou, me irritou tanto que teria dado uma resposta brusca não fosse a presença da moça.

Aconteceu-me olhar na direção da governanta naquele momento e vi seus olhos faiscarem de raiva ao se fixarem no rapaz, o que indicava que partilhava a minha indignação. Surpreendi-me, porém, naquela mesma noite quando, por volta das dez horas, espiei casualmente pela janela do meu quarto e vi os dois caminhando para cima e para baixo ao luar, entretidos a conversar. Não sei como aconteceu, mas a visão me perturbou tanto que depois de várias tentativas infrutíferas de continuar meus estudos larguei os livros de lado e desisti de trabalhar o restante da noite. Por volta das onze tornei a espiar, mas já tinham ido embora, e pouco depois ouvi os passos arrastados de tio Jeremy e as pisadas firmes e pesadas do secretário a subirem a escada que levava aos seus aposentos no andar de cima.

IV

John Thurston nunca foi um homem muito observador, e creio que antes de completar três dias sob o teto de seu tio eu já sabia melhor o que ocorria do que ele. Meu amigo dedicava-se com ardor à química e passava os dias feliz entre tubos de ensaio e soluções, perfeitamente satisfeito desde que tivesse um bom amigo à mão a quem pudesse comunicar os resultados de seu trabalho. Quanto a mim, sempre tive uma fraqueza pelo estudo e a análise do caráter humano, e encontrava muita coisa interessante no microcosmo em que vivia. De fato, deixei-me absorver tanto pelas minhas observações que receio que meus estudos tenham sofrido bastante.

Em primeiro lugar, descobri sem sombra de dúvida que o verdadeiro senhor de Dunkelthwaite não era o tio Jeremy, mas o secretário do tio Jeremy. Meu instinto médico dizia-me que o amor absorvente pela poesia, que não passara de uma excentricidade inofensiva na juventude do velho, tornara-se agora uma monomania, que dominava sua mente com a exclusão de qualquer outro assunto. Copperthorne, satisfazendo o capricho do patrão, neste ponto tornara-se indispensável e conseguira adquirir completa ascendência sobre ele em tudo o mais. Administrava as finanças e os problemas domésticos sem questionamentos nem controle. Tinha, porém, juízo suficiente para exercer sua autoridade tão brandamente que não esfolava o pescoço de ninguém e com isso não despertava animosidade. Meu amigo, ocupado com as suas destilações e análises, nunca chegava a perceber que era na realidade um zero à esquerda na casa.

Já expressei a minha convicção de que, embora Copperthorne sentisse uma certa queda pela governanta, ela não favorecia suas atenções. Passados alguns dias, contudo, concluí que além dessa afeição não correspondida havia um outro laço que unia os dois. Já o vira mais de uma vez assumir com relação a ela uma atitude que só posso descrever como autoritária. Duas ou três vezes também os observara caminhando pelo gramado e conversando seriamente nas primeiras horas da noite. Não conseguia adivinhar que entendimento mútuo havia e o mistério aguçava minha curiosidade.

Era proverbialmente fácil se apaixonar em uma casa de campo, mas nunca fui sentimental de natureza e o meu julgamento não estava deformado por nenhuma emoção pela srta. Warrender. Ao contrário, dispus-me a estudá-la como um entomologista faria com um espécime, criticamente, mas sem parcialidade. Com esse objetivo costumava programar meus estudos de forma a estar livre quando ela saía para andar com as crianças, de modo que demos muitos passeios juntos e adquiri uma compreensão de seu caráter que de outra forma não seria possível.

Era razoavelmente bem-instruída e tinha um conhecimento superficial de diversas línguas, além de um grande pendor natural para música. Sob esse verniz de cultura, todavia, havia algo de selvagem em sua natureza. No curso de nossas conversas ela deixava escapar de vez em quando algum comentário que chegava quase a me assustar pelo primarismo do raciocínio e pelo desrespeito às convenções da civilização. Isso não deveria me surpreender, porém, quando refletia que já era mulher feita quando deixara a tribo selvagem que o pai chefiava.

Lembro-me de uma circunstância em que seus hábitos selvagens originais inesperadamente se afirmaram de uma forma que me pareceu particularmente característica. Estávamos caminhando pela estrada local, falando da Alemanha, onde ela passara alguns meses, quando inesperadamente se interrompeu e levou o dedo aos lábios.

– Empreste-me sua bengala! – disse num sussurro.

Entreguei a bengala e, para meu espanto, em seguida ela se precipitou com leveza e sem ruído por uma abertura na sebe, e abaixando-se, rastejou rapidamente até o abrigo de um outeirinho. Eu continuava a observá-la admirado, quando um coelho saltou de repente diante dela e correu. Ela arremessou a bengala e o acertou, mas o bicho conseguiu fugir, embora arrastando uma perna.

Ela voltou para onde eu estava, exultante e ofegante.

– Eu o vi se mexendo no mato – disse. – Acertei-o.

– É, acertou-o. Quebrou-lhe a perna – retorqui com uma certa frieza.

– A senhora o machucou – exclamou o menininho, em tom de lástima.

– Pobre bichinho! – exclamou a governanta, mudando inesperadamente de atitude. – Sinto muito que o tenha machucado.

Ela parecia completamente deprimida com o incidente e falou pouco durante o resto do passeio. De minha parte não poderia culpá-la demais. Fora evidentemente um rompante do velho instinto predatório do selvagem, embora com um efeito um tanto incongruente no caso de uma jovem elegantemente vestida numa estrada inglesa.

John Thurston me fez espiar a sala particular dela num dia em que estava fora. Tinha milhares de quinquilharias indianas ali, que indicavam que viera bem carregada de sua terra natal. Seu gosto oriental pelas cores vivas se revelara de uma forma engraçada. Fora à cidade e comprara numerosas folhas de papel rosa e azul e as pregara formando manchas sobre o revestimento escuro que cobria as paredes. Tinha também uns ouropéis pendurados nos lugares mais visíveis. O efeito geral era ridiculamente espalhafatoso e berrante, e, no entanto, me parecia haver um certo *pathos* nessa tentativa de reproduzir a radiosidade dos trópicos na fria casa inglesa.

Nos primeiros dias de minha visita, o curioso relacionamento que existia entre a srta. Warrender e o secretário simplesmente excitara minha curiosidade, mas à medida que as semanas passaram interessei-me mais pela bela anglo-indiana e um sentimento mais pessoal e profundo se apossou de mim. Dava tratos à imaginação procurando descobrir que laços poderia existir entre eles. Por que seria que ao mesmo tempo mostrava todos os sintomas de aversão à companhia dele durante o dia e caminhava com ele sozinha depois do anoitecer? Será que o desagrado que demonstrava por ele diante dos outros era um subterfúgio para ocultar seus verdadeiros sentimentos? Tal suposição parecia envolver um grau de dissimulação em sua natureza que me parecia incompatível com seus olhos francos e feições orgulhosas de contornos bem-definidos. E, no entanto, que outra hipótese poderia explicar o poder que o rapaz sem dúvida exercia sobre ela?

Esse poder se revelava de muitas formas, mas era exercido tão suave e silenciosamente que somente um observador atento perceberia que existia. Já o vira fixá-la com um olhar tão dominador, e a mim pareceu tão ameaçador, que no momento seguinte eu mal consegui acreditar que seu rosto branco e impassível pudesse ser capaz de uma expressão tão intensa. Quando a olhava dessa forma ela se encolhia e tremia como se sentisse uma dor física. Decididamente, pensava eu, é o medo e não o amor que produz esse efeito.

Interessei-me tanto pela questão que a discuti com meu amigo John. Ele na ocasião se encontrava no laboratoriozinho e estava profundamente absorto numa série de manipulações e destilações, que terminaram produzindo um gás malcheiroso que nos fez tossir e engasgar. Aproveitei a nossa retirada forçada para o ar puro para interrogá-lo sobre um ou dois pontos que exigiam esclarecimento.

– Há quanto tempo me disse que a srta. Warrender estava com seu tio? – perguntei.

John me olhou com ironia e sacudiu o dedo manchado de ácido.

– Você parece andar maravilhosamente interessado na filha do finado e pranteado Achmet Genghis – disse.

– Quem poderia evitar? – respondi-lhe francamente. – Acho que ela é uma das personalidades mais românticas que já conheci.

– Cuide dos seus estudos, menino – disse John paternalmente. – Essas coisas não fazem bem antes dos exames.

– Não seja ridículo! – protestei. – Qualquer um pensaria que estivesse apaixonado pela srta. Warrender ouvindo você falar assim. Encaro-a como um interessante problema psicológico, nada mais.

– Perfeitamente: um interessante problema psicológico, nada mais.

John parecia ainda sentir os efeitos do gás em seu sistema, pois sua atitude era decididamente irritante.

– Voltando à minha pergunta inicial – disse –, há quanto tempo ela está aqui?

– Umas dez semanas.

– E Copperthorne?

– Mais de dois anos.

– Supõe que pudessem ter se conhecido antes?

– Impossível! – disse John com firmeza. – Ela veio da Alemanha. Vi a carta do velho comerciante, em que reconstituía a vida pregressa da moça. Copperthorne sempre viveu em Yorkshire, à exceção dos dois anos em Cambridge. Teve de deixar a universidade sob suspeita.

– Sob suspeita de quê?

– Não sei – respondeu John. – Abafaram a coisa. Imagino que tio Jeremy saiba. Ele sempre gostou muito de contratar patifes e lhes dar o que chama de uma nova oportunidade. Alguns deles vão lhe dar um susto um dia desses.

– Com que então Copperthorne e a srta. Warrender eram absolutamente desconhecidos um do outro até recentemente?

– Exatamente; acho que podemos voltar e analisar o sedimento.

– Não se preocupe com o sedimento – exclamei, detendo-o. – Ainda tenho mais algumas coisas para falar com você. Se esses dois só se conhecem há tão pouco tempo, como foi que ele conseguiu afirmar seu poder sobre ela?

John arregalou os olhos para mim.

– Poder? – disse.

– É, o poder que exerce sobre ela.

– Meu caro Hugh – disse meu amigo sério –, não tenho o hábito de citar assim as Escrituras, mas há um texto que me vem à mente de maneira irresistível, e que é "O excesso de saber o enlouqueceu". Você andou estudando demais.

– Você está querendo me dizer que nunca observou que existe algum entendimento secreto entre a governanta de seu tio e o secretário?

– Experimente tomar brometo de potássio – disse John. – É muito tranquilizante em doses de vinte grãos.

– Experimente usar óculos – repliquei –, sem dúvida alguma está precisando deles. – E com isso dei meia-volta e saí agastado.

Não tinha andado dois metros pelo caminho do jardim quando vi o próprio casal de que acabáramos de falar. Estavam um pouquinho afastados, ela encostada no relógio de sol, ele, defrontando-a, falava muito e fazia de quando em quando gestos bruscos. Com aquela figura alta e descarnada dominando-a, e os movimentos espasmódicos dos braços longos, lembrava um grande morcego adejando sobre a vítima. Recordo que foi essa a comparação que me ocorreu na ocasião, intensificada talvez pela sugestão de encolhimento e medo que me parecia ver em cada curva do seu belo corpo.

O quadrinho era uma ilustração tão clara do texto da minha conversa que me senti tentado a voltar ao laboratório e trazer o incrédulo John para que visse com os próprios olhos. Antes que conseguisse chegar a uma conclusão, porém, Copperthorne me divisou, e dando as costas caminhou em sentido contrário entrando por entre os arbustos, a companheira caminhando a seu lado e cortando flores com a sombrinha ao passar.

Subi ao meu quarto depois desse pequeno episódio com a intenção de adiantar meus estudos, mas por mais que fizesse minha mente se desviava dos livros para especular sobre o mistério.

Soubera de John que os antecedentes de Copperthorne não eram dos melhores, no entanto ele obviamente ganhara uma enorme ascendência sobre o patrão quase senil. Era compreensível quando se observava o cuidado extremo com que se dedicava ao passatempo do velho e o tato perfeito com que condescendia e encorajava seus estranhos caprichos poéticos. Mas como poderia explicar (a mim mesmo) o poder igualmente óbvio que exercia sobre a governanta? A moça não tinha caprichos a serem satisfeitos. O amor mútuo poderia justificar o laço que existia entre eles, mas o meu instinto de homem mundano e observador da natureza humana me dizia quase conclusivamente que tal amor não existia. Se não era amor, devia ser medo – uma suposição favorecida por tudo que já vira.

O que, então, teria ocorrido nesses dois meses para fazer essa princesa briosa de olhos negros temer o inglês de rosto pálido, voz macia e modos educados? Foi esse problema que me dispus a resolver com uma energia e seriedade que eclipsavam meu ardor pelo estudo e me colocavam acima dos terrores do meu exame iminente.

Arrisquei-me a abordar o assunto naquela mesma tarde com a srta. Warrender, que encontrei a sós na biblioteca, pois as duas crianças tinham ido passar o dia brincando na casa de um cavalheiro vizinho.

– A senhora deve se sentir muito só quando não há visitantes – comentei. – Isto aqui não parece ser uma parte muito movimentada do país.

– As crianças são sempre boas companheiras – respondeu. – Ainda assim sentirei muita falta tanto do sr. Thurston quanto do senhor quando se forem.

– Lamentarei quando chegar a hora. Nunca esperei apreciar esta visita como apreciei; mas a senhora não ficará inteiramente só quando nos formos, sempre terá o sr. Copperthorne.

– É; sempre teremos o sr. Copperthorne – disse num tom fatigado.

– Ele é uma companhia agradável – comentei. – Tranquilo, bem-informado e gentil. Não admira que o velho sr. Thurston goste tanto dele.

Enquanto assim falava observava minha companheira com atenção. Surgiu um ligeiro rubor no rosto moreno e ela tamborilou impaciente os dedos nos braços da cadeira.

– A atitude dele pode ser um tanto fria por vezes... – ia continuar, mas ela me interrompeu, voltando-se furiosa, com um brilho de cólera nos olhos.

– Para que quer falar dele comigo? – perguntou.

– Perdão – respondi, penitente –, não sabia que era um assunto proibido.

– Não quero nem ouvir falar no nome dele – exclamou emotivamente. – Odeio o nome e odeio a pessoa. Ah, se ao menos houvesse alguém que me amasse; isto é, como os homens amam do outro lado do oceano, na minha terra, eu sei o que lhe diria.

– O que diria? – perguntei espantado com esse extraordinário rompante.

Ela se curvou para a frente até que tive a impressão de sentir os arquejos acelerados de seu hálito quente em meu rosto.

– Mate Copperthorne – disse. – Isto é o que lhe diria. – Mate Copperthorne. Então pode vir me falar de amor.

Nada pode descrever a intensidade da violência com que ela sibilou essas palavras por entre os dentes brancos.

Parecia tão virulenta ao falar que involuntariamente me afastei. Será que essa serpente era a jovem tímida que se sentava todos os dias tão composta e serena à mesa de tio Jeremy? Esperara ter um vislumbre do seu caráter com as minhas perguntas, mas nunca imaginara conjurar um espírito assim. Ela deve ter observado o horror e a surpresa que se estampavam em meu rosto, porque mudou de atitude e riu nervosa.

– O senhor deve pensar que sou louca – disse. – Vê que

é a educação indiana transparecendo de novo. Não fazemos nada pela metade: nem amar nem odiar.

– E por que é que odeia o sr. Copperthorne? – perguntei.

– Bem – respondeu mais calma –, talvez odiar seja afinal uma palavra um tanto forte. Detestar seria melhor. Há pessoas por quem não se pode deixar de sentir antipatia, ainda que não se possa oferecer nenhuma razão precisa para isso.

Era evidente que se arrependia da recente explosão e procurava explicá-la de algum modo.

Como percebi que queria mudar de conversa, procurei ajudá-la e fiz um comentário sobre um livro de estampas indianas que ela tirara da estante antes de eu chegar e que ainda estava em seu colo. A coleção de tio Jeremy era extensa e particularmente rica em obras desse gênero.

– Não são muito exatas – disse, folheando as páginas coloridas. – Essa, porém, é boa – continuou mostrando a de um chefe tribal vestido de cota de malha com um pitoresco turbante na cabeça. – É muito boa mesmo. Meu pai se vestia assim quando cavalgando o cavalo branco de batalha comandou todos os guerreiros de Doob na batalha contra os *feringhees*. Meu pai foi escolhido por eles, pois sabiam que Achmet Genghis Khan era não só um grande sacerdote como também um grande soldado. O povo não se deixaria comandar por ninguém a não ser por um *borka* experiente. Está morto agora e de todos que seguiram sua bandeira não há ninguém que não esteja fugido ou morto, enquanto eu, sua filha, sou uma criada numa terra distante.

– Com certeza voltará à Índia algum dia – disse numa tentativa um tanto ineficaz de consolá-la.

Ela continuou a folhear as páginas, indiferente, por alguns instantes, sem responder. Então soltou um repentino gritinho de prazer ao parar em uma das estampas.

– Olhe só – exclamou ansiosa. – É um dos nossos peregrinos. É um *bhuttotee*. Está muito parecido.

A estampa que a agitara tanto representava um nativo particularmente mal-encarado com um pequeno instrumento que parecia uma pequena picareta em uma mão e um lenço ou um rolo de linho listrado na outra.

– Esse lenço é o seu *rumal* – disse. – É claro que ele não andaria abertamente com esse xale, nem carregaria a machadinha sagrada, mas sob todos os outros aspectos está tal e qual. Muitas vezes estive com esses homens em noites sem luar quando os *lughaees* se encontravam mais adiante e o forasteiro imprudente ouvia os *pilhaoo* à esquerda e não sabia o que significava. Ah! Aquilo sim é que era uma vida que valia a pena viver!

– E que coisa é esse *rumal*... e os *lughaees* e todo o resto? – perguntei.

– Ah, são palavras indianas – respondeu rindo. – O senhor não as entenderia.

– Mas o título diz que ele é um *dacoit*, e sempre pensei que um *dacoit* fosse um assaltante.

– É porque os ingleses não sabem a diferença – observou. – Naturalmente os *dacoits* são assaltantes, mas eles chamam muita gente de assaltante que na realidade não o é. Agora esse homem é um homem santo e muito provavelmente um *guru*.

Ela poderia me ter dado mais informações sobre os modos e costumes indianos, pois era um assunto de que gostava de falar; mas de repente, enquanto a observava, vi sua expressão mudar e olhar fixamente para a janela às minhas costas. Virei a cabeça e lá estava o rosto do secretário nos espreitando sorrateiro a um canto. Confesso que eu próprio me assustei com a visão, pois, com a sua palidez cadavérica, a cabeça poderia ter sido a de alguém decapitado. Ele abriu a vidraça quando percebeu que o observávamos.

– Sinto interrompê-los – disse espiando para dentro –, mas não acha, srta. Warrender, que é uma pena estar fechada numa sala em um dia tão bonito? Não quer sair e dar um passeio?

Embora suas palavras fossem corteses, eram ditas numa voz acre e quase ameaçadora, de modo que soava mais como uma ordem do que um pedido. A governanta se levantou e sem protesto ou comentário saiu mansamente da sala para pôr o chapéu. Foi mais um exemplo da autoridade de Copperthorne sobre ela. Enquanto me espiava pela janela aberta, um sorriso zombeteiro brincava em seus lábios finos, como se gostasse de me ofender com a sua demonstração de poder. Com o sol a emoldurá-lo pelas costas parecia um demônio numa auréola. Permaneceu assim alguns instantes me observando com concentrada malícia no rosto. Então ouvi seus passos pesados esmagando a piçarra do caminho ao dar a volta em direção à porta.

V

Durante alguns dias após a conversa em que a srta. Warrender confessou o seu ódio pelo secretário, tudo correu sem percalços em Dunkelthwaite. Tive diversas conversas com ela em passeios pelos bosques e campos em companhia das duas crianças, mas nunca consegui voltar ao assunto do seu rompante na biblioteca, nem ela me contou nada que pudesse lançar qualquer luz sobre o problema que me interessava tão profundamente. Sempre que eu fazia um comentário que pudesse levar nessa direção ou me respondia de maneira reservada ou então descobria de repente que já era hora de as crianças voltarem para seus aposentos, de modo que cheguei a desesperar de descobrir qualquer coisa.

Nesse período estudei espasmódica e irregularmente. Às vezes tio Jeremy entrava arrastando os pés em meu quarto com um rolo de escritos na mão e me lia trechos de seu grande poema épico. Sempre que sentia necessidade de companhia costumava visitar o laboratório de John, e ele, por sua vez, vinha ao meu quarto se se sentia só. Outras vezes eu alterava a monotonia de meus estudos levando os livros para uma pérgola entre os arbustos e trabalhava ali durante o dia. Quanto a Copperthorne, eu o evitava o máximo possível e, de sua parte, ele não parecia nada ansioso por cultivar a minha amizade.

Um dia, por volta da segunda semana de junho, John me procurou com um telegrama na mão e uma expressão muito desgostosa no rosto.

– Que situação! – exclamou. – O patrão quer que vá imediatamente encontrá-lo em Londres. Suponho que seja algum assunto legal. Ele estava sempre ameaçando pôr os negócios em ordem e agora teve um ataque de energia e pretende executar a ameaça.

– Suponho que não vá se demorar muito? – perguntei.

– Uma ou duas semanas talvez. É uma maçada, logo agora que estava fazendo progressos na separação daquele alcaloide.

– Vai encontrá-lo no mesmo lugar quando voltar – disse rindo. – Não existe ninguém aqui para separá-lo em sua ausência.

– O que me preocupa mais é deixá-lo aqui – continuou. – Parece tão pouco hospitaleiro convidar alguém para vir a um lugar ermo como esse e depois fugir deixando-o só.

– Não se preocupe comigo. Estou muito ocupado para me sentir sozinho. Além do mais, encontrei atrações neste lugar que nunca imaginei. Não creio que nenhum outro período de minha vida tenha passado tão rápido quanto essas seis últimas semanas.

– Ora, passaram rápidas, não foi? – comentou John, rindo de si para si. Estou convencido de que continuava sob a impressão de que eu estava perdidamente apaixonado pela governanta.

Ele partiu naquele dia pelo trem matutino, prometendo escrever para informar seu endereço na cidade, pois ainda não sabia em que hotel o pai ia se hospedar. Eu mal sabia que diferença esse pequeno detalhe faria, nem o que iria acontecer até que voltasse a pôr os olhos em meu amigo. À época eu não estava de forma alguma triste com a sua partida. Ela provocou uma oposição mais acirrada entre nós quatro que ficamos e pareceu favorecer a solução daquele problema em que me encontrava cada dia mais interessado.

A uns quatrocentos metros da casa de Dunkelthwaite havia uma aldeiazinha espalhada de mesmo nome, que consistia em uns vinte ou trinta chalés de telhados de ardósia, uma igreja coberta de hera e a inevitável cervejaria. Na tarde daquele mesmo dia em que John nos deixou, a srta. Warrender e as crianças foram a pé até o correio que havia lá e eu me ofereci para acompanhá-las.

Copperthorne teria gostado muito de impedir a excursão ou de ir conosco, mas felizmente tio Jeremy estava em ânsias de composição e os serviços do secretário eram indispensáveis. Foi uma caminhada agradável, lembro-me, porque a estrada era sombreada por árvores e os passarinhos cantavam alegres no alto. Andamos juntos, conversando sobre vários assuntos, enquanto o menino e a menina corriam à frente, rindo e brincando.

Antes de se chegar ao correio tem-se de passar pela cervejaria que já mencionei. Ao descermos a rua da aldeia percebemos que um pequeno grupo de pessoas se reunira diante do prédio. Havia mais ou menos uma dúzia de meninos de roupas rotas e meninas malvestidas e umas poucas mulheres sem chapéu e alguns desocupados do bar – provavelmente o maior número de pessoas que já se reunira nos anais daquele lugarejo tranquilo. Não conseguíamos ver o que excitava a curiosidade deles, mas as crianças correram e logo regressaram borbulhando de informações.

– Ah, srta. Warrender – gritou Johnnie, ao voltar correndo ofegante e ansioso –, há um homem negro como aqueles das histórias que nos conta!

– Um cigano, suponho – arrisquei.

– Não, não – disse John com firmeza. – É muito mais escuro do que isso, não é, Mary?

– Muito mais escuro – repetiu a menininha.

– Suponho que seria melhor ir ver essa aparição maravilhosa – sugeri.

Ao falar olhei minha companheira. Para minha surpresa estava muito pálida e seus grandes olhos negros pareciam luminosos de excitação reprimida.

– Não se sente bem? – perguntei.

– Ah, sim. Vamos! – exclamou, ansiosa, apertando o passo. – Vamos!

Foi decerto um quadro curioso com que nos deparamos ao nos reunir ao pequeno círculo de caipiras. Lembrou-me a descrição do malaio comedor de ópio que De Quincey viu numa fazenda na Escócia. No centro do círculo de habitantes rudes de Yorkshire havia um viajante oriental, alto, esguio e gracioso, as roupas de linho empoeiradas e os pés morenos saindo pelos sapatos rústicos. Era evidente que vinha de longe e a viagem fora longa. Trazia uma bengala pesada na mão, na qual se apoiava, enquanto os olhos negros contemplavam pensativamente a distância, aparentemente indiferente à aglomeração à sua volta. Seu traje pitoresco, com o turbante colorido e o rosto escuro, produzia um efeito estranho e incongruente naquele ambiente prosaico.

– Pobre homem! – disse a srta. Warrender num tom agitado e arquejante. – Está cansado e faminto, sem dúvida, e não consegue explicar suas necessidades. Vou falar com ele. – E, adiantando-se para o indiano, disse algumas palavras em seu dialeto nativo.

Nunca esquecerei o efeito que aquelas poucas sílabas produziram. Sem dizer palavra o viajante atirou-se de rosto para baixo na estrada poeirenta e praticamente prostrou-se aos pés de minha companheira. Lera sobre as formas de respeito quando em presença de um superior, mas nunca teria imaginado que um ser humano pudesse expressar uma humildade tão abjeta como indicava a atitude desse homem.

A srta. Warrender tornou a falar numa voz ríspida e autoritária, com o que ele se pôs rapidamente de pé e permaneceu com as mãos juntas e os olhos baixos, como um escravo em presença do dono. O pequeno grupo de pessoas, que parecia pensar que a inesperada prostração fosse o prelúdio para algum número de acrobacia ou teatro, olhava divertido e interessado.

– Se importaria de continuar a caminhar com as crianças e despachar as cartas? – pediu a governanta. – Gostaria de dar uma palavrinha com esse homem.

Acedi ao seu pedido, e quando voltei poucos minutos depois os dois ainda conversavam. O indiano parecia estar narrando suas aventuras ou detalhando as razões de sua viagem, pois falava rápido e animado, os dedos se agitando e os olhos a brilhar. A srta. Warrender ouvia com atenção, o que demonstrava que as declarações do homem a interessavam profundamente.

– Preciso me desculpar por detê-lo tanto tempo ao sol – disse, virando-se finalmente para mim. – Precisamos ir para casa ou nos atrasaremos para o jantar.

Com algumas frases finais, que soavam como ordens, ela deixou o conhecido escuro parado na rua da aldeia e caminhamos de volta para casa com as crianças.

– Então? – perguntei, com natural curiosidade, quando estávamos fora do campo auditivo dos visitantes. – Quem é ele e de que se trata?

– Vem das províncias centrais, próximo à terra dos *maharattas*. É um de nós. Foi um choque para mim encontrar um conterrâneo tão inesperadamente; estou muito perturbada.

– Deve ter sido um encontro agradável – comentei.

– Foi, muito agradável – respondeu a moça calorosamente.

– E por que ele se atirou ao chão daquele jeito?

– Porque sabia que eu era a filha de Achmet Genghis Khan – afirmou orgulhosa.

– E que acaso o trouxe aqui?

– Ah, é uma longa história – respondeu displicentemente. – Ele tem levado uma vida de peregrino. Como é escuro aqui nessa avenida e como os grandes galhos a encobrem! Se a pessoa se agachasse em um deles podia cair nas costas de qualquer um que passasse e ninguém saberia que estava lá até sentir os dedos a lhe apertar a garganta.

– Que ideia horrível! – exclamei.

– Lugares sombrios sempre me dão pensamentos sombrios – disse despreocupadamente. – Por falar nisso, gostaria que me fizesse um favor, sr. Lawrence.

– Qual é?

– Não fale nada em casa sobre esse meu pobre compatriota. Poderiam pensar que ele é um velhaco ou um vadio, sabe, e mandar que o expulsem da aldeia.

– Tenho certeza de que o sr. Thurston não faria nada tão cruel.

– Não, mas o sr. Copperthorne talvez fizesse.

– Como quiser; mas com certeza as crianças vão comentar.

– Não, acho que não.

Não sei como conseguiu segurar aquelas linguinhas tagarelas, mas sem dúvida elas guardaram silêncio sobre o episódio e naquela noite não se falou do estranho visitante que aparecera na nossa aldeola.

Tive a maliciosa suspeita de que esse forasteiro dos trópicos não era um viajante casual, mas alguém que viera a Dunkelthwaite com um propósito determinado. No dia seguinte tive a melhor evidência possível de que ainda se encontrava nas vizinhanças, pois encontrei a srta. Warrender descendo o caminho do jardim com uma cesta cheia e pedaços de pão e de carne na mão. Costumava levar essas sobras para diversas velhas do lugarejo e me ofereci para acompanhá-la.

– É para a velha sra. Venables ou a sra. Taylforth hoje? – perguntei.

– Nem uma nem outra – disse com um sorriso. – Direi a verdade, sr. Lawrence, porque sempre foi um bom amigo e sinto que posso confiar no senhor. Essas sobras são para o meu pobre conterrâneo. Vou pendurar a cesta aqui nesse galho e ele virá buscá-la.

– Ah, então ainda anda por aqui – observei.

– Ah, sim, continua pelas vizinhanças.

– Acha que encontrará a cesta?

– Posso deixar por conta dele. O senhor não me culpa por ajudá-lo, culpa? O senhor faria o mesmo se vivesse entre os indianos e de repente aparecesse um inglês. Vamos até a estufa para dar uma olhada nas flores.

Fizemos uma volta para chegar ao conservatório. Quando retornamos a cesta continuava pendurada no galho, mas o conteúdo desaparecera. Ela a retirou com uma risada e a levou.

Tive a impressão de que desde essa entrevista com o seu conterrâneo no dia anterior recobrara o ânimo e seu passo se tornara mais solto e elástico. Talvez fosse imaginação, mas me parecia também que já não se constrangia como de costume na presença de Copperthorne, e que sustentava seus olhares com mais coragem e resistia à influência da vontade do secretário.

E agora vou chegar à parte do meu relato em que descrevo de que maneira entendi pela primeira vez a relação que existia entre essas duas estranhas criaturas e descobri a terrível verdade sobre a srta. Warrender, ou princesa Achmet Genghis, como prefiro chamá-la, pois seguramente era descendente daquele feroz guerreiro fanático e não da mãe meiga.

Para mim a revelação foi um choque, cujo efeito nunca conseguirei esquecer. É possível que, pela forma que contei a história, ressaltando os fatos que diziam respeito a ela e omitindo os que não diziam, meus leitores já tenham percebido os traços hereditários que corriam em suas veias. Quanto a mim, declaro solenemente que, até o último momento, não tinha a menor suspeita da verdade. Mal sabia que qualidade de mulher era aquela a quem apertei a mão com amizade e cuja voz era música para os meus ouvidos.

Contudo, creio, ao olhar em retrospectiva, que se sentia favoravelmente disposta para comigo e que voluntariamente não me teria feito mal.

Foi assim que se deu a revelação. Creio que mencionei que havia uma certa pérgola entre os arbustos na qual costumava estudar durante o dia. Certa noite, cerca de dez horas, descobri ao me dirigir ao quarto que deixara um livro de ginecologia nessa pérgola e, como pretendia estudar mais umas horas antes de me recolher, saí com a intenção de buscá-lo. Tio Jeremy e os criados já tinham se retirado, por isso desci muito silenciosamente e virei a chave sem ruído na porta da frente. Uma vez ao ar livre, atravessei rapidamente o gramado e cortei por entre os arbustos, com a intenção de recuperar o livro e voltar o mais depressa possível.

Mal passara pelo portãozinho de madeira e chegara aos arbustos quando ouvi o som de vozes e percebi que tropeçara num daqueles conclaves noturnos que já observara de minha janela. As vozes eram a da governanta e a do secretário, e tornou-se claro, pela direção dos sons, que estavam sentados na pérgola e conversavam sem suspeitar da presença de uma terceira pessoa. Sempre achei que ouvir conversa alheia em qualquer circunstância é uma prática desonrosa e, mesmo curioso como estava para saber o que se passava entre os dois, ia tossir ou dar um sinal qualquer da minha presença, quando de repente ouvi algumas palavras de Copperthorne que me fizeram parar, com as faculdades invadidas de assombro e horror.

– Vão pensar que ele morreu de apoplexia – foram as palavras que soaram clara e distintamente no sossego da noite, ditas no tom incisivo do secretário.

Fiquei sem ar, com os ouvidos atentos. Qualquer pensamento de anunciar minha presença me abandonara. Que crime era que esses conspiradores desclassificados estavam tramando nessa linda noite de verão?

Ouvi o tom grave e doce da voz da moça, mas falava tão rapidamente e tão baixo, que não consegui entender as palavras. Sabia pela entonação que estava sob a influência de forte emoção. Aproximei-me na ponta dos pés, apurando os ouvidos para captar cada som. A lua ainda não saíra e sob as sombras das árvores estava muito escuro. Havia pouca possibilidade de ser observado.

– Come a comida dele, francamente! – disse o secretário escarnecendo. – Em geral a senhora não é tão escrupulosa. Não pensou nisso no caso da pequena Ethel.

– Eu estava louca! Louca! – exclamou com a voz entrecortada. – Rezara muito a Buda e ao grande Bhowanee, e me pareceu que nessa terra de infiéis seria algo grande e glorioso uma mulher solitária como eu agir de acordo com os ensinamentos do meu grande pai. Poucas mulheres são admitidas aos segredos de nossa fé, e foi somente por acaso que essa honra me coube. Porém, uma vez que esse caminho me foi apontado, eu o venho seguindo com retidão e coragem, e o grande *guru* Ramdeen Singh disse que mesmo aos quatorze anos eu merecia sentar sobre o tapete de Tuponee com os outros *bhuttotees*. Contudo, eu juro pela machadinha sagrada que muito me entristeci com isso, pois que fez a pobre criança para ser sacrificada?

– Imagino que o fato de a ter apanhado deveu-se mais ao seu arrependimento do que ao aspecto moral do caso – disse Copperthorne com desdém. – Posso ter tido as minhas suspeitas antes, mas só quando a vi erguer o lenço na mão tive certeza de que éramos honrados com a presença da princesa dos *thugs*! Uma forca inglesa seria um fim um tanto prosaico para uma criatura tão romântica.

– E usou o seu conhecimento desde então para acabar com a minha alegria de viver – disse com amargura. – Transformou a minha vida num fardo.

– Um fardo! – disse, alterando a voz. – Sabe quais são os meus sentimentos com relação à senhora. Se por vezes a tenho dominado pelo medo de ser desmascarada foi apenas porque a descobri insensível à influência amena do amor.

– Amor! – exclamou amargurada. – Como poderia amar um homem que mantém uma morte vergonhosa diante dos meus olhos? Mas vamos ao que interessa. O senhor me promete liberdade incondicional se fizer isso para o senhor?

– Prometo – respondeu Copperthorne. – Pode ir para onde quiser quando tiver terminado. Esquecerei o que vi aqui na plantação de arbustos.

– Jura?

– Juro.

– Faria qualquer coisa pela minha liberdade.

– Nunca teremos uma oportunidade como essa – disse Copperthorne. – O jovem Thurston partiu e seu amigo tem o sono pesado e é burro demais para suspeitar. O testamento foi feito em meu favor, e se o velho morrer cada graveto e pedra de suas propriedades serão meus.

– Por que não faz você, então? – perguntou a moça.

– Não faz o meu gênero. Além disso, não tenho jeito. Aquele *rumal*, ou que nome lhe dê, não deixa marca. Essa é a vantagem.

– É um ato perverso matar um benfeitor.

– Mas é uma grande coisa servir a Bhowanee, a deusa dos assassinos. Conheço o bastante de sua religião para saber disso. O seu pai não mataria se estivesse aqui?

– Meu pai foi o maior de todos os *borkas* de Jublepore – respondeu com orgulho. – Matou um número maior de pessoas do que os dias do ano.

– Não gostaria de tê-lo conhecido nem por mil libras – comentou Copperthorne rindo. – Mas o que diria Achmet Genghis Khan agora se visse a filha hesitar diante de uma oportunidade dessas de servir aos deuses? Até aqui se saiu muito bem. É bem possível que ele tenha sorrido quando a alma da jovem Ethel foi enviada para esse seu deus ou vampiro. Talvez não tenha sido o primeiro sacrifício que ofereceu. Que aconteceu com a filha daquele caridoso comerciante alemão? Ah, vejo em seu rosto que mais uma vez acertei!

Depois desses feitos faz mal em hesitar agora que não há perigo e tudo lhe será facilitado. Além do mais, esse feito a libertará de sua existência aqui, que não será particularmente agradável com uma corda, por assim dizer, no pescoço o tempo todo. Se é para ser feito, tem de ser feito imediatamente. Ele poderia reescrever o testamento a qualquer momento, pois gosta do rapaz e é volúvel como uma ventoinha.

Houve uma longa pausa e um silêncio tão profundo que me parecia ouvir meu próprio coração pulsar na escuridão.

– Quando deve ser feito? – perguntou a moça finalmente.

– Por que não amanhã à noite?

– Como chegarei a ele?

– Deixarei a porta aberta – disse Copperthorne. – Tem o sono pesado e deixarei uma luzinha acesa para que possa encontrar o caminho.

– E depois?

– Depois voltará ao seu quarto. Pela manhã descobrirão que o nosso pobre patrão morreu durante o sono. Também descobrirão que deixou todos os seus bens terrenos como pequena retribuição à dedicação de seu fiel secretário. Então, já não sendo necessários os serviços de governanta da srta. Warrender, ela poderá regressar ao seu amado país ou a qualquer outro lugar que queira. Pode fugir com o sr. John Lawrence, estudante de medicina, se lhe agradar.

– O senhor me insulta – disse irritada; e então, após uma pausa. – Precisa me encontrar amanhã à noite antes de eu fazer isso.

– Por quê?

– Porque posso precisar de alguma instrução de última hora.

– Que seja aqui, então, às doze horas.

– Não, aqui não. É próximo demais à casa. Vamos nos encontrar debaixo do grande carvalho na cabeceira da avenida.

– Onde preferir – respondeu arisco –, mas veja bem, não vou estar em sua companhia quando for agir.

– Não vou lhe pedir isso – respondeu a moça com desdém. – Acho que já dissemos tudo o que tinha de ser dito esta noite.

Ouvi o ruído de um deles se levantando e, embora continuassem a conversar, não parei para ouvir mais; deslizei silenciosamente do meu esconderijo e corri ligeiro pelo gramado escuro, entrei e fechei a porta ao passar. Só quando tornei a alcançar meu quarto e afundei na cadeira fui capaz de recobrar minhas faculdades dispersas e refletir sobre a terrível conversa que escutara. Noite adentro sentei-me imóvel, meditando sobre cada palavra que ouvira procurando formar mentalmente algum plano de ação para o futuro.

VI

Os *thugs*! Ouvira falar de selvagens fanáticos com esse nome que vivem na região central da Índia e cuja religião distorcida considera o assassinato a mais alta e mais pura de todas as oferendas que um mortal pode fazer ao Criador. Lembro-me de um relato que li nas obras do coronel Meadows Taylor, do segredo, da organização, da agitação e do terrível domínio que sua loucura homicida tem sobre todas as outras faculdades mentais e morais. Cheguei a recordar que o *rumal* – uma palavra que ouvira mencionar mais de uma vez – era o xale sagrado com que estavam habituados a levar a termo os seus objetivos diabólicos. Ela já era mulher feita quando os deixara, e sendo, segundo seu próprio relato, filha do principal líder, não admirava que o verniz de civilização não tivesse apagado todas as impressões da infância nem impedido ocasionais acessos de fanatismo. Aparentemente, em um desses ela pusera fim a Ethel, tendo cuidadosamente preparado um álibi para ocultar seu crime, e foi a descoberta acidental desse crime que deu a Copperthorne poder sobre a estranha colega. De todas as mortes, a forca é considerada entre essas tribos a mais profana e degradante, e a ideia de que se sujeitara a essa morte pelas leis da Terra era evidentemente a razão por que se via compelida a submeter sua vontade e domesticar sua natureza autoritária quando em presença do secretário.

Quanto a Copperthorne, quando pensava no que fizera e no que se propunha a fazer, minha alma se enchia de horror e repugnância. Era essa a retribuição pela bondade com que o tratara o pobre velho? Já o induzira a legar-lhe as propriedades, e agora, temendo que alguns pruridos de consciência o levassem a mudar de ideia, decidira tornar impossível até uma substituição no testamento. Tudo isso era bastante ruim, mas o cúmulo era que, demasiado covarde para realizar seus propósitos pessoalmente, fizera uso da horrível concepção religiosa dessa infeliz mulher para tirar tio Jeremy do caminho, de tal modo que não haveria possibilidade de se suspeitar do verdadeiro culpado. Decidi intimamente que, acontecesse o que acontecesse, o secretário não escaparia do castigo por seus crimes.

Mas o que deveria fazer? Se tivesse sabido o endereço de meu amigo telegrafaria pela manhã, e ele poderia estar de volta a Dunkelthwaite antes do anoitecer. Infelizmente John era o pior dos correspondentes, e embora já tivesse partido há alguns dias ainda não recebêramos notícia de seu paradeiro. Havia três criadas na casa, mas nenhum homem, com exceção do velho Elijah; e eu não conhecia ninguém nas vizinhanças em quem pudesse confiar. Isso, porém, tinha pouca importância, pois sabia que em força física eu era um oponente à altura do secretário, e tinha suficiente confiança em mim mesmo para sentir que a minha resistência impediria que a trama fosse levada avante.

A questão era: quais seriam as medidas mais eficazes nas circunstâncias? Meu primeiro impulso foi aguardar até de manhã e então ir sem alarde ou mandar alguém à delegacia de polícia mais próxima e pedir para mandarem dois policiais. Poderia então entregar Copperthorne e sua cúmplice à justiça e narrar a conversa que escutara. Pensando melhor, esse plano me pareceu muito pouco prático. Que evidência mínima possuía contra eles, exceto a minha história? Que às pessoas que não me conheciam, sem dúvida pareceria muito louca e improvável. Não tinha dificuldade em imaginar tampouco a voz plausível e a atitude imperturbável com que Copperthorne contestaria a acusação, e como discorreria largamente sobre a má vontade que demonstrava com relação a ele e à sua companheira devido à sua mútua afeição. Seria bem fácil fazer uma terceira pessoa acreditar que eu estava forjando uma história na esperança de prejudicar um rival, e muito difícil para mim fazer qualquer um acreditar que esse cavalheiro de ar clerical e essa moça elegantemente vestida eram duas aves de rapina que caçavam em par! Achei que seria um grande erro mostrar minhas cartas antes de ter certeza do jogo.

A alternativa era não dizer nada e deixar as coisas seguirem seu curso, permanecendo alerta para intervir quando a evidência contra os conspiradores parecesse conclusiva. Foi essa a alternativa que se impôs ao meu jovem espírito aventureiro e que também pareceu ter maiores probabilidades de levar a resultados positivos. Quando, finalmente, ao amanhecer me estendi na cama, estava decidido a guardar o que sabia e confiar inteiramente na minha capacidade de derrotar a trama assassina que entreouvira.

O velho tio Jeremy estava bem-disposto na manhã seguinte ao café da manhã e insistiu em ler alto uma cena de *Cenci*, de Shelley, uma obra pela qual tinha profunda admiração. Copperthorne sentava-se silencioso e insondável a seu lado, salvo quando fazia uma sugestão ou soltava uma exclamação de admiração. A srta. Warrender parecia estar perdida em pensamentos e mais de uma vez tive a impressão de ver lágrimas em seus olhos escuros. Causava-me estranheza observar os três e pensar na verdadeira relação que mantinham entre si. Meu coração se enterneceu com o meu anfitrião franzino, de rosto corado, com a curiosa faixa na cabeça e modos antiquados. Prometi a mim mesmo que nenhum mal lhe adviria enquanto estivesse em meu poder impedir.

O dia transcorreu lenta e monotonamente. Achei impossível me sentar para trabalhar, de modo que caminhei inquieto pelos corredores da casa velha e pelo jardim. Copperthorne permaneceu com tio Jeremy no andar superior e pouco o vi. Duas vezes, enquanto estava andando para baixo e para cima no jardim, avistei a governanta vindo em minha direção com as crianças, mas em ambas evitei-a me afastando depressa. Senti que não conseguiria falar com ela sem demonstrar o intenso horror que me inspirava, traindo assim o meu conhecimento do que transpirara na noite anterior. Ela percebeu que eu me esquivava, pois ao almoço, quando nossos olhos se encontraram, me deu um olhar surpreso e ofendido, ao qual, porém, não respondi.

O correio da tarde trouxe uma carta de John dizendo que estava hospedado no Langham. Eu sabia que era impossível agora que pudesse vir em meu auxílio em termos de partilhar a responsabilidade do que pudesse ocorrer, mas, mesmo assim, achei que era meu dever telegrafar-lhe informando que sua presença era desejável. Isso exigiria uma longa caminhada até a estação, mas contribuiu para passar o tempo, e senti que tirava um peso da cabeça quando ouvi os estalidos do manipulador de telégrafo indicando que a minha mensagem estava a caminho.

Quando alcancei o portão da avenida ao voltar de Ingleton encontrei o velho criado Elijah de pé ali, aparentemente tomado de violenta emoção.

– Dizem que um rato atrai os outros – disse, levando a mão ao chapéu –, e parece que acontece o mesmo com os negros.

Ele sempre detestara a governanta pelo que ele chamava de seus "ares de princesa".

– Que aconteceu, então? – perguntei.

– É um desses estrangeiros que andava escondido rondando por aí – disse o velho. – Vi-o no mato e dei-lhe um passa-fora. De olho nas galinhas, com certeza, ou querendo queimar a casa e matar todos nós dormindo. Vou até a aldeia, sr. Lawrence, e ver o que está aprontando – e saiu num paroxismo de raiva senil.

O pequeno incidente causou-me considerável impressão, e pensei seriamente nele ao subir a longa avenida. Era óbvio que o viajante indiano ainda andava pela propriedade. Era um fator que eu me esquecera de considerar. Se a sua conterrânea o alistasse como cúmplice de seus planos tenebrosos, era possível que os três fossem demais para mim. Ainda assim me parecia pouco provável que o fizesse, uma vez que se esforçara para ocultar de Copperthorne a presença dele.

Senti-me tentado a confiar o problema a Elijah, mas pensando melhor cheguei à conclusão de que um homem de sua idade seria mais do que imprestável como aliado.

Por volta das sete horas estava a caminho do meu quarto quando encontrei o secretário, que me perguntou se sabia onde estava a srta. Warrender. Respondi que não a vira.

– É estranho – disse ele – que ninguém a tenha visto desde a hora do jantar. As crianças não sabem onde está. Queria muito falar com ela.

Afastou-se apressado com uma expressão ansiosa e perturbada no rosto.

A mim, a ausência da srta. Warrender não parecia surpreender. Com certeza estava em algum lugar do bosque, reunindo coragem para o terrível serviço que se dispusera a fazer. Fechei a porta ao passar e me sentei com um livro na mão, mas com a cabeça agitada demais para compreender a essência do que lia. Meu plano de campanha já estava pronto. Resolvera manter o lugar de encontro sob vigilância, segui-los e intervir no momento em que a minha presença produzisse o maior efeito. Escolhera um cajado nodoso, que agradava ao meu coração de estudante, e com isso sabia que era senhor da situação, pois me certificara de que Copperthorne não possuía armas de fogo.

Não me lembro de nenhum período na vida em que as horas transcorressem tão lentamente como aquelas que passei no meu quarto naquela noite. Longe eu ouvia os sons melodiosos do relógio de Dunkelthwaite batendo as oito horas, nove horas e então, após uma pausa interminável, as dez horas. Depois disso o tempo pareceu parar de todo, enquanto caminhava pelo meu quartinho, temendo e ansiando pela hora, como fazem os homens quando têm de enfrentar uma grande provação. Todas as coisas têm fim, porém, e finalmente ressoou pelo ar parado da noite a primeira badalada distinta que anunciou a décima primeira hora. Então me levantei, calcei uns chinelos de pano, agarrei o cajado e saí silenciosamente do quarto descendo a velha escada desconjuntada. Ouvia o ronco estertoroso de tio Jeremy no andar de cima. Consegui achar o caminho até a porta, no escuro, abri-a e saí para a linda noite estrelada.

Tinha de ser muito cauteloso nos meus movimentos porque a lua estava tão radiosa que parecia dia. Juntei-me à sombra da casa até chegar à sebe do jardim, e então, rastejando ao abrigo da sebe, encontrei-me em segurança no bosque onde estivera na noite anterior. Através dele caminhei, pisando cuidadosa e desajeitadamente, para que nenhum graveto estalasse sob os meus pés. Assim avancei até me encontrar no matagal à margem do bosque e ter diante dos olhos o grande carvalho que havia na cabeceira da avenida.

Havia alguém parado à sombra do carvalho. A princípio mal consegui distinguir quem era, mas logo o vulto começou a se mover e saiu para um trecho claro onde a luz refulgia entre dois galhos, olhou com impaciência à direita e à esquerda. Então vi que era Copperthorne, que esperava sozinho. A governanta aparentemente ainda não viera ao seu encontro.

Como desejava ouvir tão bem quanto via, avancei tortuosamente ao longo das sombras densas dos troncos em direção ao carvalho. Quando parei, me encontrava a menos de quinze passos do lugar onde a figura alta e descarnada do secretário parecia lívida e assustadora à luz cambiante. Andava para lá e para cá inquieto, ora desaparecendo nas sombras, ora reaparecendo nos trechos iluminados em que a lua atravessava a abóbada de ramos altos. Era evidente pelos seus movimentos que estava intrigado e desconcertado com a falta de comparecimento da cúmplice. Finalmente postou-se sob um grande galho que lhe ocultava o vulto, de onde dominava a vista do caminho que vinha da casa e pelo qual esperava, sem dúvida, que surgisse a srta. Warrender.

Eu continuava no meu esconderijo, me congratulando intimamente por ter encontrado um ponto de onde poderia ouvir tudo sem risco de ser descoberto, quando meus olhos de repente pousaram em alguma coisa que fez o meu coração vir à boca e quase me fez soltar uma exclamação que teria traído a minha presença.

Disse que Copperthorne estava parado bem embaixo de um dos grandes galhos do carvalho. Ali tudo estava mergulhado em sombra profunda, mas a parte superior do galho em si estava prateada de luar. Quando olhei percebi que por esse galho luminoso algo rastejava – algo tremulante, incipiente, quase indistinguível do próprio galho em si, e no entanto era algo que gradual e perseverantemente ia avançando num movimento ondulatório galho abaixo. Meus olhos, à medida que observavam, se acostumaram melhor à luz e então esse algo indefinido adquiriu corpo e forma. Era um ser humano – um homem –, o indiano que eu vira na aldeia. Com os braços e pernas presos em volta do grande galho, ele escorregava avançando silencioso e quase tão rápido quanto uma de suas cobras nativas.

Antes que eu tivesse tempo de conjeturar sobre o significado de sua presença ele atingiu o ponto onde se encontrava o secretário, seu corpo bronzeado recortando-se nitidamente contra o disco claro da lua atrás dele. Vi-o tirar alguma coisa que trazia em torno da cintura, hesitar por um instante, como se julgasse a distância, e saltar para baixo colidindo com a folhagem em seu caminho. Houve um baque pesado, como o de dois corpos caindo juntos, e ergueu-se no ar da noite um ruído como de um gargarejo, seguido de uma sucessão de grasnidos, cuja lembrança irá me perseguir até o fim dos meus dias.

Enquanto essa tragédia se desenrolava diante dos meus olhos, toda a sua imprevisibilidade e horror me privara da capacidade de agir. Somente quem já esteve em posição semelhante pode imaginar a absoluta paralisia mental e física que acomete um homem em tal situação e o impede de fazer as mil e uma coisas que depois podem lhe ser sugeridas como apropriadas à ocasião. Quando aqueles sons de morte me chegaram aos ouvidos, porém, sacudi o torpor e corri aos gritos do meu esconderijo. Ao me ouvir, o jovem *thug* afastou-se da vítima de um salto, rosnando como um animal obrigado a largar a presa abatida, e fugiu pela avenida com tal velocidade que me senti incapaz de alcançá-lo. Corri para o secretário e ergui-lhe a cabeça. Seu rosto estava roxo e horrivelmente contorcido. Afrouxei o colarinho da camisa e fiz tudo que pude para reanimá-lo, sem resultado. O *rumal* cumprira sua finalidade e ele estava morto.

Tenho pouco mais a acrescentar a essa minha história fantástica. Se me estendi demasiado a contá-la, creio que devo me desculpar, pois simplesmente narrei os sucessivos acontecimentos de forma simples e despretensiosa e a narrativa teria ficado incompleta sem qualquer deles. Divulgou-se mais tarde que a srta. Warrender tomara o trem de 7h20 para Londres, e estava segura na metrópole antes que se iniciasse qualquer busca para sua captura. Quanto ao mensageiro da morte, que deixara para manter seu encontro com Copperthorne sob o velho carvalho, nunca mais se viu ou se ouviu falar nele. Houve um clamor público por toda a região mas não surtiu efeito. Sem dúvida o fugitivo passava os dias escondido e viajava rapidamente à noite, vivendo de sobras capazes de sustentar um oriental, até se pôr fora de perigo.

John Thurston regressou no dia seguinte e eu despejei todos os acontecimentos em seus ouvidos perplexos. Concordou comigo que era melhor não falar do que sabia sobre os planos e razões de Copperthorne para se manter até tão tarde no jardim naquela noite de verão. Assim, nem mesmo a polícia do condado jamais soube a história completa daquela estranha tragédia, e certamente nunca saberá, a não ser que, acidentalmente, alguém se depare com essa narrativa. O pobre tio Jeremy chorou a perda do secretário durante meses, e muitos foram os versos que criou sob a forma de epitáfios e poemas *In Memoriam*. Foi se reunir a seus antepassados desde então e a maior parte de seus bens, tenho a satisfação de dizer, passou às mãos do herdeiro legítimo, o sobrinho.

Existe apenas um ponto que gostaria de comentar. Como foi que o *thug* viajante chegou a Dunkelthwaite? Essa pergunta nunca foi esclarecida; mas não resta a menor dúvida em minha mente, e creio que na de ninguém que examine os fatos, que o seu aparecimento tenha sido casual. A seita na Índia era uma organização de porte e influência, e quando chegou o momento de procurarem um novo líder, naturalmente pensaram na bela filha do chefe falecido. Não seria difícil seguir os seus passos até Calcutá, dali à Alemanha e finalmente a Dunkelthwaite. Ele viera, sem dúvida, trazer uma mensagem de que não a tinham esquecido na Índia e que uma calorosa recepção a aguardava se quisesse se reunir a sua tribo dispersa. Isso pode parecer fantasioso, mas é a opinião que sempre tive sobre o assunto.

Comecei essa narrativa com a transcrição de uma carta e vou terminá-la da mesma forma. Recebi-a de um velho amigo, o dr. B.C. Haller, um homem de saber enciclopédico e particularmente bem-versado em modos e costumes indianos. Graças à sua bondade posso reproduzir diversas palavras nativas que ouvi de tempos em tempos da boca da srta. Warrender, mas que não teria sido capaz de lembrar se ele não as tivesse mencionado. Esta é uma carta em que tece comentários sobre o caso que lhe mencionei anteriormente em conversa:

"Meu caro Lawrence,

Prometi escrever-lhe a respeito dos *thuggee*, mas andei tão ocupado que somente agora posso cumprir minha promessa. Fiquei muito interessado em sua singular experiência e gostaria imensamente de conversar mais sobre o assunto. Posso informar que é muito incomum uma mulher ser iniciada nos mistérios dos *thuggee*, e provavelmente neste caso isto se deveu a ela ter provado acidental ou deliberadamente o sagrado *goor*, que era o sacrifício oferecido pelo grupo depois de cada assassinato. Qualquer pessoa que faça isso torna-se um *thug* ativo, qualquer que seja a patente, o sexo ou a condição. Sendo de sangue nobre, ela passaria então rapidamente pelos diferentes graus de *tilhaee*, ou escoteiro, *lughaee*, ou coveiro, *shumsheea*, ou portador das mãos da vítima, e finalmente *bhuttotee*, ou estrangulador. Nisso tudo ela seria instruída pelo *guru*, ou conselheiro espiritual, que menciona em sua narrativa ter sido o próprio pai, um *borka*, ou um *thug* experimentado. Uma vez atingida essa posição, não me admira que seus instintos fanáticos irrompessem de tempos em tempos. O *pilhaoo* que ela menciona em determinado ponto é um sinal na mão esquerda, que, se for seguido do thibaoo, ou sinal na direita, é considerado uma indicação de que tudo correria bem. Por falar nisso, você menciona que o velho cocheiro viu um indiano rondando pelo mato de manhã. Sabe o que estava fazendo? Ou muito me engano ou estava cavando a sepultura de Copperthorne, pois é contrário ao costume *thug* matar um homem sem ter preparado um receptáculo para seu corpo. Ao que sei, apenas um oficial inglês na Índia foi vítima dessa fraternidade, o tenente Monsel, em 1812. Desde então o coronel Sleeman a reprimiu maciçamente, embora seja inquestionável que tenha recrudescido com mais força do que as autoridades supõem. Sem dúvida 'os lugares sombrios da Terra estão cheios de crueldade' e nada além do Evangelho jamais conseguirá dissipar a escuridão. Fica a seu critério publicar esses poucos comentários se lhe parecer que lançam alguma luz à sua narrativa.

Muito atenciosamente,

B.C. Haller"

As memórias de Sherlock Holmes

Bazar no campus

– Certamente ajudaria – disse Sherlock Holmes.

Assustei-me com a interrupção, porque meu companheiro estivera tomando café da manhã com a atenção inteiramente concentrada num jornal, que estava apoiado no bule de café. Olhei para ele e encontrei seus olhos fixos em mim com a expressão meio divertida, meio interrogativa, que em geral assumia quando sentia que marcara um tento intelectual.

– Ajudaria o quê? – perguntei.

Sorriu ao apanhar o chinelo no console da lareira e retirar dele suficiente fumo para encher o velho cachimbo de barro com que invariavelmente arrematava o café da manhã.

– Uma pergunta bem característica, Watson – respondeu. – Não se ofenderá, estou certo, se disser que qualquer fama de argúcia que eu possa ter foi inteiramente conquistada pela sua capacidade admirável de servir de espelho para me refletir. Já não ouviu falar de debutantes que insistem na feiura de suas damas de companhia? Há uma certa analogia.

A nossa longa convivência em Baker Street criara essa intimidade despreocupada em que se pode dizer muita coisa sem que o outro se ofenda. No entanto, reconheço que me senti mortificado com esse comentário.

– Posso ser muito obtuso – disse –, mas confesso que não consigo perceber como descobriu que fui... fui...

– Convidado para ajudar no Bazar da Universidade de Edimburgo.

– Precisamente. A carta acabou de chegar e não falei com você desde então.

– Contudo – disse Holmes, recostando-se na cadeira e juntando as pontas dos dedos –, me arriscaria a sugerir que a finalidade do bazar é ampliar o campo de críquete da universidade.

Encarei-o com tanto espanto que ele vibrou de riso silencioso.

– O fato é, meu caro Watson, que você é um excelente objeto de estudo. Nunca é *blasé*. Reage instantaneamente a qualquer estímulo externo. Seus processos mentais podem ser lentos, mas não são nunca obscuros, e descobri durante o café da manhã que me proporcionava uma leitura mais fácil do que o editorial do *Times* diante de mim.

– Ficaria contente em saber como chegou às suas conclusões.

– Receio que a minha boa disposição em dar explicações tem comprometido seriamente a minha reputação. Mas neste caso o encadeamento de meu raciocínio baseou-se em fatos tão óbvios que nem posso me atribuir qualquer crédito. Você entrou na sala com uma expressão pensativa, a expressão de um homem que debate alguma coisa mentalmente. Na mão, trazia uma carta. Ora, a noite passada você se recolheu no melhor dos humores, então ficou claro que era a carta em sua mão que provocara a mudança de ânimo.

– Isto é óbvio.

– Tudo se torna óbvio uma vez que é explicado. Naturalmente perguntei-me o que conteria a carta que pudesse afetá-lo dessa maneira. Quando você entrou segurava o envelope com o lado da aba voltada para mim e vi uma espécie de escudo que já observei no seu velho boné de críquete. Estava claro, portanto, que o pedido vinha da Universidade de Edimburgo, ou de algum clube ligado à universidade. Quando chegou à mesa pousou a carta junto ao prato com o endereço para cima e foi olhar a fotografia emoldurada do lado esquerdo do consolo da lareira.

Espantava-me ver a precisão com que observara os meus movimentos.

– E o que mais? – perguntei.

– Comecei por observar o endereço, e descobri, mesmo a uma distância de quase dois metros, que era uma comunicação não oficial. Isso se depreende do uso da palavra "Doutor" no endereço, à qual, como bacharel de medicina, você não tem direito legal. Sei que os funcionários nas universidades são pedantes no uso correto dos títulos, e pude assim dizer com segurança que a sua carta não era oficial. Ao voltar à mesa virou a carta e me permitiu perceber que o anexo era impresso; ocorreu-me pela primeira vez a ideia de um bazar. Já pesara a possibilidade de ser um comunicado político, mas me pareceu improvável devido ao marasmo das presentes condições políticas.

"Ao tornar à mesa seu rosto ainda guardava a mesma expressão e ficou evidente que o exame da fotografia não alterara a corrente de seus pensamentos. Nesse caso deviam prender-se ao assunto em questão. Voltei minha atenção para a fotografia, portanto, e vi imediatamente que o retratava como membro dos Onze da Universidade de Edimburgo, tendo ao fundo o pavilhão e o campo de críquete. Minha pequena experiência de clubes de críquete me ensinou que depois das igrejas e dos cavalarianos eles são a organização mais endividada do mundo. Quando já à mesa o vi tirar um lápis e desenhar no envelope, convenci-me de que estava procurando imaginar alguma obra projetada que deveria ser custeada pelo bazar. Seu rosto ainda demonstrava alguma indecisão, de modo que pude interrompê-lo para aconselhar que ajudasse numa causa tão meritória."

Não pude deixar de sorrir com a extrema simplicidade de sua explicação.

– Naturalmente, não podia ser mais fácil – comentei.
Meu comentário pareceu irritá-lo.

– Posso acrescentar que o auxílio que lhe pediram foi o de escrever no álbum deles e que já decidiu que o presente incidente será o assunto do seu artigo.

– Mas como...! – exclamei.

– Não podia ser mais fácil, e deixo a solução desse mistério à sua própria inventividade. Entrementes – acrescentou erguendo o jornal –, vai me desculpar se volto à leitura dessa notícia muito interessante sobre as árvores de Cremona e as razões exatas de sua superioridade na fabricação de violinos. É um desses probleminhas estranhos à minha atividade aos quais por vezes me sinto tentado a voltar minhas atenções.

O CASO DO HOMEM DOS RELÓGIOS

Há muitas pessoas que ainda se lembram das circunstâncias singulares que, sob o título de "Rugby Mystery", ocuparam muitas colunas da imprensa diária na primavera do ano de 1892. Surgindo num período de excepcional monotonia, atraiu bem mais atenção do que merecia, mas ofereceu ao público uma mistura de extravagância e tragédia que é muito estimulante para a imaginação popular. O interesse esmorecia, porém, quando, após semanas de investigações infrutíferas, descobriu-se que não haveria uma explicação decisiva para os fatos, e a tragédia parecia até esse momento ter entrado para o sombrio catálogo dos crimes inexplicados e inexpiados. Uma recente comunicação (cuja autenticidade parece acima de qualquer dúvida) veio contudo lançar uma luz mais clara e objetiva sobre o assunto. Antes de revelá-la ao público, talvez fosse melhor refrescar sua memória quanto aos fatos singulares em que se baseia esse comentário. Os fatos são resumidamente os seguintes:

Às cinco horas da tarde de 18 de março do ano já mencionado, um trem partiu de Euston Station para Manchester. Era um dia chuvoso e borrascoso que foi piorando à medida que avançava, o tipo de tempo em que ninguém viajaria a não ser impelido pela necessidade. O trem, porém, é o preferido dos homens de negócios de Manchester que voltam de Londres, pois faz o percurso em quatro horas e vinte minutos com apenas três paradas no caminho. Apesar do tempo inclemente, estava, portanto, bem cheio na ocasião de que falo. O guarda do trem era um funcionário experiente da companhia – um homem que trabalhava há vinte e dois anos sem faltas ou reclamações. Seu nome era John Palmer.

O relógio da estação batia cinco horas e o guarda estava prestes a fazer o sinal costumeiro ao maquinista quando observou dois passageiros atrasados que corriam pela plataforma. Um era excepcionalmente alto e trajava um comprido casaco com gola e punhos de astracã. Já mencionei que fazia uma noite inclemente e o viajante alto trazia a gola quente erguida para proteger a garganta contra o cortante vento de março. Parecia, ao que o guarda pôde julgar num exame tão apressado, ter entre cinquenta e sessenta anos de idade, e conservar muito do vigor e da energia da juventude. Trazia em uma mão uma mala de couro marrom. Acompanhava-o uma senhora, alta e empertigada, cujos passos decididos ultrapassavam os do cavalheiro ao seu lado. Usava um guarda-pó pardo, um chapeuzinho preto e justo e um véu escuro que lhe ocultava a maior parte do rosto. Os dois poderiam ter passado por pai e filha. Caminhavam rápidos ao longo dos carros, espiando pelas janelas, até que o guarda, John Palmer, os alcançou.

– Apressem-se, senhores, o trem já está partindo – disse.

– Primeira classe – respondeu o homem.

O guarda girou a maçaneta da porta mais próxima. No carro cuja porta ele abriu, havia um homenzinho com um charuto na boca. Sua aparência deve ter se registrado na memória do guarda, pois, mais tarde, se prontificou a descrevê-lo ou identificá-lo. Era um homem de trinta e quatro ou trinta e cinco anos, vestido de cinzento, o nariz aquilino, vivo, um rosto corado e bronzeado pelo sol e uma barba cortada rente. Ergueu os olhos quando a porta se abriu. O homem alto parou com o pé no degrau.

– Este é um carro para fumantes. A senhora não gosta de fumo – disse, virando-se para o guarda.

– Muito bem! Aqui está, senhor! – disse John Palmer. Bateu a porta do carro de fumantes, abriu a do carro seguinte, que estava vazio, e empurrou os dois viajantes para dentro. Na mesma hora tocou o apito e as rodas do trem se puseram em movimento. O homem com o charuto estava à janela de seu carro e disse alguma coisa para o guarda ao passar, mas as palavras se perderam no ruído da partida.

Palmer entrou no bagageiro quando este lhe chegou ao alcance e não pensou mais no incidente.

Doze minutos depois de partir, o trem chegou ao entroncamento de Willesden, onde parou por breves momentos. Um exame dos bilhetes demonstrou que ninguém subiu ou desceu nessa ocasião e nenhum passageiro foi visto desembarcando na plataforma. Às 5h14 o trem retomou viagem para Manchester e alcançou Rugby às 6h50, com um atraso de cinco minutos.

Em Rugby o fato da porta de um dos carros de primeira classe estar aberta chamou a atenção dos funcionários da estação. O exame daquele carro e do carro vizinho revelou uma situação extraordinária.

O carro dos fumantes em que estivera o homem baixo de rosto vermelho e barba negra estava vazio. Exceto por um charuto meio fumado, não havia vestígio algum de sua recente ocupação. A porta do carro estava trancada. No carro vizinho, para o qual inicialmente se voltaram as atenções, não havia sinal do cavalheiro com gola de astracã nem da jovem que o acompanhava. Os três passageiros tinham desaparecido. Por outro lado, foi encontrado nesse carro – aquele em que viajavam o homem alto e a moça – um rapaz elegantemente vestido e de aparência requintada. Estava deitado com os joelhos dobrados e a cabeça contra a porta do outro lado e um cotovelo em cada assento. Uma bala penetrara em seu coração e a morte devia ter sido instantânea. Ninguém vira esse homem embarcar no trem e não se encontrou bilhete em seu bolso, nem havia etiquetas ou marcas de tinturaria em sua roupa, nem papéis ou objetos pessoais que pudessem ajudar a identificá-lo. Quem era, de onde viera e como encontrara seu fim eram um mistério tão grande quanto o que acontecera com as três pessoas que embarcaram uma hora e meia antes em Willesden nesses dois carros.

Disse que não havia objetos pessoais que pudessem ajudar a identificá-lo, mas é verdade que havia uma peculiaridade nesse desconhecido que foi muito comentada à época. Em seus bolsos foram encontrados nada menos que seis valiosos relógios de ouro, três nos diversos bolsos do colete, dois no bolso do bilhete e um de tamanho pequeno com uma correia de couro presa ao seu pulso esquerdo. A explicação óbvia, de que o homem era batedor de carteiras e que os relógios eram o produto de seus furtos, foi descartada porque todos os seis eram de fabricação americana de um tipo raro na Inglaterra. Três deles tinham a marca de Rochester Watchmaking Company; um era da Mason, de Elmira; um não tinha marca; e o menor deles, com muitos rubis e ornatos, era da Tiffany de Nova Iorque. O conteúdo restante de seu bolso consistia de uma espátula de marfim com saca-rolha da Rodgers em Sheffield; um espelhinho circular com dois centímetros e meio de diâmetro; um bilhete de reentrada no teatro Lyceum; uma caixa de prata com fósforos de cera e uma charuteira de couro contendo dois charutos – e duas libras e quatorze xelins em dinheiro. Tornava-se óbvio que, quaisquer que fossem os motivos de sua morte, o roubo não se encontrava entre eles. Conforme já mencionei, não havia etiquetas nem marcas nas roupas do homem, que pareciam ser novas, e não havia nome de alfaiate em seu paletó. De aparência era jovem, baixo, o rosto liso e as feições delicadas. Um dos dentes frontais estava conspicuamente obturado a ouro.

Ao se descobrir a tragédia fez-se imediatamente uma verificação dos bilhetes de todos os passageiros e o número de passageiros conferia. Descobriu-se que faltavam apenas três bilhetes que correspondiam aos três viajantes desaparecidos. O expresso recebeu permissão de prosseguir viagem, mas foi embarcado um novo guarda e John Palmer foi detido como testemunha em Rugby. O carro que incluía as duas cabines em questão foi desengatado e puxado para um desvio. Então, à chegada do inspetor Vane da Scotland Yard e do sr. Henderson, um detetive a serviço da estrada de ferro, fez-se um inquérito exaustivo de todas as circunstâncias.

Que um crime fora cometido não havia dúvida. A bala, que aparentemente saíra de uma pequena pistola ou revólver, fora disparada a alguma distância e a roupa não fora chamuscada. Não foi encontrada nenhuma arma na cabine (o que encerrava definitivamente a teoria de suicídio) nem havia sinal da mala de couro marrom que o guarda vira na mão do cavalheiro alto. Uma sombrinha de mulher fora encontrada no porta-bagagens, mas não se via vestígio dos viajantes em nenhuma das duas cabines. Além do crime em si, a questão da forma e da razão pelas quais os três passageiros (um deles uma senhora) desceram do trem e mais um subiu durante o percurso ininterrupto entre Willesden e Rugby era a que mais excitava a curiosidade do público em geral e deu ensejo a muita especulação na imprensa londrina.

John Palmer, o guarda, durante o inquérito, pôde apresentar alguma evidência que lançou uma certa luz sobre o caso. Havia um ponto entre Tring e Cheddington onde, de acordo com o seu depoimento, devido a reparos na linha, o trem diminuíra a marcha para uns doze ou dezesseis quilômetros por hora durante alguns minutos. Naquele trecho seria possível um homem, ou uma mulher excepcionalmente ágil, deixar o trem sem se machucar. Era verdade que uma turma de assentadores de trilhos se encontrava no local e nada vira, mas era seu hábito se postar no meio dos trilhos e a porta aberta do carro ficava do outro lado, de modo que era possível alguém apear sem ser visto, pois àquela altura estaria escurecendo. Um barranco íngreme instantaneamente ocultaria dos olhos dos operários alguém que saltasse.

O guarda também depôs que havia muito movimento na plataforma do entroncamento de Willesden, e que, embora fosse certo que ninguém embarcara ou desembarcara do trem ali, ainda assim era possível que alguns dos passageiros tivessem passado de uma cabine para a outra sem serem vistos. Não era de modo algum incomum que um cavalheiro terminasse o charuto no carro dos fumantes e em seguida mudasse para um lugar menos poluído. Supondo que o homem de barba negra tivesse feito isso em Willesden (e o charuto meio fumado no chão parecia favorecer essa suposição), ele naturalmente passaria para o carro mais próximo, o que o levaria para a companhia dos outros dois atores do drama. Assim a primeira etapa do caso poderia ser imaginada sem fugir à probabilidade. Mas, como se passara a segunda etapa, ou se chegara à última, nem o guarda nem os experientes detetives conseguiam arriscar.

O exame meticuloso da linha entre Willesden e Rugby trouxe uma descoberta que poderia ou não ter relação com a tragédia. Próximo a Tring, no lugar exato em que o trem diminuiu a marcha, foi encontrada no fundo do aterro uma Bíblia de bolso, muito ensebada e gasta. Fora impressa pela Bible Society of London e trazia a inscrição: "De John para Alice. 13 de janeiro de 1856", na orelha. Abaixo vinha escrito: "James. 4 de julho de 1856", e mais uma vez abaixo: "Edward, 1º de novembro de 1869", todos os registros feitos na mesma caligrafia. Essa era a única pista, se é que se poderia chamar de pista, que a polícia obtivera, e o veredito do magistrado de "Assassinato por pessoa ou pessoas desconhecidas" foi a conclusão pouco satisfatória para um caso singular. Anúncios, recompensas e investigações se provaram igualmente infrutíferas e não se conseguiu encontrar nada suficientemente sólido para embasar uma investigação proveitosa.

Seria um erro, porém, supor que não se construíram teorias para explicar os fatos. Pelo contrário, a imprensa, tanto da Inglaterra quanto dos Estados Unidos, pululava de sugestões e suposições, a maioria das quais era obviamente absurda. O fato de que os relógios eram de fabricação americana e algumas peculiaridades do dente incisivo pareciam indicar que o falecido era cidadão dos Estados Unidos, embora sua roupa interior, terno e botas fossem sem dúvida de fabricação inglesa. Alguns supunham que ele estivesse escondido sob o assento e que, ao ser descoberto, por alguma razão, possivelmente porque entreouvira segredos inconfessáveis, fora morto pelos companheiros de viagem. Quando conjugada a generalidades sobre a ferocidade e astúcia de sociedades anárquicas e outras sociedades secretas, essa teoria parecia tão plausível quanto qualquer outra.

O fato de não ter bilhete estaria coerente com a ideia de ocultação e era bem conhecido que as mulheres desempenhavam um papel destacado na propaganda niilista. Por outro lado, tornava-se claro, pelo depoimento do guarda, que o homem devia ter se ocultado lá antes dos outros chegarem, e era pouco provável a coincidência de conspiradores irem parar exatamente na cabine em que o espião já estava escondido! Além do mais, essa explicação desprezava o homem no carro dos fumantes e não justificava o seu desaparecimento simultâneo. A polícia não teve dificuldade em demonstrar que essa teoria não dava conta dos fatos, mas não estava preparada, na falta de evidências, para apresentar uma explicação alternativa.

Houve uma carta no *Daily Gazette*, assinada por um famoso investigador criminal, que fomentou considerável discussão à época. Ele construiu uma hipótese que possuía no mínimo criatividade para recomendá-la, e o melhor que faço é transcrevê-la literalmente:

"Qualquer que seja a verdade, ela deve depender de alguma combinação bizarra e rara de acontecimentos, por isso não precisamos hesitar em postular tais acontecimentos na nossa explicação. Na falta de dados devemos abandonar o método científico analítico de investigação e abordar o problema de forma sintética. Em suma, ao invés de deduzir o que aconteceu dos dados conhecidos, devemos construir uma explicação fantasiosa que seja coerente com os acontecimentos conhecidos. Podemos então testar essa explicação em face de qualquer dado novo que possa surgir. Se tudo se encaixar, a probabilidade é de que estejamos no caminho certo, e a cada fato novo essa probabilidade aumentará em progressão geométrica até que a evidência se torne definitiva e convincente.

Ora, há um fato notável e sugestivo que não recebeu a atenção que merece. Existe um trem local que passa por Harrow e King's Langley, num horário tal que o expresso deve tê-lo ultrapassado por volta da hora em que diminuiu a marcha para uns doze quilômetros por hora devido aos reparos na linha. Nesse momento os dois trens deviam estar correndo na mesma direção a uma velocidade semelhante e em linhas paralelas. É do conhecimento de todos que, nessas circunstâncias, o ocupante de um carro pode ver claramente os passageiros dos outros carros que estão de frente para ele. As luzes do expresso tinham sido acesas em Willesden, de modo que cada carro se encontrava vivamente iluminado e bem visível aos observadores de fora.

Ora, eu reconstruiria a sequência de eventos da seguinte maneira. Esse rapaz que carregava um número anormal de relógios estava sozinho no carro do trem local. Seu bilhete, documentos, luvas e outros pertences descansavam, suporemos, no assento ao lado. Era provavelmente americano e também provavelmente pouco inteligente. O uso excessivo de joias é um sintoma precoce de algumas formas de mania.

Enquanto observava os carros do expresso que passavam (devido ao estado da linha) à mesma velocidade que o dele, viu repentinamente pessoas que conhecia. Vamos supor, para efeito de nossa teoria, que essas pessoas eram uma mulher a quem amava e um homem a quem odiava – e que retribuía o seu ódio. O rapaz era excitável e impulsivo. Abriu a porta de seu carro e passou do estribo do trem local para o estribo do expresso, abriu a outra porta e se apresentou a essas duas pessoas. O feito (na suposição de que os trens desenvolviam a mesma velocidade) não é tão perigoso quanto pode parecer.

Uma vez transferindo o nosso rapaz sem bilhete para o carro em que o senhor e a moça estavam viajando, não é difícil imaginar a cena violenta que se seguiu. É possível que o casal também fosse americano, o que é o mais provável, pois o homem portava uma arma – algo incomum na Inglaterra. Se a nossa suposição de mania incipiente for correta, o rapaz provavelmente atacou o outro homem. No desfecho da briga o homem mais velho atirou no intruso e em seguida fugiu do carro levando a moça em sua companhia. Vamos supor que tudo isso ocorreu muito rápido e que o trem continuava a se deslocar numa velocidade tão baixa que não foi difícil para eles desembarcarem. Uma mulher poderia saltar de um trem a doze quilômetros por hora. Na realidade sabemos que essa mulher o *fez*.

E agora temos de encaixar o homem no carro dos fumantes. Presumindo que até este ponto reconstruímos a tragédia corretamente, nada encontraremos nesse outro homem que nos faça reexaminar nossas conclusões. De acordo com a minha teoria, esse homem viu o rapaz passar de um trem para o outro, viu-o abrir a porta, ouviu o tiro de pistola, viu os dois fugitivos saltarem, percebeu que houvera um crime e saltou em perseguição do casal. Por que nunca se ouviu falar dele desde então – seja porque tenha morrido na perseguição ou, o que é mais provável, percebeu que não era um caso para interferir –, é um detalhe que por ora não temos meios de explicar. Reconheço que há alguns obstáculos. À primeira vista, pode parecer improvável que numa hora dessas um criminoso estorvasse sua fuga com uma mala de couro marrom. Minha resposta é que ele estava bem consciente de que se a mala fosse encontrada sua identidade poderia ser estabelecida. Era absolutamente necessário que a levasse. Minha teoria se sustenta ou desmorona em um ponto, e apelo para a estrada de ferro que faça uma rigorosa investigação para descobrir se foi encontrado um bilhete sem dono no trem local que transitou por Harrow e King's Langley em 18 de março. Se tal bilhete fosse encontrado meu caso estaria provado. Caso contrário, minha teoria pode ainda ser correta, pois é possível que o rapaz viajasse sem bilhete ou que o tivesse perdido".

A essa hipótese complexa e plausível, a resposta da polícia e da companhia de estrada de ferro foi, primeiro, que tal bilhete não foi encontrado; segundo, que o trem local nunca se emparelharia com o expresso; e, terceiro, que o trem local estivera parado na estação de King's Langley quando o expresso passou a oitenta quilômetros por hora: assim pereceu a única explicação satisfatória e cinco anos transcorreram sem que surgisse outra. Agora, finalmente, surge uma declaração que cobre todos os fatos e que deve ser aceita como autêntica. Ela assumiu a forma de uma carta datada de Nova Iorque e dirigida ao mesmo investigador criminal cuja teoria acabei de transcrever. Apresento-a aqui por extenso, com a exceção dos dois parágrafos de abertura, que são de caráter pessoal:

"O senhor me perdoará por ser reticente quanto a nomes. Há menos razão para isso agora do que havia há cinco anos quando minha mãe ainda vivia. Mas, mesmo assim, prefiro despistar o máximo possível. Mas devo-lhe uma explicação, pois, ainda que sua ideia estivesse errada, foi excepcionalmente engenhosa. Terei de retroceder um pouco para que possa compreender tudo.

Meus pais são de Buckinghamshire, na Inglaterra, e emigraram para os Estados Unidos no início da década de 1850. Radicaram-se em Rochester, no Estado de Nova Iorque, onde meu pai possuía uma grande loja de secos. Só havia dois filhos: eu, James, e meu irmão, Edward. Eu era dez anos mais velho que meu irmão e, depois que meu pai faleceu, assumi o lugar de pai para ele, como faria um irmão mais velho. Ele era um menino vivo, ativo, e uma das criaturas mais bonitas que já existiu. Mas possuía um ponto fraco, que era como mofo num queijo, pois ia se espalhando e não havia nada que se pudesse fazer para evitar. Minha mãe percebia isso com a mesma clareza que eu, mas continuou a mimá-lo, pois tinha tal jeito que não se conseguia lhe negar nada. Fiz tudo que pude para mantê-lo sob controle e ele me odiava por isso.

Finalmente tomou o freio nos dentes, e não houve como impedi-lo. Mudou-se para Nova Iorque e foi rapidamente de mal a pior. A princípio era apenas leviano, depois tornou-se criminoso; ao fim de um ano ou dois, era um dos mais notórios jovens vigaristas da cidade. Travara amizade com Sparrow MacCoy, que era um expoente na profissão de trapaceiro, comerciante de bens ilícitos e patife. Aderiram à jogatina e frequentavam alguns dos melhores hotéis de Nova Iorque. Meu irmão era um excelente ator (poderia ter feito nome honestamente se quisesse) e assumia os papéis de um jovem aristocrata inglês, de um caipira do oeste ou de estudante universitário, o que quer que se ajustasse aos objetivos de MacCoy. Então um dia vestiu-se de mulher e se desincumbiu tão bem da tarefa e se tornou uma isca tão valiosa, que a partir daí isso passou a ser o jogo favorito deles. Tinham se entendido com o Partido Democrata e com a polícia, e parecia que nada jamais os deteria, porque isso foi antes da Lexow Commission, e se a pessoa tivesse pistolão podia fazer quase tudo que quisesse.

E nada os teria detido se ao menos tivessem se atido ao jogo e a Nova Iorque, mas tinham de se expandir para Rochester e forjar um nome num cheque. Foi meu irmão quem fez isso, embora todos soubessem que fora sob a influência de Sparrow MacCoy. Comprei aquele cheque e me custou bem caro. Então procurei meu irmão, pus o cheque na mesa diante dele e jurei que o processaria se não saísse do país. A princípio ele apenas riu. Não poderia processá-lo, disse, sem partir o coração de nossa mãe, e sabia que eu não faria isso. Eu o fiz compreender, porém, que o coração de nossa mãe estava sendo partido de qualquer forma, e que tomara a decisão de que preferia vê-lo numa prisão de Rochester do que num hotel em Nova Iorque. Assim ele finalmente cedeu e me fez a promessa solene de que não voltaria a ver Sparrow MacCoy, que partiria para a Europa e que aceitaria qualquer profissão honesta que eu o ajudasse a encontrar. Levei-o na mesma hora a um velho amigo de família, Joe Wilson, que é exportador de relógios americanos, e pedi-lhe que desse a Edward uma agência em Londres, com um pequeno salário e uma comissão de cinco por cento nas vendas. Seus modos e aparência eram tão bons que ele conquistou o velho na hora, e em uma semana foi enviado a Londres com uma caixa cheia de amostras.

Pareceu-me que essa história do cheque realmente assustara meu irmão e que havia uma chance de que se aquietasse numa vida honesta. Minha mãe conversara com ele, e o que dissera o comovera, pois sempre fora a melhor das mães, e ele, a maior tristeza de sua vida. Mas eu sabia que esse Sparrow MacCoy tinha a maior influência sobre Edward, e minha possibilidade de manter o rapaz na linha dependia de cortar a ligação que existia entre os dois. Eu tinha um amigo na força policial de Nova Iorque e através dele vigiava MacCoy. Quando, a uma semana da partida de meu irmão, soube que MacCoy reservara uma cabine no *Etruria*, tive certeza, como se tivesse ouvido de sua boca, de que ia para a Inglaterra com a finalidade de aliciar Edward de volta à vida que abandonara. Instantaneamente decidi partir também e jogar a minha influência contra a de MacCoy. Sabia que era uma batalha perdida, mas achei, e minha mãe concordou, que era o meu dever. Passamos a última noite juntos rezando pelo meu sucesso e ela me deu a Bíblia que meu pai lhe oferecera no dia do casamento ainda na Inglaterra, para que eu a guardasse junto ao coração.

Fui companheiro de viagem de Sparrow MacCoy no navio e pelo menos tive a satisfação de estragar o seu joguinho na viagem. Logo na primeira noite entrei no salão de fumar e o encontrei bancando um jogo de cartas com meia dúzia de rapazes que levavam bolsas cheias e cabeças vazias para a Europa. Estava se preparando para a colheita, que seria bem farta. Mas logo dei um jeito nisso.

– Cavalheiros – disse eu –, sabem com quem estão jogando?

– Que é que o senhor tem com isso? Cuide de sua vida! – disse ele, xingando.

– Com quem, afinal? – perguntou um dos otários.

– Com Sparrow MacCoy, o mais infame trapaceiro dos Estados Unidos.

Ele saltou com uma garrafa na mão, mas lembrou-se que estava sob a bandeira do decadente país do velho mundo, onde prevalecem a lei e a ordem e o Partido Democrático não tem influência. A prisão e a forca esperam a violência e o assassinato e não existe fuga pela porta dos fundos a bordo de um navio.

– Prove o que diz, seu...! – disse.

– Provo. Se puxar sua manga direita até o ombro, provarei minhas palavras ou as engolirei.

Ele empalideceu e não retorquiu. Sabe, eu conhecia os hábitos dele e estava consciente de que o mecanismo que ele e todos os trapaceiros usam consiste de um elástico que desce pelo braço e termina num clipe logo acima do pulso. É por meio desse clipe que recolhem das mãos as cartas que não querem, enquanto as substituem por outras escondidas em outro lugar. Imaginei que haveria um elástico e havia. Ele me xingou, escapuliu do salão e quase não foi visto durante a viagem. Em todo caso, ao menos uma vez acertei contas com o sr. Sparrow MacCoy.

Mas ele logo se vingou de mim, porque quando se tratava de influenciar meu irmão sempre levava a melhor. Edward andou direito em Londres nas primeiras semanas, e fez negócios com os seus relógios americanos, até que esse vilão tornou a lhe atravessar o caminho. Empenhei-me ao máximo, mas o máximo não bastava. Logo depois ouvi falar que houvera um escândalo em um dos hotéis da Northumberland Avenue; um viajante fora depenado de uma grande soma por dois trapaceiros, e o caso estava nas mãos da Scotland Yard. Soube pela primeira vez através de um jornal vespertino e tive certeza imediata de que meu irmão e MacCoy estavam de volta aos seus velhos truques. Corri depressa à casa em que Edward se hospedara. Disseram-me que ele e um cavalheiro alto (que reconheci como MacCoy) tinham saído juntos e que deixara a casa levando seus pertences. A senhoria os ouvira dar diversas instruções ao chofer do táxi que fazia ponto em Euston Station e acidentalmente entreouvira o cavalheiro alto falar alguma coisa sobre Manchester. Acreditava que este seria o destino final.

Uma consulta aos horários me informou que o trem mais provável seria o das cinco, embora houvesse outro às 4h35, que poderiam tomar. Só tive tempo de alcançar o das cinco, mas não vi sinal deles na estação nem no trem. Deviam ter partido no trem anterior, de modo que decidi segui-los até Manchester e procurá-los nos hotéis. Um último apelo ao meu irmão, pelo muito que devia à minha mãe, poderia ainda agora ser a sua salvação. Meus nervos estavam tensos e acendi um charuto para me acalmar. Naquele momento, justamente quando o trem estava saindo, a porta do meu carro abriu e lá estavam MacCoy e meu irmão na plataforma.

Estavam ambos disfarçados, e com razão, pois sabiam que a polícia londrina estava em seu encalço. MacCoy trazia a grande gola de astracã erguida, de modo que só os seus olhos e o nariz estavam à mostra. Meu irmão estava vestido de mulher, com um véu escuro encobrindo metade do rosto, mas naturalmente não me enganou por um instante sequer, nem me enganaria ainda que eu não soubesse que ele costumava usar esse disfarce. Assustei-me e, ao fazê-lo, MacCoy me reconheceu. Disse alguma coisa, o condutor bateu a porta e os fez entrar no carro seguinte. Tentei parar o trem para segui-los, mas as rodas já estavam em movimento e era tarde demais.

Quando paramos em Willesden, mudei instantaneamente de carro. Parece que ninguém me viu fazê-lo, o que não surpreende, porque a estação estava cheia. MacCoy, é claro, estava à minha espera, e passara o tempo entre Euston e Willesden dizendo tudo o que podia para endurecer o coração de meu irmão e indispô-lo contra mim. Isso é o que imagino, porque nunca o encontrei tão impossível de comover. Tentei de todas as maneiras; pintei-lhe o futuro numa prisão inglesa; descrevi o sofrimento de minha mãe quando voltasse com as notícias; disse tudo para enternecê-lo, mas sem resultado. Ficou sentado com um sorriso desdenhoso congelado no rosto bonito, enquanto a intervalos Sparrow MacCoy me dizia um insulto ou alguma palavra de estímulo para que meu irmão não vacilasse em suas resoluções.

– Por que não abre uma escola de catequese? – perguntava, e em seguida, no mesmo fôlego. – Ele acha que você não tem vontade própria. Acha que é o irmãozinho que ele pode levar aonde quiser. Só agora está descobrindo que é tão homem quanto ele.

Foram essas palavras que me fizeram falar com amargura. Tínhamos deixado Willesden, compreende, pois isso tudo levou algum tempo. Meu temperamento levou a melhor e pela primeira vez na vida mostrei a meu irmão o meu lado duro. Talvez fosse melhor se isso tivesse acontecido antes e com maior frequência.

– Homem! Ora, fico satisfeito que o seu amigo afirme isso, porque ninguém suspeitaria vendo-o vestido como uma senhorita de internato grã-fino. Não suponho que neste país exista uma criatura de aparência mais desprezível que você, sentado aí de guarda-pó.

Ele corou ao ouvir isso, porque era um homem vaidoso e temia o ridículo.

– É somente um guarda-pó – disse e começou a tirá-lo. – É preciso confundir os tiras, e não tive outra escolha.

– Tirou o chapeuzinho com o véu e guardou ambos na mala marrom. – Em todo caso não preciso usá-los até o condutor aparecer.

– Nem assim – disse, tomando a mala e arremessando-a com toda a força pela janela. – Agora, nunca mais vai se vestir de Mary Jane enquanto eu puder impedir. Se não existe nada entre você e a cadeia, a não ser esse disfarce, então é para a cadeia que você vai.

Era essa a maneira de lidar com ele. Senti na hora que estava em vantagem. Sua natureza influenciável cedia à rispidez muito mais rápido do que aos rogos. Corou de vergonha e seus olhos se encheram de lágrimas. Mas MacCoy também percebeu a minha ascendência e estava decidido a me impedir de prosseguir.

– Ele é meu parceiro e você não vai intimidá-lo – exclamou.

– Ele é meu irmão e você não vai pô-lo a perder. Acredito que uma temporada na prisão é a melhor maneira de manter vocês afastados e é o que vai ter, ou não será por minha culpa.

– Ah, você nos delataria, não é? – exclamou e ato contínuo sacou o revólver. Saltei para lhe agarrar a mão, mas vi que era tarde demais e pulei para o lado. No mesmo instante ele atirou, e a bala que era dirigida a mim atravessou o coração do meu infeliz irmão.

Ele caiu sem um gemido no chão da cabine, e Mac-Coy e eu, igualmente horrorizados, ajoelhamos um de cada lado dele, tentando fazer voltar os sinais de vida. MacCoy ainda segurava o revólver carregado na mão, mas sua raiva de mim e o meu ressentimento contra ele naquele momento tinham sido engolfados pela repentina tragédia. Foi ele quem primeiro percebeu a situação. Por alguma razão o trem rodava muito lentamente naquele momento e ele viu sua oportunidade de fugir. Num segundo abriu a porta, mas fui tão ligeiro quanto ele e, saltando-lhe em cima, caímos ambos do estribo e rolamos atracados por um barranco íngreme. No fundo do barranco bati com a cabeça numa pedra e não me lembro de mais nada. Quando voltei a mim, estava deitado entre umas moitas, não muito distante dos trilhos, e alguém molhava minha cabeça com um lenço úmido. Era Sparrow MacCoy.

– Achei que não poderia deixá-lo – disse. – Não queria ter o sangue de vocês dois nas mãos no mesmo dia. Não tenho dúvidas de que amava seu irmão; mas não o amava mais do que eu, embora você diga que escolhi uma maneira estranha de demonstrar esse amor. Em todo caso, o mundo parece terrivelmente vazio agora que ele se foi e não ligo a mínima se me entregar ao carrasco ou não.

Ele torcera o tornozelo na queda, e lá estávamos nós sentados, ele com o pé inutilizado e eu com a cabeça latejando, e conversamos muito tempo até que gradualmente a minha amargura foi se atenuando até se transformar em algo próximo à simpatia. Que adiantava vingar a morte de meu irmão num homem que estava tão abatido com sua morte quanto eu? E então fui recuperando aos poucos o bom-senso e comecei a perceber que não podia fazer muita coisa contra MacCoy que não se refletisse sobre minha mãe e eu mesmo. Como poderíamos condená-lo sem que se tornasse público um relato completo da carreira de meu irmão – a coisa que mais queríamos evitar? Na verdade era tanto do interesse dele quanto do nosso abafar o caso, e de vingador de um crime vi-me transformado em conspirador contra a justiça. O lugar onde nos encontrávamos era uma dessas reservas de faisões que são tão comuns na Europa, e, enquanto caminhávamos trôpegos, vi-me consultando o matador de meu irmão sobre até que ponto seria possível abafar o ocorrido.

Logo percebi pelo que dizia que, a não ser que houvesse papéis de que não tínhamos conhecimento nos bolsos de meu irmão, não havia meios pelos quais a polícia pudesse identificá-lo ou saber como chegara ali. Seu bilhete estava no bolso de MacCoy, bem como o bilhete da bagagem que tinha deixado no depósito. Como a maioria dos americanos, achara mais barato e mais fácil comprar roupas em Londres do que trazê-las de Nova Iorque, de modo que toda a sua era nova e sem marcas. A mala que continha o guarda-pó, e que eu atirara pela janela, podia ter caído em algum matagal onde continuava escondida, ou talvez tivesse sido levada por algum vagabundo ou ido parar nas mãos da polícia, que estava guardando segredo sobre o achado. Em todo caso, não vi menção da mala nos jornais londrinos. Quanto aos relógios, eram amostras que lhe tinham sido confiadas com finalidade comercial. Talvez fosse por essa mesma razão que os levasse para Manchester, mas era tarde demais para pensar nisso.

Não culpo a polícia por ter se atrapalhado, não vejo como poderia ser diferente. Havia apenas uma pequena pista que poderiam ter seguido, mas era mínima. Refiro-me ao espelhinho circular que foi encontrado no bolso de meu irmão. Não é um objeto comumente encontrado em poder de um rapaz, não é? Mas um jogador poderia dizer-lhe o que significa um espelhinho desses para um trapaceiro. Se a pessoa se sentar ligeiramente afastada da mesa e colocar no colo o espelho voltado para cima, pode ver, ao dar as cartas, cada carta que dá ao adversário. Não é difícil dizer se vai se pagar para ver ou aumentar a aposta quando se conhecem as cartas do outro homem tão bem quanto as próprias. O espelho fazia parte do equipamento do trapaceiro tanto quanto o elástico que havia no braço de MacCoy. Juntando esse dado com as recentes fraudes praticadas nos hotéis a polícia poderia ter encontrado uma das pontas da meada.

Creio que não resta muito mais para explicar. Chegamos a uma aldeia chamada Amersham naquela noite, personificando dois cavalheiros que excursionavam a pé, e em seguida rumamos despercebidos para Londres, onde MacCoy prosseguiu viagem para o Cairo e eu regressei a Nova Iorque. Minha mãe morreu seis meses depois, e fico contente em dizer que até o dia de sua morte nunca soube o que aconteceu. Estava sempre na ilusão de que Edward estava ganhando a vida honestamente em Londres e nunca tive coragem de lhe contar a verdade. Ele não escrevia, mas nunca fora de escrever, de modo que não fazia diferença. Seu nome foi a última coisa que ela disse.

Só há mais um favor que gostaria de lhe pedir, e o consideraria uma gentil retribuição por todas essas explicações. Lembra-se da Bíblia que foi encontrada? Sempre a carreguei no bolso interno do paletó e deve ter escorregado na queda. Tenho grande apreço por ela, pois era um livro de família com o meu nascimento e o de meu irmão registrados por meu pai na primeira folha. Gostaria que pedisse a quem de direito e a enviasse para mim. Não tem valor algum para mais ninguém. Se endereçá-la a X, Bassano's Library, Broadway, Nova Iorque, chegará seguramente às minhas mãos."

O CASO DO TREM DESAPARECIDO

A confissão de Herbert de Lernac, ora aguardando sentença de morte em Marselha, veio lançar uma luz sobre um dos crimes mais inexplicáveis do século – um incidente que é, na minha opinião, absolutamente sem precedentes nos anais do crime de qualquer país. Embora haja uma certa relutância em discutir o caso nos círculos oficiais, e quase nenhuma informação tenha sido liberada à imprensa, continuam a existir indicações de que o depoimento desse arquicriminoso seja corroborado pelos fatos e que, finalmente, tenhamos encontrado uma solução para um episódio dos mais surpreendentes. Como o caso tem uns oito anos e sua importância foi um tanto obscurecida por uma crise política que ocupava as atenções públicas à época, talvez fosse bom relatar os fatos à medida que fomos capazes de apurá-los. Cotejei-os dos jornais de Liverpool de então, dos registros do inquérito contra John Salter, o maquinista, e dos arquivos de London and West Coast Railway Company, que gentilmente os pôs à minha disposição. Resumidamente, estes são os fatos:

No dia 3 de junho de 1890, um cavalheiro, que deu o nome de *Monsieur* Louis Caratal, solicitou uma entrevista com o sr. James Bland, superintendente da Central London and West Coast Station em Liverpool. Era um homem franzino, moreno, de meia-idade, com uma corcunda tão pronunciada que sugeria uma deformidade na coluna vertebral. Estava acompanhado de um amigo, um homem de físico imponente, cujas maneiras deferentes e as atenções constantes sugeriam uma posição de dependência. Esse amigo, ou acompanhante, cujo nome não transpirou, era sem dúvida estrangeiro e provavelmente, por sua compleição trigueira, espanhol ou sul-americano. Observou-se nele uma peculiaridade. Carregava na mão esquerda uma pequena pasta de despachos de couro preto, e um funcionário do escritório central muito observador reparou que essa pasta estava presa ao pulso do homem por uma correia. À época não se deu muita importância ao fato, mas os acontecimentos subsequentes o revestiram de alguma significância. *Monsieur* Caratal foi conduzido ao escritório do sr. Bland e o seu acompanhante permaneceu ao lado de fora.

O assunto de *Monsieur* Caratal foi prontamente resolvido. Chegara naquela tarde da América Central. Negócios da maior importância exigiam que estivesse em Paris sem perder desnecessariamente uma hora. Perdera o expresso londrino. Precisava de um trem especial. O dinheiro não era obstáculo. O tempo era tudo. Se a companhia o atendesse, poderia impor os próprios termos.

O sr. Bland tocou a campainha elétrica, chamou o sr. Potter Hood, gerente de tráfego, e resolveu a questão em cinco minutos. O trem partiria em quarenta e cinco minutos. Era o tempo que levaria para se certificarem de que a linha estava desimpedida. Uma locomotiva possante, a Rochdale (n° 247, nos registros da companhia), foi engatada a dois carros com um bagageiro. O primeiro carro tinha apenas a finalidade de reduzir o desconforto provocado pela oscilação. O segundo era dividido, como de costume, em quatro cabines, primeira classe, primeira classe para fumantes, segunda classe e segunda classe para fumantes. A primeira cabine, que era a mais próxima à locomotiva, foi destinada aos viajantes. As outras três permaneceram vazias. O guarda do trem especial era James McPherson, há anos empregado na companhia. O foguista, William Smith, era novato.

Monsieur Caratal, ao deixar o escritório do superintendente, juntou-se ao acompanhante e ambos manifestaram extrema impaciência em partir. Tendo pago o dinheiro cobrado, cinquenta libras e cinco xelins, à taxa especial de cinco xelins por 1,6 quilômetro, pediram para serem conduzidos ao trem e imediatamente se acomodaram nas poltronas, embora lhes afirmassem que decorreria quase uma hora antes que a linha fosse desimpedida. Entrementes, uma singular coincidência ocorrera no escritório que *Monsieur* Caratal acabara de deixar.

    O pedido de um trem especial não é uma circunstância incomum num rico centro comercial, mas o pedido de dois na mesma tarde era bem insólito. Aconteceu, porém, que, mal o sr. Bland se despedira do primeiro viajante, entrou um segundo com um pedido semelhante. Era um sr. Horace Moore, um cavalheiro de aparência militar, alegando que a súbita e grave enfermidade da esposa em Londres tornava absolutamente imperativo que não perdesse um segundo em iniciar viagem. Seu desgosto e ansiedade eram tão evidentes que o sr. Bland fez o possível para atender ao pedido. Um segundo trem especial estava fora de questão, pois o serviço local já estava um tanto transtornado devido ao primeiro. Havia, contudo, a alternativa de o sr. Moore dividir a despesa com *Monsieur* Caratal e viajar na outra cabine de primeira classe vazia, se *Monsieur* Caratal objetasse em recebê-lo na cabine que ocupava. Era difícil encontrar objeções a tal arranjo, e, no entanto, quando este lhe foi sugerido pelo sr. Potter Hood, ele se recusou terminantemente a considerá-lo por um instante sequer. O trem era dele, disse, e insistia em usá-lo com exclusividade. Todos os argumentos não foram capazes de superar as suas descorteses objeções e finalmente o plano teve de ser abandonado. O sr. Horace Moore deixou a estação muito aflito, após descobrir que só lhe restava tomar o trem lento normal que parte de Liverpool às seis horas. Exatamente às 4h31, pelo relógio da estação, o trem especial, levando o corcunda *Monsieur* Caratal e seu acompanhante gigante, partiu de Liverpool. A linha naquela hora estava desimpedida e não haveria nenhuma parada antes de Manchester.

Os trens da London and West Coast Railway correm nas linhas de outra companhia até aquela cidade, onde o trem especial chegaria bem antes das seis horas. Às 6h15 houve considerável surpresa e alguma consternação entre os funcionários de Liverpool que receberam um telegrama de Manchester dizendo que o trem ainda não chegara. Um pedido de informação dirigido à St. Helens, situada a um terço do caminho entre as duas cidades, recebeu a seguinte resposta:

"A JAMES BLAND, SUPERINTENDENTE, CENTRAL L.&W.C. LIVERPOOL. – ESPECIAL PASSOU AQUI ÀS 4:52, NO HORÁRIO PREVISTO. – DOWSER, ST. HELENS."

Esse telegrama foi recebido às 6h40. Às 6h50 receberam uma segunda mensagem de Manchester:

"NENHUM SINAL DO ESPECIAL ESPERADO."

E, dez minutos mais tarde, uma terceira mensagem, ainda mais desnorteante:

"PRESUMIMOS HAVER ENGANO PREVISÃO ESPECIAL. TREM LOCAL DE ST. HELENS PROGRAMADO EM SEQUÊNCIA ACABA DE CHEGAR E NÃO VIU SINAL DE TREM. FAVOR COMUNICAR OUTRAS MEDIDAS. – MANCHESTER."

O caso assumia um aspecto surpreendente, embora o último telegrama trouxesse um certo alívio para as autoridades em Liverpool. Se tivesse ocorrido algum acidente ao especial, não seria possível ao trem local passar pela mesma linha sem observá-lo. Contudo, qual era a alternativa? Onde poderia estar o trem? Teria se desviado por alguma razão a fim de dar passagem ao trem mais lento? Tal explicação era possível caso houvesse necessidade de algum reparo. Despachou-se um telegrama para cada uma das estações situadas entre St. Helens e Manchester, e o superintendente e o gerente de tráfego esperaram com a maior ansiedade junto ao telégrafo pelas respostas que lhes permitiriam dizer com segurança que fim levara o trem desaparecido. As respostas voltaram na mesma ordem das perguntas, que era a ordem das estações a partir de St. Helens:

"ESPECIAL PASSOU AQUI CINCO HORAS. – COLLINS GREEN."

"ESPECIAL PASSOU AQUI CINCO HORAS E SEIS MINUTOS. – EARLSTOWN."

"ESPECIAL PASSOU AQUI CINCO HORAS E DEZ MINUTOS. – NEWTON."

"ESPECIAL PASSOU AQUI CINCO HORAS E VINTE MINUTOS. – KENYON JUNCTION."

"NENHUM TREM ESPECIAL PASSOU AQUI. – BARTON MOSS."

Os dois funcionários se entreolharam assombrados.

– É um caso único nos meus trinta anos de experiência – disse o sr. Bland.

– Absolutamente inexplicável e sem precedentes. O especial se desviou entre Kenyon Junction e Barton Moss.

– E no entanto não há nenhum desvio, se não me falha a memória, entre as duas estações. O especial deve ter descarrilado.

– Mas como poderia o trem econômico de 4h50 passar pela mesma linha sem observar a ocorrência?

– Não há alternativa, sr. Hood. *Deve* ser isso. Possivelmente o trem local observou alguma coisa que possa esclarecer o caso. Vamos telegrafar para Manchester pedindo informações e para Kenyon Junction instruindo-os para que examinem imediatamente a linha até Barton Moss.

A resposta de Manchester chegou em cinco minutos:

"NENHUMA NOTÍCIA DO ESPECIAL DESAPARECIDO. MAQUINISTA E GUARDA DO TREM LOCAL POSITIVOS NÃO PARECE TER HAVIDO ACIDENTE ENTRE KENYON JUNCTION E BARTON MOSS. LINHA DESIMPEDIDA NÃO HÁ SINAL DE ANORMALIDADE. – MANCHESTER."

– Esse maquinista e esse guarda terão de ser demitidos – disse o sr. Bland inflexível. – Houve um desastre e eles nem repararam. O especial obviamente descarrilou sem danificar a linha. Como poderia ter feito isso foge à minha compreensão, mas não resta dúvida e não tardaremos a receber mensagem de Kenyon ou de Barton Moss dizendo que o encontraram no fundo de um barranco.

Mas a profecia do sr. Bland estava destinada a não se cumprir. Passou-se meia hora e chegou a seguinte mensagem do chefe de estação de Kenyon Junction:

"NÃO HÁ VESTÍGIOS DO ESPECIAL DESAPARECIDO. TEMOS CERTEZA DE QUE PASSOU POR AQUI E QUE NÃO CHEGOU A BARTON MOSS. DESENGATAMOS A LOCOMOTIVA DO TREM DE CARGA E PERCORRI PESSOALMENTE A LINHA, MAS ESTÁ TUDO DESIMPEDIDO E NÃO HÁ SINAL DE ACIDENTE."

O sr. Bland arrancou os cabelos perplexo.

– Isso é pura loucura, Hood – exclamou. – Será que um trem desaparece no ar na Inglaterra em plena luz do dia? A coisa é absurda. Uma locomotiva, um tênder, dois carros, um bagageiro, cinco criaturas; todos desaparecidos numa linha reta de trilhos! A não ser que obtenhamos algo positivo em uma hora, vou chamar o inspetor Collins e ir até lá pessoalmente.

Então finalmente algo de positivo ocorreu, sob a forma de mais um telegrama de Kenyon Junction.

"LAMENTAMOS INFORMAR QUE O CADÁVER DE JOHN SLATER, MAQUINISTA DO TREM ESPECIAL, ACABOU DE SER ENCONTRADO NO MATO A 3,6 QUILÔMETROS DO ENTRONCAMENTO. CAIU DA LOCOMOTIVA, PROJETOU-SE RIBANCEIRA ABAIXO E ROLOU PARA O MATO. FERIMENTOS NA CABEÇA DEVIDO À QUEDA FORAM APARENTEMENTE A CAUSA DA MORTE. O TERRENO JÁ FOI CUIDADOSAMENTE EXAMINADO E NÃO HÁ VESTÍGIO DO TREM DESAPARECIDO."

O país atravessava, como já afirmamos, uma grande crise política e a atenção do público foi ainda mais distraída por ocorrências importantes e sensacionais em Paris, onde um monumental escândalo ameaçava destruir o governo e arruinar a reputação de muitos homens importantes da França. Os jornais estavam tomados por essas notícias e o singular desaparecimento do trem especial atraiu menos atenção do que teria em tempos mais tranquilos. A natureza grotesca do caso contribuiu para reduzir sua importância, pois os jornais tendiam a não crer nos fatos relatados. Mais de um jornal londrino tratou o assunto como se fosse uma mistificação engenhosa, até que o inquérito sobre o infeliz maquinista (um inquérito que não revelou nada de relevante) convenceu-os da tragédia do incidente.

O sr. Bland, acompanhado do inspetor Collins, o detetive mais graduado a serviço da companhia, foi a Kenyon Junction na mesma noite, e sua busca durou até o dia seguinte, mas os resultados foram inteiramente negativos. Não só não se encontrou sinal do trem desaparecido, como não se podia adiantar qualquer conjetura que pudesse explicar os fatos. Ao mesmo tempo, o relatório oficial do inspetor Collins (que tenho diante de mim enquanto escrevo) serviu para demonstrar que as possibilidades eram mais numerosas do que se poderia esperar.

"No trecho da ferrovia entre esses dois pontos", diz ele – "o terreno está pontilhado de fundições e minas de carvão. Dessas, algumas estão em operação e outras, abandonadas. Há no mínimo umas doze que têm ramais de bitola estreita para o tráfego de troles até a linha-tronco. Estas podem, naturalmente, ser descartadas. Além delas, porém, há sete que têm ou tiveram linhas de bitola normal ligadas a determinados pontos da linha-tronco, de modo a transportarem seus produtos da entrada da mina até os grandes centros de distribuição. Em todos os casos esses ramais têm apenas uns poucos quilômetros de extensão. Das sete, quatro pertencem a minas esgotadas, ou pelo menos a poços que estão fora de uso. São as minas Redgauntlet, Hero, Slough of Despond e Heartsease, sendo que esta última foi há dez anos uma das principais minas de Lancashire. Esses quatro ramais podem ser eliminados de nossa investigação, pois, para prevenir possíveis acidentes, os ramais mais próximos da linha-tronco foram arrancados e já não existe nenhuma ligação. Restam outros três ramais que levam a: (a) Carnstock Iron Works; (b) Big Ben Colliery; (c) Perseverance Colliery.

"Dessas, o ramal da Big Ben não tem mais que 400

metros e termina numa enorme pilha de carvão que aguarda remoção na entrada da mina. Ali ninguém viu ou ouviu falar de nenhum trem especial. A linha da Carnstock Iron Works esteve bloqueada durante todo o dia 3 de junho por 16 vagões de hematita. É um ramal único e nada poderia ter passado. O ramal da Perseverance é uma linha grande e dupla de tráfego considerável, pois a produção da mina é muito volumosa. No dia 3 de junho esse tráfego foi o costumeiro; centenas de homens, inclusive uma turma de assentadores de trilhos da ferrovia, estavam trabalhando ao longo dos 3,6 quilômetros que constituem a extensão total do ramal, e é inconcebível que um trem inesperado pudesse passar ali sem atrair a atenção de todos. Deve-se observar, em conclusão, que esse ramal é mais próximo de St. Helens do que o ponto onde o maquinista foi encontrado, de modo que temos razões para acreditar que o trem passou pela fundição antes que ocorresse o contratempo.

"Quanto a John Slater, não se pode deduzir nada de sua aparência ou de seus ferimentos. Só podemos afirmar que, ao que parece, encontrou a morte ao cair da locomotiva, embora a razão de sua queda ou o que aconteceu com a locomotiva após a queda sejam questões sobre as quais não me sinto qualificado para opinar." Concluindo, o inspetor apresentou seu pedido de demissão à diretoria, por se sentir muito mortificado com a acusação de incompetência que lhe fizeram os jornais londrinos.

Passou-se um mês, durante o qual tanto a polícia quanto a companhia deram seguimento às suas investigações sem o menor sucesso. Ofereceram uma recompensa, ofereceram perdão caso houvesse crime, mas ninguém se apresentou. Todos os dias o público abria os jornais na convicção de que um mistério tão grotesco seria finalmente resolvido, mas as semanas se passavam e a solução continuava tão distante quanto estivera. Em pleno dia, numa tarde de junho, na parte mais densamente povoada da Inglaterra, um trem com seus ocupantes desaparecera tão inteiramente como se um mestre de sutil química o tivesse feito volatilizar. De fato, entre as várias conjeturas aventadas pela imprensa havia algumas que afirmavam com seriedade que agentes sobrenaturais ou, pelo menos preternaturais, tivessem se manifestado, e que o corcunda *Monsieur* Caratal era provavelmente alguém conhecido por um nome menos polido. Outros se fixavam em seu escuro acompanhante como o autor do malfeito, mas exatamente o que fizera nunca poderia ser definido de forma clara.

Entre as muitas sugestões apresentadas por vários jornais ou indivíduos, havia uma ou duas que eram suficientemente viáveis para atrair as atenções do público. Uma que apareceu no *Times*, assinada por um lógico amador de alguma fama à época, tentou esclarecer a questão de forma crítica e semicientífica. Um trecho deve bastar, embora os curiosos possam ler a carta inteira no número de 3 de julho:

"Um dos princípios elementares do raciocínio prático é que, quando o impossível foi eliminado, o resíduo, *por mais improvável que seja*, deve conter a verdade. É certo que o trem passou por Kenyon Junction. É certo que não chegou a Barton Moss. É muitíssimo improvável, mas possível, que tenha tomado um dos sete ramais disponíveis. É obviamente impossível que um trem corra onde não existem trilhos, e, portanto, podemos reduzir as nossas improbabilidades às três linhas trafegáveis, ou sejam, as de Carnstock Iron Works, Big Ben e Perseverance. Existirá uma sociedade secreta de fundidores, uma *camorra* inglesa capaz de destruir tanto o trem quanto os passageiros? É improvável, mas não é impossível. Confesso que não me sinto capaz de oferecer qualquer outra solução. Sem dúvida aconselharia a companhia a concentrar toda a sua energia à observação desses três ramais e aos operários que se encontram ao fim deles. Uma verificação meticulosa das lojas de penhores do distrito poderia possivelmente trazer à luz alguns fatos sugestivos."

A sugestão vinda de uma reconhecida autoridade nesses assuntos criou considerável interesse e uma feroz oposição daqueles que consideravam tal afirmação uma infâmia absurda contra homens honestos e dignos. A única resposta a essa crítica foi um desafio aos opositores a apresentarem uma explicação mais viável ao público. Aceitando o desafio, foram publicadas duas respostas (*Times*, 7 e 9 de julho). A primeira sugeria que o trem poderia ter descarrilado e submergido nos canais de Lancashire e Staffordshire, que correm paralelos à ferrovia por algumas centenas de metros. Esta sugestão foi rejeitada pela profundidade oficial do canal, que era absolutamente insuficiente para ocultar um objeto de tais proporções. O segundo correspondente escreveu chamando a atenção para a maleta que parecia ser a única bagagem que os viajantes tinham trazido e sugerindo que algum explosivo novo de imensa potência de desintegração pudesse estar escondido nela. O absurdo óbvio de supor que todo um trem pudesse ser pulverizado enquanto os trilhos permaneciam intactos reduziu tal explicação a uma farsa. As investigações tinham chegado a esse beco sem saída quando um incidente novo e completamente inesperado ocorreu, alimentando esperanças que estavam destinadas a não se concretizarem.

Foi nada menos que a chegada de uma carta de James McPherson, o guarda do trem desaparecido, às mãos da esposa, sra. McPherson. A carta, datada de 5 de julho de 1890, fora despachada de Nova Iorque e recebida em 14 de julho. Expressaram-se dúvidas quanto à sua autenticidade, mas a sra. McPherson foi positiva quanto à caligrafia, e o fato de conter uma remessa de cem dólares em notas de cinco dólares foi suficiente por si só para descartar a ideia de mistificação. Não havia endereço na carta que tinha o seguinte teor:

"Minha Querida Esposa,
    Estive pensando muito e acho muito penoso desistir de você. O mesmo com relação a Lizzie. Tento

lutar contra esse sentimento, mas ele volta sempre. Mando-lhe algum dinheiro que pode ser trocado por vinte libras inglesas. Isso deve ser suficiente para você e Lizzie atravessarem o Atlântico, e você achará os navios de Hamburgo que param em Southampton bem confortáveis e mais baratos que os de Liverpool. Se você vier e se hospedar na Johnston House, procurarei lhe mandar dizer como me encontrar, mas as coisas estão bem difíceis para mim no momento, e não estou nada feliz, achando difícil desistir de vocês.
Por ora é só, do seu esposo amante,

James McPherson"

Por algum tempo esperou-se seguramente que essa carta levasse a um esclarecimento do caso, ainda mais porque se verificou que um passageiro muito parecido com o guarda desaparecido viajara de Southampton sob o nome de Summers no *Vistula*, um navio que fazia a linha Hamburgo – Nova Iorque e partira em 7 de junho. A sra. McPherson e a irmã, Lizzie Dolton, partiram para Nova Iorque conforme instruídas e permaneceram três semanas na Johnston House, sem receber qualquer notícia do homem desaparecido. É provável que alguns comentários indiscretos na imprensa o tenham alertado de que a polícia estava usando as mulheres como isca. Ainda que assim fosse, é certo que ele nem apareceu nem escreveu e as mulheres afinal foram forçadas a regressar a Liverpool.

E assim o caso permaneceu inalterado até o presente ano de 1898. Por incrível que pareça, nada transpirou nesses oito anos que lançasse a mínima luz ao extraordinário desaparecimento do trem especial que levava *Monsieur* Caratal e seu acompanhante. Investigações minuciosas nos antecedentes dos dois viajantes somente determinaram que *Monsieur* Caratal era financista e agente político na América Central e que durante sua viagem à Europa demonstrara excepcional ansiedade em chegar a Paris. Seu acompanhante, cujo nome estava registrado nas listas de passageiros como Eduardo Gomez, era um homem de ficha policial violenta e reputação de facínora e fanfarrão. A evidência demonstrava, porém, que era sinceramente dedicado aos interesses de *Monsieur* Caratal, e que este último, sendo um homem de físico franzino, o empregava como guarda-costas. Pode-se acrescentar que não chegou qualquer informação de Paris quanto aos objetivos prováveis da viagem urgente de *Monsieur* Caratal. Eram esses os dados do caso até a publicação nos jornais de Marseilles da recente confissão de Herbert de Lernac, ora condenado à morte pelo assassinato de um comerciante chamado Bonvalot. Suas declarações podem ser literalmente traduzidas conforme se segue:

"Não é por orgulho ou por vontade de me vangloriar que presto essas informações, pois, se essa fosse a minha intenção, poderia contar uma dúzia de feitos meus que são fantásticos; faço-o para que um determinado cavalheiro em Paris possa compreender que eu, sendo capaz de esclarecer sobre o destino de *Monsieur* Caratal, também posso contar a quem interessava e a pedido de quem foi feita a coisa, a não ser que chegue bem depressa a suspensão de minha execução que estou aguardando. Estou avisando, *messieurs*, antes que seja tarde demais! Conhecem Herbert de Lernac e estão cientes de que seus atos são tão imediatos quanto suas palavras. Apressem-se, ou estarão perdidos!

Por ora não vou citar nomes – se ao menos soubessem dos nomes, o que não iriam pensar! –, contarei apenas a forma engenhosa pela qual agi. Fui leal aos meus empregadores então, e não duvido de que serão leais a mim agora. Pelo menos espero que assim seja e, até que me convença de que me traíram, esses nomes, que abalariam a Europa, não serão divulgados. Mas naquele dia... Bom, não vou dizer mais nada!

Resumindo, houve um famoso julgamento em Paris no ano de 1890, ligado a um monstruoso escândalo político e financeiro. A monstruosidade daquele escândalo nunca será conhecida, exceto por agentes confidenciais como eu. A honra e as carreiras de muitos dos principais líderes da França estavam em jogo. Já viram um grupo de nove paus de boliche em posição, rígidos, certos, sem oscilar. Então lá vem a bola de longe e pim, pim – e lá se vão os nove paus ao chão. Bom, imagine alguns dos maiores homens da França na posição desses nove paus e esse *Monsieur* Caratal como a bola que se via vindo de longe. Se chegasse seria pim, pim, pim para todos eles. Foi decidido que ele não deveria chegar ao destino.

Não acuso a todos de terem conhecimento do que iria acontecer. Havia, como disse, grandes interesses, tanto políticos como financeiros, em jogo e eles formaram um sindicato para cuidar do assunto. Houve quem se filiasse ao sindicato sem compreender muito bem os seus objetivos. Mas outros os compreendiam muito bem e podem apostar que não me esqueci de seus nomes. Foram avisados com muita antecedência da vinda de *Monsieur* Caratal, antes mesmo que partisse da América do Sul, e sabiam que a evidência que trazia certamente significaria a ruína de todos eles. O sindicato dispunha de recursos financeiros ilimitados – absolutamente ilimitados, compreendem. Procuraram um agente capaz de comandar esse poder gigantesco. O homem escolhido devia ser criativo, resoluto, adaptável – um homem em um milhão. Escolheram Herbert de Lernac e devo admitir que acertaram.

Meus deveres consistiam em escolher os meus subordinados, usar livremente o poder que o dinheiro confere e garantir que *Monsieur* Caratal nunca chegasse a Paris. Com energia característica comecei a cumprir minha missão uma hora após receber instruções, e as medidas que tomei foram as melhores que poderiam ter sido concebidas para os objetivos.

Um homem de minha confiança foi imediatamente despachado à América do Sul para retornar com *Monsieur*

Caratal. Se tivesse chegado em tempo, o navio nunca teria aportado em Liverpool; mas, infelizmente, ele partira antes que o meu agente o alcançasse. Equipei um pequeno brigue armado para interceptá-lo, mas mais uma vez não tive sorte. A exemplo de todos os grandes organizadores, eu estava, porém, preparado para o fracasso e planejara uma série de alternativas, uma das quais deveria funcionar. É preciso não subestimar as dificuldades da minha missão ou imaginar que um simples assassinato resolveria o caso. Era necessário não só destruir *Monsieur* Caratal, mas também os documentos de *Monsieur* Caratal e seus acompanhantes, se tivéssemos razão para acreditar que lhes comunicara seus segredos. E não se deve esquecer que estavam de sobreaviso, e muito desconfiados de qualquer tentativa. Era uma tarefa sob todos os pontos digna de mim, pois demonstro sempre uma habilidade extraordinária onde outros se apavorariam.

Estava pronto para receber *Monsieur* Caratal em Liverpool, e até ansioso porque tinha razões para crer que tomara providências para dispor de uma guarda considerável no momento em que chegasse a Londres. O que fosse preciso fazer teria de ser feito entre o momento em que desembarcasse no cais de Liverpool e a sua chegada a Londres e ao terminal da West Coast em Londres. Preparamos seis planos, cada qual mais complicado que o anterior; o plano a ser usado dependeria dos movimentos dele. O que quer que fizesse, estaríamos à espera dele. Se permanecesse em Liverpool, estaríamos à espera. Se tomasse um trem normal, um expresso ou um especial, estaríamos à espera. Tudo fora previsto e providenciado.

Podem imaginar que não poderia fazer tudo isso sozinho. Que conhecia das ferrovias inglesas? Mas o dinheiro pode aliciar agentes solícitos no mundo inteiro, e não tardou que tivesse um dos cérebros mais argutos da Inglaterra para me ajudar. Não vou mencionar nomes, mas seria injusto dizer que o crédito é só meu. Meu aliado inglês era digno dessa aliança. Conhecia exaustivamente a London and

West Coast e comandava uma turma de trabalhadores que eram inteligentes e confiáveis. A ideia foi dele e só precisei decidir detalhes. Compramos diversos funcionários, entre os quais o mais importante era James McPherson, pois nos certificáramos de que muito provavelmente seria o guarda destacado para um trem especial. Smith, o foguista, também foi contratado por nós. John Slater, o maquinista, fora abordado, mas concluímos que era obstinado e perigoso, por isso desistimos. Não tínhamos certeza de que *Monsieur* Caratal tomaria um trem especial, mas achamos muito provável, pois era importantíssimo chegar a Paris sem demora. Foi para essa contingência, portanto, que tomamos providências especiais – providências que estavam prontas até o último detalhe muito antes que seu navio avistasse as costas da Inglaterra. Acharão graça em saber que havia um de meus agentes no rebocador que levou o navio até o local de atracação.

No instante em que Caratal chegou a Liverpool sabíamos que suspeitava do perigo e estava precavido. Trouxera como acompanhante um indivíduo perigoso, chamado Gomez, um homem que andava armado e disposto a atirar. Esse indivíduo carregava os papéis confidenciais de Caratal e estava pronto a defender o patrão e os papéis. Era provável que Caratal tivesse trocado opiniões com ele e que remover Caratal sem remover Gomes seria pura perda de energia. Era necessário que tivessem o mesmo destino, e nossos planos nesse sentido foram muito facilitados pelo seu pedido de um trem especial. Naquele trem especial, deverão entender, dois em cada três empregados da companhia estavam na realidade a nosso serviço, a um preço que os tornaria independentes para o resto da vida. Não me aventuro a dizer que os ingleses são mais honestos que os nacionais de outros países, mas descobri que são mais caros de subornar.

Já mencionei o meu agente inglês – que é um homem de grande futuro, a não ser que algum problema de respiração o leve antes do tempo. Ficou encarregado de todas as providências em Liverpool enquanto eu permanecia na hospedaria em Kenyon à espera do sinal de código para agir. Quando o trem especial foi alugado, meu agente instantaneamente me telegrafou avisando quando precisaria ter tudo pronto. Ele próprio, sob o nome de Horace Moore, requisitou logo um especial, na esperança de que o mandassem seguir com *Monsieur* Caratal, o que, sob determinadas circunstâncias, talvez fosse útil para nós. Se, por exemplo, o grande golpe falhasse, meu agente teria então a incumbência de matar os dois e destruir seus documentos. Caratal, porém, estava de sobreaviso e recusou admitir qualquer outro viajante. Meu agente então deixou a estação, voltou por outra entrada e penetrou no bagageiro pelo lado oposto à plataforma e viajou com McPherson, o guarda.

Entrementes, os senhores terão interesse em saber quais foram os meus movimentos. Preparei tudo com dias de antecedência e faltavam apenas os retoques finais. O ramal ferroviário que tínhamos escolhido estivera há tempos ligado à linha-tronco, mas fora desligado. Só precisávamos repor uns poucos trilhos para tornar a ligá-lo. Esses trilhos tinham sido assentados até onde foi possível sem perigo de despertar atenção e restava apenas completar a junção com a linha e restaurar tudo como antes. Os dormentes nunca tinham sido removidos, e os trilhos, as talas e os rebites estavam todos preparados, pois os tiráramos de um desvio num trecho abandonado da linha. Com uma turma pequena mas competente de trabalhadores, aprontamos tudo muito antes de o trem especial chegar. Quando finalmente veio, foi desviado para o pequeno ramal com tanta facilidade que os dois passageiros mal sentiram os pontos de junção.

Planejáramos que Smith, o foguista, clorofomizaria John Slater, o maquinista, para que desaparecesse com os outros. Nesse aspecto, e apenas nesse aspecto, os nossos planos correram mal – eu esperava a loucura criminosa de McPherson em escrever à esposa. O nosso foguista executou tão mal sua tarefa que Slater, ao se debater, caiu da locomotiva, e, embora a sorte estivesse do nosso lado, já que partiu o pescoço ao cair, constitui um senão no que teria sido uma dessas obras-primas que devem ser contempladas em silenciosa admiração. O especialista criminal descobrirá em John Slater a única falha em todas as nossas assombrosas combinações. Um homem que teve tantas vitórias como eu pode se dar ao luxo de ser franco, portanto posso apontar o dedo para John Slater e afirmar que foi uma falha.

Mas agora o nosso trem especial já está no pequeno ramal de 2 quilômetros que leva, ou melhor, costumava levar à mina abandonada de Heartsease, há tempos uma das maiores minas de carvão da Inglaterra. Perguntarão como aconteceu de ninguém ver o trem nessa linha em desuso. Responderei que em toda a extensão ela corre por uma profunda depressão e que, a não ser que alguém estivesse no barranco sobre essa depressão, não poderia vê-lo. Havia alguém no alto do barranco. Eu estava lá. E vou lhes contar o que vi.

Meu assistente permanecera na interseção a fim de supervisionar o desvio do trem. Havia quatro homens armados, de modo que, se o trem descarrilasse – achamos que fosse provável porque as juntas estavam muito enferrujadas –, ainda teríamos recursos. Uma vez verificado que o trem estava seguro no ramal, ele passou para mim a responsabilidade. Eu aguardava num ponto que descortinava a entrada da mina e estava armado, a exemplo dos meus dois companheiros. Encontrava-me pronto para o que desse e viesse, entendem?

No momento em que o trem passara para o ramal, Smith, o maquinista, reduziu a velocidade e, em seguida, acionando a velocidade máxima, ele, McPherson e meu tenente inglês saltaram antes que fosse tarde demais. Talvez tenha sido a redução de velocidade que primeiro atraiu a atenção dos passageiros, mas o trem já estava correndo em alta velocidade quando meteram as cabeças pela janela aberta. Dá-me vontade de rir só de pensar como devem ter se sentido abismados. Imaginem só o que pensariam se ao olharem para fora de seu carro de luxo repentinamente percebessem que os trilhos sobre os quais seu trem corria estivessem enferrujados e corroídos, vermelhos e amarelos de desuso e decrepitude! Que aperto devem ter sentido na garganta quando em um segundo compreenderam que não era Manchester, mas a morte que os esperava ao fim daquele ramal sinistro. Mas o trem corria desenfreado, rodando e sacudindo nos trilhos podres, enquanto as rodas guinchavam assustadoramente na superfície enferrujada. Estava perto deles e podia ver seus rostos. Caratal rezava, acho – trazia uma espécie de rosário pendendo das mãos. O outro rugia como um touro que sente o cheiro do matadouro. Viu-nos de pé no barranco e acenou para nós como um louco. Então arrancou a pasta do pulso e atirou-a pela janela em nossa direção. Naturalmente, a sua intenção era óbvia. Ali estava a evidência e prometeriam calar se poupássemos suas vidas. Teria sido muito agradável se pudéssemos fazer isso, mas negócios são negócios. Além do mais, o trem já estava tão fora do nosso controle quanto do deles.

Ele parou de gritar quando o trem matraqueou na curva e viram a entrada negra da mina escancarando-se diante deles. Tínhamos retirado as tábuas que a vedavam e desobstruído a abertura quadrada. No passado os trilhos corriam muito junto ao poço por ser mais conveniente para carregar o carvão, e só precisamos acrescentar mais duas ou três seções de trilhos para chegar à beira do poço. Na realidade, como as seções eram maiores do que o diâmetro do poço, os trilhos se projetavam quase um metro além. Vimos as duas cabeças à janela: Caratal abaixo, Gomez acima; mas ambos tinham emudecido diante do que presenciavam. Ainda assim não conseguiam sair da janela. A visão parecia tê-los paralisado.

Estivera me perguntando como o trem em alta velocidade atingiria o poço para o qual eu o dirigira e estava muito interessado em observar. Um dos meus colegas achou que, na realidade, o trem saltaria sobre o poço e de fato não esteve muito longe de fazê-lo. Felizmente, porém, não conseguiu transpô-lo e os para-choques da locomotiva colidiram com a beirada do poço com tremendo impacto. A chaminé voou. O tênder, os carros e os bagageiros transformaram-se num monte de ferragens, que, com os restos da locomotiva, entupiu por instantes a boca do poço. Então alguma coisa cedeu no meio, e a massa de ferro verde, carvões em brasa, ferragens de bronze, rodas, madeirame e estofamentos, tudo desmoronou junto e escorregou com estrondo pela mina abaixo. Ouvimos o estrépito produzido pelos destroços batendo contra as paredes e, passado muito tempo, um ronco profundo quando os restos do trem bateram no fundo. A caldeira talvez tenha explodido, pois seguiu-se ao ronco um som seco e uma densa nuvem de vapor e fumo saiu em espirais das profundezas negras, caindo em borrifos grossos como pingos de chuva à nossa volta. Então o vapor se dispersou em gotículas que flutuaram ao sol de verão e o silêncio voltou à mina de Heartsease.

E então, tendo executado nossos planos com tanto sucesso, só nos restava remover qualquer vestígio de nossa passagem. A nossa pequena turma de trabalhadores já havia arrancado os trilhos e desligado o ramal, repondo tudo como estivera antes. Na mina também estivemos ocupados. A chaminé e outros fragmentos foram atirados no poço e voltamos a fechá-lo com tábuas como era antes, e os trilhos que levavam a ele foram arrancados e levados embora. Sem nos apressarmos, mas sem nos retardar, abandonamos o local, a maioria foi para Paris, meu colega inglês para Manchester e McPherson para Southampton, de onde emigrou para a América. Os jornais ingleses da época que digam com que perfeição fizemos o trabalho e de que maneira despistamos os mais hábeis detetives.

Estão lembrados de que Gomez atirou a pasta de papéis pela janela, e não preciso dizer que a apanhei e levei aos meus patrões. Talvez interesse aos meus patrões saber que retirei da pasta um ou dois papeizinhos de lembrança. Não tenho intenção de publicá-los; porém, neste mundo é cada um por si, e que mais poderia fazer se meus amigos não vierem em meu socorro quando preciso? *Messieurs*, podem acreditar que Herbert de Lernac é tão fantástico como amigo quanto o é como inimigo, e não é homem de ir para a guilhotina sem antes ver cada um dos senhores a caminho da Nova Caledônia. Para seu bem, se não pelo meu, apressem-se. *Monsieur* de..., General..., Barão... (podem completar as lacunas ao lerem o jornal). Prometo-lhes que na próxima edição não haverá lacunas.

Em tempo: ao reler meu depoimento encontro uma omissão. Diz respeito ao infeliz McPherson, que foi suficientemente tolo em escrever à esposa e marcar um encontro com ela em Nova Iorque. Pode-se imaginar que, quando interesses como os nossos estão em jogo, não se pode deixar ao acaso que um homem daquela classe revele ou não seus segredos a uma mulher. Tendo quebrado seu juramento uma vez ao escrever à esposa, já não podíamos confiar nele. Portanto, tomamos medidas para garantir que não se avistasse com a esposa. Por vezes tenho pensado que seria uma caridade escrever-lhe dizendo que não existe impedimento a que volte a se casar."

O CASO DO HOMEM ALTO

I
A TRAMA

Uma moça procura Sherlock Holmes em grande aflição. Houve um crime na aldeia – seu tio foi encontrado morto a tiros no quarto, aparentemente atingido através da janela aberta. Seu namorado foi preso. É suspeito por diversos motivos:

1) Teve uma violenta discussão com o velho, e este ameaçou alterar o testamento que beneficia a moça se voltasse a falar com o namorado;

2) Encontraram em casa um revólver com as iniciais do namorado na coronha e uma bala disparada. A bala encontrada no corpo do morto condiz com a do revólver;

3) Ele possui uma escada de mão, a única da vila, e existem marcas dos pés dessa escada no solo, embaixo da janela do quarto, e o mesmo tipo de solo (fresco) foi encontrado nos pés da escada.

A única alegação do rapaz é que nunca teve revólver, e que o mesmo foi descoberto numa gaveta do porta-chapéus no vestíbulo de sua casa, onde seria fácil qualquer um colocá-lo. Quanto à terra na escada (que ele não usa há um mês), não sabe explicar.

Apesar dessas provas incriminadoras, porém, a moça insiste em acreditar que o namorado é perfeitamente inocente e suspeita de outro homem, que também a andou cortejando, embora não tenha qualquer evidência contra ele, exceto que sente instintivamente que é um vilão que não se deteria diante de nada.

Sherlock e Watson vão até a aldeia examinar o local, acompanhados pelo detetive encarregado do caso. As marcas da escada atraem em especial a atenção de Holmes. Ele reflete – olha à volta –, indaga se há algum lugar onde se possa esconder um objeto volumoso. Há – um poço abandonado, que não foi revistado porque aparentemente não se deu por falta de nada. Sherlock, contudo, insiste para que se examine o poço. Um menino da aldeia concorda em descer ao poço com uma vela. Antes de descer Holmes cochicha alguma coisa em seu ouvido – ele parece surpreso. O menino desce e a seu sinal é de novo erguido. Traz à superfície duas pernas de pau!

– Meu Deus! – exclama o detetive. – Quem imaginaria isso?
– Eu – responde Holmes.
– Mas por quê?
– Porque as marcas no jardim foram feitas por duas estacas perpendiculares; os pés de uma escada inclinada teriam produzido depressões mais profundas do lado da parede.
(Nota: O solo em questão era uma faixa de terra ladeando um caminho de piçarra em que as andas não deixariam impressões.)

Essa descoberta reduziu o peso da evidência da escada, embora outras continuassem a existir.

O passo seguinte foi encontrar o usuário das pernas de pau, se possível. Mas ele fora muito cauteloso e dois dias depois ainda não se descobrira nada. No inquérito o rapaz foi considerado culpado de assassinato. Mas Holmes está convencido de sua inocência. Nas circunstâncias e como último recurso decide usar um estratagema sensacional.

Vai a Londres e, voltando na noite do dia em que o velho foi enterrado, ele, Watson e o detetive vão ao chalé do homem de quem a moça suspeita, fazendo-se acompanhar de um homem que Holmes trouxe de Londres, usando um disfarce que o transforma na imagem do morto, o corpo franzino, o rosto cinzento e enrugado, barrete e tudo o mais. Levam com eles também duas pernas de pau. Ao chegarem ao chalé, o homem disfarçado sobe nas pernas de pau e percorre o caminho até a janela aberta do homem, ao mesmo tempo chamando-o em voz terrível e sepulcral pelo nome. O homem, já meio louco de remorsos, corre à janela e contempla à luz do luar o espetáculo aterrorizante de sua vítima a caminhar para ele. Cambaleia para trás com um grito e a aparição, que continua a avançar para sua janela, diz na mesma voz fantasmagórica:

– Assim como veio me buscar, vim lhe buscar!

Quando os visitantes correm ao seu quarto no primeiro andar, precipita-se para eles, agarrando-os arquejante e apontando para a janela onde o rosto do morto o espia e grita:

– Salvem-me! Meu Deus! Ele veio me buscar como fui buscá-lo.

Descontrolando-se depois dessa cena dramática, confessa tudo. Marcou o revólver e o escondeu onde foi encontrado – também sujou os pés da escada com a terra do jardim do morto. Seu motivo era tirar o rival do caminho na esperança de ficar com a moça e seu dinheiro.

II
O caso completo

Numa tarde tempestuosa nos fins do verão de 1900, voltei a Baker Street de um breve passeio no parque e encontrei Sherlock Holmes na mesma posição que o deixara mais cedo naquele dia. Estava deitado no sofá com os olhos semicerrados, a fumaça do fumo ordinário em seu cachimbo de barro enegrecido erguendo-se suavemente até o teto.

Achando meu companheiro absorto demais para conversas, retirei a pilha de jornais amarfanhados que tinham extravasado para minha poltrona e me acomodei para ler o último número do *British Medical Journal*. Não demorou e a tranquilidade foi interrompida pelo som do sino à porta e os passos solenes de sra. Hudson em resposta.

– Holmes – perguntei, olhando para meu companheiro –, quem poderá ser?

– Um cliente, sem dúvida – respondeu –, e pelo toque insistente diria que o assunto deve ser urgente.

Seus olhos faiscaram e ele esfregou as mãos num gesto de antecipada satisfação. Ouvimos passos apressados na escada e pouco depois uma batida impaciente na porta. Holmes estendeu o braço e afastou a luz do abajur de si, dirigindo-a para a cadeira vazia em que o nosso visitante deveria sentar.

– Entre! – disse alto.

A mulher que entrou era jovem, tinha no máximo uns vinte e dois anos. Suas roupas eram cuidadas e elegantes, mas imediatamente notei que tinha o ar de alguém em extrema aflição. Seus olhos corriam de um lado para o outro como os de um animal assustado ao olhar primeiro para Holmes e em seguida para mim.

– Sou Sherlock Holmes e este é o meu amigo e colega, dr. Watson.

– Devo me desculpar – disse impulsivamente – por incomodá-lo a uma hora dessas sem marcar entrevista, mas preciso desesperadamente de sua ajuda.

– Por favor, sente-se e se acalme – disse Holmes, observando-a da forma minuciosa porém displicente que lhe era peculiar. – Por que veio de Yorkshire de trem para me consultar?

– Sr. Holmes – exclamou –, o senhor me conhece?

– De modo algum; foi apenas uma dedução. Vejo a segunda metade de um bilhete de volta saindo de sua luva. A terra presa à ponta de seu guarda-chuva e da bainha de sua saia é bem característica de Yorkshire.

– Ora, é bem simples quando o senhor explica.

– Exatamente – respondeu Holmes um pouquinho irritado.

– Mas agora tenho certeza que pode me ajudar.

– Só posso tentar. Queira descrever os fatos essenciais de seu problema.

Assim dizendo, meu amigo se recostou no sofá, cenho franzido, pontas dos dedos juntos, e esperou pela história.

– Meu nome – começou ela – é Emila Pratt. Moro, ou melhor, morava com meu tio, Sir Charles Goodlin, em sua casa de campo perto de Sheffield, Yorkshire, desde que meu pai morreu há quatro anos. Não posso dizer que minha vida fosse infeliz, isto é, até alguns meses atrás. Nessa altura conheci Arthur Morley. Era apenas um funcionário do banco local, mas nos apaixonamos imediatamente. Meu tio ficou indignado e, quando Arthur veio pedir minha mão, tiveram uma discussão violenta. Tio Charles, pensando que Arthur só estava atrás da fortuna que passaria às minhas mãos quando ele morresse, ameaçou alterar o testamento se voltássemos sequer a nos falar e até fez o banco despedir Arthur. Então, ontem à noite, quando meu tio estava recostado na cama em seu quarto, no segundo andar, alguém chegou à janela e atirou nele. Quando a polícia veio e os empregados falaram sobre a discussão de meu tio com Arthur, revistaram a casa. No porta-chapéus encontraram um revólver com as iniciais "AM" na coronha. Uma bala fora disparada e a que encontraram no corpo de meu tio se ajusta a esse revólver.

– Meu Deus – exclamou Holmes –, isto torna as coisas muito ruins para o seu rapaz. Que tem ele a dizer em sua defesa?

– Arthur jura que nunca teve um revólver na vida. O porta-chapéus está no vestíbulo da casa, a que qualquer pessoa pode ter acesso.

– Uma explicação plausível. Mais alguma coisa?

– Sim, Arthur possui uma escada de mão, a polícia encontrou terra fresca nos degraus e nos pés da escada.

Diretamente abaixo da janela do meu tio encontraram dois buracos onde o assassino apoiou a escada. Uma vez que Arthur não usa essa escada há um mês, ele não consegue achar uma explicação.

– A escada poderia ter sido retirada por uns dias e depois devolvida?

– Não, sr. Holmes. Ela estava acorrentada à parede do jardim.

Com essa revelação incriminadora, nossa cliente se descontrolou e chorou profusamente, escondendo o rosto no lencinho. Holmes curvou-se para diante e pousou os dedos magros no ombro dela, usando a capacidade quase hipnótica que possuía de consolar. A moça descontraiu o rosto aflito e gradualmente foi endireitando o corpo abatido.

– Precisa se recompor – começou Holmes – se quisermos ajudar o seu rapaz.

– O senhor acha que pode libertar Arthur, sr. Holmes?

– Ainda não tenho dados suficientes. Não sei dizer. Talvez a senhora mesma tenha suspeitas de quem seja o assassino?

– Tenho. Tenho tanta certeza de que Jack Morgan é o criminoso quanto tenho de que Arthur é inocente. Contudo, não tenho prova alguma contra ele; sinto instintivamente que é culpado. Tenho certeza de que não presta. Ora, até teve a audácia de tentar me convencer a fugir com ele para casar.

– Bom, não podemos prendê-lo por isso. Porém, vamos investigá-lo melhor quando chegarmos a Sheffield. Por hora ele é o nosso principal suspeito. É só isso, srta. Pratt?

– É, sr. Holmes, exceto que gostaria de agradecer-lhe do fundo do coração pelo que está fazendo.

– Aceitarei seus agradecimentos se libertar o jovem sr. Morley. Compreenda, porém, que se descobrir novas evidências contra ele informarei imediatamente a polícia.

– Compreendo perfeitamente. O senhor vai partir já?

– Não, não nesse momento. Estou concluindo um caso agora e, assim que receber notícias de que o criminoso foi preso, o dr. Watson e eu iremos a Sheffield.

– Muito bem. Até logo, senhores.

Quando Emila Pratt saiu, parecia ter ganho ânimo novo. Depois que partiu, Holmes se virou para mim:

– Que acha do caso, Watson?

– Parece bem feio para Morley. E você não tem nada para começar a não ser as suspeitas da moça.

– A intuição de uma moça – corrigiu. – Descobri que é algo em que se pode confiar. Todavia, veremos.

Pelo restante daquela noite Holmes discorreu sobre as semelhanças e diferenças entre o antigo dialeto córnico e a língua galesa. Não tardou muito e chegou um mensageiro com um bilhete endereçado ao meu amigo.

– Ah-ha – exclamou satisfeito –, Wilson foi pego. Agora podemos voltar nossa atenção para o caso da srta. Pratt.

Estendeu o braço longo e magro e apanhou o guia Bradshaw.

– Se nos apressarmos poderemos apanhar o trem de 1h30 saindo da estação de St. Pancras.

Descemos correndo as escadas e tomamos um cabriolé que Holmes chamara. Ao chegarmos à estação embarcamos no trem na hora exata. O apito de aviso estava soando e, assim que entramos, o trem começou a manobrar para partir. Poucos minutos depois estávamos confortavelmente instalados num carro de primeira classe, correndo noite afora.

Uma das características de Holmes é que ele era capaz de chamar o sono quando queria. Infelizmente, também era capaz de resistir quando queria e muitas vezes tive de censurá-lo pelo mal que causava a seu organismo quando, profundamente absorto em um dos seus estranhos ou intrigantes problemas, passava dias e noites seguidos sem pregar olho. Ele amorteceu as luzes, recostou-se a um canto e em menos de dois minutos sua respiração ritmada me informou que dormia profundamente. Não tendo sido abençoado com o mesmo dom, recostei-me a meu canto me embalando com a pulsação regular do expresso que avançava pela noite. De quando em quando passávamos em disparada por alguma estação bem-iluminada ou por uma sucessão de fornos flamejantes e eu vislumbrava por instantes o vulto de Holmes enroscado no outro canto com a cabeça caída sobre o peito.

Chegamos a Sheffield de manhã cedo e alugamos um cabriolé para nos levar a Goodlin Lodge, a alguns quilômetros do centro da cidade, parando apenas para falar com o inspetor encarregado do caso. À menção do nome de Holmes ele se dispôs a prestar qualquer serviço, e a pedido de meu amigo nos acompanhou à cena da tragédia.

O inspetor Baynes mostrou uma faixa de terra junto a um caminho de piçarra que contornava a casa.

– Veja – disse –, as marcas feitas pela escada de Morley.

Holmes se ajoelhou e, como já o vira fazer muitas vezes, puxou uma grande lupa do bolso. Examinou a terra e o caminho cuidadosamente. Endireitando-se, olhou com displicência o chão, o céu, a casa e o terreno à sua volta.

– Há algum lugar nas vizinhanças onde se pudesse esconder um objeto fino e comprido? – perguntou.

– Um objeto fino e comprido? Ora, não vejo relação, mas de pronto só consigo lembrar de um lugar. Do outro lado da casa há um poço abandonado.

– Revistou-o?

– Por que iria revistá-lo? Não demos por falta de nada na casa, não vejo...

– Você não é o único, Watson. Vamos... vamos dar uma olhada nele.

O inspetor indicou o caminho rodeando a casa e deparamos com um poço parcialmente tampado com tábuas e certamente há muito abandonado. Holmes tirou meia coroa e convenceu Tommy, um menino da aldeia que nos observava com interesse, a que o deixassem baixar ao fundo do poço.

Antes do menino descer, Holmes se acercou e cochichou em seu ouvido. O menino soltou uma exclamação de surpresa, mas acenou com a cabeça confirmando ter compreendido. Baixamos Tommy lentamente no poço escuro e observamos a luz da lanterna que levava tremular pelas paredes e o chão. Alguns segundos depois ele puxou a corda – o sinal para içá-lo à superfície. Lá veio ele trazendo consigo uma par de varas – duas pernas de pau.

– Nossa – exclamou Baynes –, quem imaginaria uma coisa dessas?

– Eu – respondeu Holmes. – As marcas no jardim foram feitas por duas varas perpendiculares... Os pés de uma escada, que estariam inclinados, teriam feito depressões mais fundas do lado da parede. Se está lembrado, o caminho é de piçarra... e as andas não deixaram impressões nele.

– Bom, sr. Holmes – disse o inspetor –, essa descoberta sem dúvida reduz o peso da escada, mas ainda restam o motivo e o revólver.

– Verdade, mas atacaremos esses no devido tempo. Agora... o próximo passo é descobrir o usuário dessas pernas de pau, se possível.

Os dois dias que se seguiram foram gastos em investigações infrutíferas. Holmes localizou o fabricante londrino das pernas de pau, mas ali terminou a pista – o comprador fora demasiado cauteloso. Entrementes, realizara-se o inquérito e o jovem Morley foi oficialmente acusado de assassinato. Holmes andava de um lado para o outro nos nossos aposentos na hospedaria local.

– Estou convencido da inocência de Morley, Watson. Mas como posso prová-la? Enquanto esperava resposta de Londres, investiguei o suspeito da srta. Pratt, Jack Morgan. As suspeitas têm fundamento, pois ele goza de má reputação nessas redondezas. Ainda assim, não há nada contra ele; não tem ficha na polícia. Aos olhos da polícia nem mesmo tem um motivo. Mas há uma coisa... Eu o vi no bar ontem e é evidente que está meio louco de terror e remorso apesar do ar displicente que afeta. Ah! Achei! Nossa última esperança, Watson. Sem dúvida é um plano sensacional, mas se der certo o jovem Morley estará livre. Vou partir para Londres imediatamente, mas deverei estar de volta amanhã à noite.

No dia seguinte Sir Charles foi enterrado no túmulo da família no cemitério local. A srta. Pratt, já pesarosa, começou a perder a esperança de que Holmes pudesse ajudá-la. Naquela noite, porém, ele regressou muito animado, acompanhado de um misterioso sr. Fairchild. Holmes, Fairchild, o inspetor e eu rumamos para o chalé de Jack Morgan. A pedido de meu amigo, Baynes levou as andas que encontrara no primeiro dia. Quando chegamos ao chalé, Fairchild se separou de nós.

– Sabe o que fazer – disse Holmes.

– Sei – o homem respondeu. – Dê-me uns dez minutos e estarei pronto.

– Entregue as pernas de pau ao sr. Fairchild, inspetor.

– Muito bem, sr. Holmes. Mas considero o senhor responsável por elas... São evidência, sabe.

O sr. Fairchild apanhou-as e silenciosamente se esgueirou por entre os arbustos.

– Venham para cá de onde poderemos observar a cena – sussurrou Holmes. – Estejam prontos para entrar em ação quando for necessário.

– Holmes – comecei –, que...

– Paciência, Watson, paciência. Observe a janela do primeiro andar.

Passados alguns minutos ouviu-se um farfalhar na folhagem e do abrigo das árvores surgiu um terrível espectro, montado em pernas de pau.

– Holmes – exclamei –, é Sir Charles!

– É um fantasma – falou o inspetor.

– Quietos – advertiu Holmes –, ou vão estragar o efeito. É o Fairchild, um ator muito capaz, como podem ver. Está usando um disfarce que o transforma na imagem perfeita de Sir Charles. Mas ouçam...

A figura foi subindo pelo caminho do jardim em direção à janela aberta do quarto de Morgan. De repente chamou-lhe o nome numa voz terrível e sepulcral. Morgan correu à janela e avistou o espectro vindo em direção a ele.

– Assim como veio me buscar, vim lhe buscar – gemeu.

O homem aterrorizado cambaleou afastando-se da janela, e um grito de horror cortou os ares. Com Holmes à frente, corremos para a porta da casa e, irrompendo por ela, subimos as escadas até o quarto de Morgan. Ele se virou e ao nos ver precipitou-se, atirando-se aos nossos pés. Agarrando a mão de Holmes, apontou para o rosto do morto à janela.

– Salvem-me, salvem-me! Ele veio me buscar como eu o busquei.

– A única maneira de se salvar é confessar – exclamou Holmes.

– Eu confesso: eu o matei. Sujei a escada de Morley de terra... gravei as iniciais dele no revólver e o escondi na casa.

– Por que fez isso?

– Para me livrar de Morley. Com ele fora do caminho poderia conquistar Emila Pratt e o dinheiro que receberia depois da morte de Goodlin.

Depois dessa confissão incriminadora, Morgan desmaiou.

– Maravilhoso! – exclamou o inspetor. – Maravilhoso!

– Precisa obter a libertação do jovem Morley o mais rápido possível – disse Holmes. – Creio que lhe deve desculpas. A srta. Pratt e ele provavelmente se casarão quando terminarem esses aborrecimentos. Quando concluirmos tudo na delegacia, Watson, acho que estará na hora de comermos algo nutritivo na hospedaria. E às 2h10 há um expresso matutino que nos permitirá chegar a Baker Street em tempo para o café da manhã.

UMA FANTASIA EM UM DÉCIMO DE UM ATO

OS APUROS DE SHERLOCK HOLMES

A peça transcorre no apartamento de Sherlock Holmes em Baker Street por volta de anteontem.

Personagens:
GWENDOLYN COBB
SHERLOCK HOLMES
BILLY
DOIS VALIOSOS ASSISTENTES

(*Sherlock Holmes se encontra sentado no chão diante da lareira fumegante. A lareira está localizada à esquerda – E – Há uma mesa ao centro – C – com vários objetos, e uma cadeira de braços à direita da mesa. Um banquinho estofado e alto está à esquerda. Luz de chamas da lareira à esquerda. Luar vindo da janela sobre o centro e no alto, à esquerda.*)

(*Luzes estranhas vindas da porta à direita – D – e da porta além desta, quando está aberta. Quando a cortina sobe e a luz das chamas está acesa, há uma* PAUSA.)

(*Tilintar alto e repentino à porta de entrada à D, a distância, insistente e impaciente. Tempo para abrir a porta, vozes altas e protestos do lado de fora em D, a distância, Gwendolyn falando sem parar com voz aguda insistindo em ver o sr. Holmes, que é muito importante, questão de vida ou morte etc., Billy tentando lhe dizer que não pode subir e alteando cada vez mais a voz em seus esforços para fazê-la ouvir. Isso continua por alguns instantes e repentinamente vai-se intensificando à medida que os dois correm escada acima e se aproximam da porta; Billy à frente e a voz a segui-lo.*)

(*Entra Billy pela porta em D, muito agitado. Fecha a porta ao passar, e a segura enquanto se volta para falar com Holmes.*)

BILLY – Com licença, senhor...

(*A porta é puxada pelo lado de fora, Billy se vira para segurá-la, e se dirige de novo depressa a Holmes.*) (*Repete.*)

Com licença, senhor... Por favor, senhor!... É uma moça que acabou de entrar e diz que precisa vê-lo... está aqui agora, senhor, tentando abrir a porta à força – mas não gosto do olhar dela, senhor!... Não gosto nem um pouco, senhor!

(*Holmes se levanta e caminha até EC. Gira a lâmpada para cima. Luzes acesas.*)

O olhar dela é muito esquisito, senhor! E ela... ela não consegue parar de falar tempo suficiente para eu dizer que não pode ver o senhor!

(*Holmes se dirige para C levando o cachimbo na mão esquerda e observa Billy e a porta com interesse.*)

Tentei dizer a ela que o senhor deu ordens que não quer ver ninguém. Gritei à beça... mas ela falava tão alto que nem escutou... então corri para lhe avisar... e ela veio correndo atrás de mim... e... e...
(*A porta é inesperadamente aberta por fora enquanto Billy está falando com Holmes.*)

E... e aí está ela, senhor!

(*Entra Gwendolyn Cobb pela porta no alto de D com desmesurado entusiasmo.*)

Gwendolyn – (*Entrando alegremente.*) Ah! Aí está o senhor! Sei que é o sr. Holmes! Ah... já ouvi falar tanto do senhor! Nem pode imaginar! (*Adiantando-se para Holmes.*) Queria tanto vê-lo pessoalmente e verificar se... ah, aperte a minha mão. (*Dão um aperto de mão.*) Não é maravilhoso saber que estou apertando a mão de Sherlock Holmes!? É simplesmente fantástico! Pensar que chegaria a ver esse dia! (*Olha para ele.*) Claro, suponho que seja o verdadeiro... detetives usam tantos disfarces que bem poderia ser que estivesse apenas fingindo... ainda assim, por que iria fingir?

(*Ele faz sinal para que a moça sente, ela para um instante para fazer qualquer coisa.*)

Ah, muito obrigada. É... vou me sentar.

(*Ela caminha para o C em direção à D da mesa e à cadeira à D da mesa e se senta no braço da cadeira.*)
(*Holmes faz sinal dispensando Billy.*)
(*Billy sai.*)
(*Holmes se dirige à mesa permanecendo de pé.*)

Porque vim pedir seu conselho sobre uma coisa! Ah, sim, não foi só curiosidade que me trouxe aqui... estou numa terrível enrascada, é disso que gosta, não é?... Enrascadas! Bom, essa é... é de lascar! Simplesmente um horror! Não faz ideia! Acho que nunca teve um caso tão terrível para resolver. Não é um assassinato ou coisa do gênero – é mil vezes pior! Ah... milhões de vezes pior. Há coisas piores do que assassinato – não há, sr. Holmes?

(*Holmes acena com a cabeça para indicar que é da mesma opinião.*)

Ah, que bom que concorda comigo... poucos concordariam tão rápido. Mas o senhor é capaz de ver o meu íntimo... sinto que está fazendo isso agora... e isso me anima a prosseguir... verdade que anima, sr. Holmes! Só a sua presença e a sua simpatia já me encorajam! (*Olha-o com admiração.*) E é o senhor, sem dúvida. E há o fogo na lareira.

(*Gwendolyn põe-se de pé num salto e corre para o fogo, contornando a mesa.*)
(*Holmes desloca-se para a D da mesa, próximo dela e para observando a moça.*)

Suponho que seja um fogo de verdade, não é? Sabe, hoje em dia nunca se sabe, tudo parece falsificado... não se sabe o que esperar, não é mesmo?

(*Holmes sacode a cabeça enfaticamente.*)

Não, não se sabe! Lá está o senhor outra vez concordando comigo. Que gentileza! É estimulante! (*Olhando para ele enlevada.*) E é tão formidável tê-lo diante dos olhos! Mas o senhor não está fumando. Ah, gostaria que fumasse. Sempre penso no senhor desse jeito! Não me parece certo! Fume, por favor!

(*Holmes acende o cachimbo.*)

Onde está o fumo? (*Procurando no consolo, apanha o pote.*) Aqui! (*Cheira.*) É verdade que fuma um horrível fumo ordinário? Que tal é? (*Deixa cair o pote.*) Ah, sinto muito! (*Recua e quebra o violino.*) Ah! Não é um horror?
(*Sapateia no violino tentando desvencilhar-se. Continua falando e se desculpando o tempo todo. De repente*

senta-se no sofá para se soltar do violino e quebra o arco que está sobre o braço do sofá.)

Ah, meu Deus! Lamento muitíssimo! Misericórdia, que foi isso?

(*Puxa o arco partido do violino.*)

Receio que não vá querer que eu volte aqui... se continuar assim! Ah! (*Põe-se de pé.*) Que está cozinhando ali em cima do candeeiro... gostaria tanto de uma xícara de chá!

(*Anda até C para examinar a retorta etc.*)

Mas suponho... (*Cheira.*) Não... não é chá! Que coisa engraçada essa em que está cozinhando! Parece uma bolha de sabão com um cabo! Vou espiar o que... (*Apanha a retorta e imediatamente a deixa cair no chão.*) Ah! Está quente! Por que não me disse que estava quente!? (*Gesticulando agitada.*) Como é que eu podia saber... nunca estive aqui antes... não se pode saber de tudo quando se é sozinha e desprotegida...

(*Recuando em sua agitação, derruba o candeeiro etc., que cai com estardalhaço.*)
(*A luz se apaga, luz das chamas novamente. Luar vindo da janela. Luz vermelha vinda da porta, luz vermelha vinda da D e da E etc. etc.*)

Lá se vai mais uma coisa! Parece-me que tem mais coisas espalhadas pela sala... Ah... Compreendo! São armadilhas para apanhar pessoas! Que ideia maravilhosa! Quebram o vidro e o senhor as apanha. (*Caminhando admirada para ele.*) E sabe dizer pelo tipo de vidro que quebram onde nasceram e por que assassinaram o homem! Ah, é absolutamente excitante! Agora suponho que sabe só pelas coisinhas que andei fazendo desde que cheguei aqui exatamente o tipo de pessoa que sou... não sabe?

(*Holmes concorda com a cabeça em silêncio. Acende uma vela.*)
(*As luzes se acendem.*)

Ah, que maravilha! Tudo me parece maravilhoso! Tudo aqui... só que é tão... ah! (*Dirige-se ao C para a D.*) Ora, esse homem é igualzinho a um amigo meu!

(*Examinando uns esboços na parede.*)

E aqui está outro! Que homem bonito! Mas para que todas essas linhas cortando o rosto? Imagino que machuquem... e aqui ah, é lindo. (*Arranca-o.*) Dê-me esse, por favor... parece tanto com um rapaz que conheço.

(*Os outros esboços caem.*)

Ai, lá se vão todos os outros. Mas o senhor tem mais, não tem? (*Olha ao redor.*) Vê aquele pé de senhora? Por que tem um pé tão feio pendurado ali!? Não é nem um pouco bonito!

(*Arranca-o da parede. Os outros esboços pendurados caem junto.*)

Vou lhe mandar uma bonita aquarela de vacas bebendo num rio... vai ficar muito melhor! Céus... os dedos desse homem cresceram juntos assim? Como deve ter doído... Que fez por ele? Suponho que o dr. Watson cuidou dele... Ah, se ao menos pudesse vê-lo! E quero que ele o ajude com o meu caso horrível! (*Caminha para a E da mesa.*) Precisarei dos dois! E se o dr. Watson não estiver com o senhor iria parecer que o senhor não estava investigando. É terrível... estou num apuro tão grande.

(*Holmes faz sinal para que se sente.*)

(*Ela senta no banquinho à E da mesa. Holmes permanece em pé.*) Ah, muito obrigada. Suponho que é melhor começar a lhe contar... e então poderá discutir o caso com o dr. Watson e pedir a opinião dele, e no fim ele estava errado e o senhor sabia a solução o tempo todo... ah... é tão maravilhoso... me dá uma sensação deliciosa e arrepiante como se ratinhos estivessem subindo e descendo pela minha coluna... ah! (*Olhando para o público.*) Ah!...

(*Holmes deu a volta pelo outro lado da mesa e, enquanto ela estremece etc., e calmamente tira um lenço do vestido ou do bolso dela, caminha até o lado D da mesa e se senta. Tirando baforadas ocasionais e escutando-a. Examina o lenço quando ela não está olhando, usando a lupa etc.*)

Bom, vim lhe consultar sobre o seguinte: tenho certeza de que nunca teve que tratar de um caso tão penoso... porque ele afeta duas almas humanas... não falo de corpos... ah... que são corpos... apenas barro... Mas almas... são imortais... vivem eternamente... O nome dele é Levi Lichenstein. É o que chamamos de ianque. Naturalmente o senhor sabe, sem que lhe diga, que nos adoramos! Ah, sr. Holmes, nos adoramos. Não poderia expressar essa adoração com palavras! Os poetas, sim!... Que são poetas? Ora! (*Estala os dedos.*) Adoramos um ao outro. Preciso dizer mais?

(*Holmes sacode a cabeça.*)

Não! Claro que não!... Ah, como o senhor compreende bem! É absolutamente maravilhoso! Agora ouça... quero lhe contar o meu problema.

(*Holmes escreve silenciosamente num bloco de papel.*)

Isso mesmo... anote o que digo. Cada palavra é importante. Ele está preso! Escreva isso! É absurdo. E foi meu próprio pai que o pôs na prisão. Não tenho vergonha disso... mas se... *(Com afetação.)* se... Ah, meu Deus. *(Procura o lenço para chorar mas não consegue encontrá-lo.)* Pronto! *(Põe-se de pé.)* Foi roubado. Eu sabia que ia perder alguma coisa se viesse aqui... onde o ar parece simplesmente carregado de malfeitores e batedores de carteira.

(*Holmes se levanta e educadamente lhe entrega o lenço e torna a se sentar no mesmo lugar.*)

Oh, obrigada! *(Senta-se.)* Meu pai o pôs lá! *(Soluça.)*

(*Holmes toca a sineta que está sobre a mesa.*)
(*Gwendolyn solta um soluço convulso quando a sineta toca. Mas continua a falar agitada, sem prestar atenção alguma ao que aconteceu, entre soluços e secagens de olhos.*)
(*Entra Billy pela porta da D e Holmes lhe faz sinal para que se aproxime. Ele vem pela D por trás de Holmes. Holmes lhe entrega o papel em que esteve escrevendo e o dispensa com um sinal.*)
(*Billy sai pela porta da D.*)

Ah, sr. Holmes... pense no pai de uma pessoa trazer infelicidade para ela. Pense no pai de uma pessoa fazer coisas cruéis e vergonhosas. Mas é sempre o pai da gente, ele é aquele no mundo que mergulha de cabeça na oportunidade de ser desalmado e cruel e... e...

(*Três pancadas pesadas e sonoras a distância, como se alguém estivesse batendo com uma viga pesada no chão.*)

(*Gwendolyn fica de pé de um salto e grita.*)

(MÚSICA MELODRAMÁTICA.)

Ah!... Lá estão... essas três pancadas horríveis! Alguma coisa vai acontecer. Há perigo... por favor, me diga...

(*Holmes escreve num pedaço de papel.*)

Ah, não me deixe nesse suspense pavoroso... tenho sonhado com essas horríveis batidas... mas por que as ouço? Ah, céus... não vai deixá-los...

(*Holmes estende o papel para ela. A moça o agarra e lê em voz alta.*)

Bombeiros... em... casa.

(*A música para.*)

Ah, sei! Bombeiros! (*Torna a sentar.*) E o senhor sabia... sabia dizer que eram os bombeiros sem nem precisar levantar da cadeira! Ah, que maravilhoso... sabe, Levi é um pouco assim. É sim, sr. Holmes. É por isso que o adoro! Talvez ele veja demais. Acha que é perigoso?... Ah sr. Holmes... diga-me... acha que seremos felizes juntos? Ah... tenho certeza que sabe... e vai me dizer, não vai?

(*Holmes escreve num pedaço de papel.*)

É perfeitamente claro para o senhor, mesmo sem vê-lo. Sei que é... e disso depende tanta coisa... quando duas almas se sentem atraídas. Diga-me... Posso suportar qualquer coisa... e gostaria tanto de saber se seremos ou não felizes juntos.

(*Holmes estende o papel à moça. Ela o apanha rapidamente e lê em voz lenta, alta e clara.*)

Ele... algum... dia... falou... com... a... senhora? Ah, claro! Falou mesmo... Uma vez me disse...

(MÚSICA MELODRAMÁTICA.)

Ah, céus... E ele está na cadeia. Nunca voltará a falar. Ainda não lhe disse... anote tudo... meu pai mandou prendê-lo. Foi... meu próprio pai! Levi emprestou um dinheiro a um amigo meu... uma ninharia... menos que isso... digamos metade disso. Meu amigo lhe deu uma hipoteca sobre uma mobília que a avó lhe deixara e, como não conseguiu pagar o empréstimo, a mobília foi entregue a Levi. Então encontraram outro testamento que deixava toda a mobília para uma tia distante nos Estados Unidos, entraram com um mandado de reintegração de posse e Levi entrou com um *habeas corpus* e assinou um termo de fiança... e meu pai contestou o termo... e a mobília foi retomada! Levi teve de preparar outro termo e quando ia apresentá-lo a tia distante chegou dos Estados Unidos e mandou prendê-lo por impetrar um *habeas corpus* indevidamente e ele a processou por difamação de caráter... e tinha razão... ela disse *as coisas mais horríveis* dele. Imagine *(Levantando-se.)*, ela se postou ali... no escritório dos advogados dele e referiu-se a ele como um patife que devia ser indiciado!

(*Alteia a voz perturbada e caminha entre a E e o C muito agitada.*)

Aquela mulher miserável... com a cara pintada e aquele horrível sotaque americano chegou a acusá-lo de ter *falsificado parte da mobília*. E meu pai, ao saber que nos amávamos, entrou com um mandado de prisão e ele está na cadeia! *(Grita etc.)*

(*Entram dois homens fardados pela E e caminham até o C, seguidos de Billy. Detêm-se um instante à D encarando Gwendolyn. No auge de sua agitação ela os vê e se imobiliza com um gemido histérico. Eles se aproximam dela e agarrando-a desaparecem rapidamente pela porta à D. Ela vai sem resistir.*)

Billy – Foi o hospício *certo*, senhor!

(*Sai pela porta da D.*)

(*Holmes se levanta. Toma uma injeção de cocaína. Acende o cachimbo com a vela e em seguida a apaga.*)

(*Apagam-se as luzes, exceto a luz vermelha das chamas etc.*)

(*Holmes se dirige ao sofá à E, diante da lareira, e afunda no sofá, recostando-se nas almofadas.*)

(AS LUZES SE APAGAM GRADUALMENTE.)

(CORTINA ESCURA.)

(PARA A MÚSICA.)

O CASO DO HOMEM PROCURADO

Em fins do outono de 1895 uma feliz oportunidade me possibilitou participar em mais um dos casos fascinantes de meu amigo Sherlock Holmes.

Minha mulher não andava se sentindo bem há algum tempo e finalmente a persuadi a tirar umas férias na Suíça em companhia de uma velha amiga de escola, Kate Whitney, cujo nome talvez associem com o estranho caso que relatei sob o título de *O homem da boca torta*. Minha clínica tem crescido muito, venho trabalhando demais há meses e nunca me senti mais carente de descanso e férias. Infelizmente não tive coragem de me ausentar por um período suficientemente longo que me permitisse uma visita aos Alpes. Prometi à minha esposa, porém, que tiraria uma semana ou uns dez dias de férias de alguma maneira, e foi mediante essa condição que concordou com a viagem à Suíça que eu estava tão ansioso que fizesse. Um dos meus melhores pacientes encontrava-se em estado crítico à época e foi somente depois de agosto que superou a crise e começou a convalescer. Sentindo que podia, com a consciência tranquila, deixar meus pacientes nas mãos de um assistente, comecei a pensar onde e como encontraria o lugar e a mudança de que precisava.

Quase imediatamente veio-me à mente a ideia de procurar meu velho amigo Sherlock Holmes, a quem não via há meses. Se ele não tivesse nenhuma investigação importante no momento, eu faria o possível para persuadi-lo a me acompanhar.

Meia hora depois de chegar a essa decisão eu me encontrava à porta da conhecida sala em Baker Street.

Holmes estava deitado no sofá de costas para mim, o costumeiro robe de chambre e o velho cachimbo de urze branca presentes como sempre.

– Entre, Watson – exclamou sem virar a cabeça. – Entre e me conte que bons ventos o trazem.

– Que ouvido você tem, Holmes – disse. – Não creio que pudesse reconhecer os seus passos tão facilmente.

– Nem eu, se você não tivesse subido a minha escada mal-iluminada de dois em dois degraus com a familiaridade de um velho hóspede; mesmo assim, talvez eu não tivesse certeza de quem era, mas, quando tropeçou no novo capacho à porta, que só está aí há uns três meses, não foi preciso anunciá-lo.

Holmes puxou duas ou três almofadas da pilha em que estava deitado e atirou-as na poltrona em frente.

– Sente-se, Watson, e fique à vontade; encontrará cigarros na caixa atrás do relógio.

Enquanto obedecia, Holmes me lançou um olhar estranho.

– Receio que terei de desapontá-lo, rapaz – disse. – Recebi um telegrama há meia hora que me impedirá de acompanhá-lo em qualquer viagenzinha que talvez queira propor.

– Francamente, Holmes, não acha que está indo longe *demais*? Estou começando a recear que seja um impostor que finge descobrir coisas pela observação, quando o tempo todo o faz realmente por clarividência!

Holmes riu.

– Conhecendo-o como conheço, é absurdamente simples. Seu horário de cirurgia é das cinco às sete, e, no entanto, às seis horas você me entra sorrindo na sala. Logo, deve ter alguém a substituí-lo. Está com boa aparência, embora cansado, então a razão óbvia é de que está de férias ou prestes a entrar de férias. O termômetro que está aparecendo na borda do bolso proclama que examinou seus pacientes hoje, logo, torna-se evidente que as suas férias começam amanhã. Quando, nessas circunstâncias, você entra correndo em minha casa, que, por falar nisso, Watson, você não visita há quase três meses, com um exemplar novo do guia Bradshaw saltando do bolso do paletó, então é mais do que provável que tenha vindo com a ideia de sugerir uma viagem a dois.

– É tudo absolutamente verdadeiro – disse e expliquei-lhe, em poucas palavras, os meus planos. – E estou mais desapontado do que poderia confessar – concluí – que não possa participar do meu pequeno esquema.

Holmes apanhou um telegrama na mesa e contemplou-o pensativo.

– Se ao menos essa investigação prometesse ter o interesse de algumas que fizemos juntos, nada me daria maior prazer do que persuadi-lo a tentar a sorte comigo por algum tempo; mas na verdade tenho receio de fazê-lo, pois parece um caso particularmente comum – e fazendo uma bolinha com o telegrama atirou-o para mim.

Desamassei-o e li: "Para Holmes, 221B Baker Street, Londres, S. W. Favor vir imediatamente Sheffield investigar caso falsificação. Jervis, Gerente British Consolidated Bank".

– Telegrafei dizendo que partirei para Sheffield no expresso de 1h30 da estação de St. Pancras – disse Holmes. – Não posso ir mais cedo porque tenho um compromissozinho interessante para esta noite no East End, que deverá me dar a última informação de que preciso para descobrir o instigador de um audacioso roubo no Museu Britânico. Ele possui um dos títulos mais antigos e uma das mais belas casas no campo, além de uma cobiça insaciável, quase uma mania, por documentos antigos. Antes de continuar a discutir o caso de Sheffield, porém, talvez fosse melhor ver o que o jornal vespertino diz – prosseguiu Holmes, quando o criadinho entrou com o *Evening News*, *Standard*, *Globe* e o *Star*. – Ah, deve ser isso – disse apontando para um parágrafo encabeçado por "Notáveis façanhas do audacioso falsificador de Sheffield":

"Enquanto rodávamos o jornal fomos informados de que uma série de cheques astuciosamente forjados foram utilizados com êxito para fraudar os bancos de Sheffield em uma soma que se calcula superior a seis mil libras. A extensão da fraude ainda não foi determinada, e os gerentes dos diversos bancos envolvidos, que foram entrevistados por nosso correspondente em Sheffield, mostraram-se muito reticentes.

Parece que um cavalheiro, o sr. Jabez Booth, que reside em Broomhill, Sheffield, empregado no British Consolidated Bank em Sheffield, desde janeiro de 1881, conseguiu ontem descontar um número grande de cheques astuciosamente forjados em doze dos principais bancos da cidade, desaparecendo em seguida com o dinheiro.

O crime parece ter sido espantosamente premeditado e bem planejado. O sr. Booth, é claro, teve em seu emprego, em um dos principais bancos de Sheffield, excelentes oportunidades para estudar as várias assinaturas que falsificou, e suas chances de descontar com facilidade e sucesso os cheques foram grandemente ampliadas pela abertura, no ano anterior, de contas nos doze bancos em que apresentou os cheques, uma vez que era pessoalmente conhecido em todos eles.

Afastou ainda qualquer suspeita cruzando cada um dos cheques falsificados e depositando-os em sua conta, enquanto, ao mesmo tempo, emitia e descontava um cheque seu pela metade do valor do cheque falsificado.

Somente hoje de manhã cedo, quinta-feira, a fraude foi descoberta, o que significa que o vigarista teve umas vinte horas para fugir sem problemas. Apesar disso, não alimentamos dúvidas de que em breve será apanhado, pois estamos informados de que os melhores detetives da Scotland Yard já estão em seu encalço, e também se comenta que o sr. Sherlock Holmes, o destacado e quase mundialmente famoso criminalista de Baker Street, foi convidado a auxiliar na caça a esse ousado falsificador."

— Segue-se uma longa descrição do sujeito, que não preciso ler mas guardarei para uso futuro – disse Holmes, dobrando o jornal e olhando para mim. – Parece ter sido um golpe bem inteligente. Talvez não seja fácil apanhar esse Booth, porque, embora não tenha tido muito tempo para fugir, não podemos esquecer que teve doze meses para planejar de que maneira iria desaparecer quando chegasse a hora. Bom! Que me diz, Watson? Alguns dos probleminhas que enfrentamos no passado deveriam no mínimo ter-nos ensinado que os casos mais interessantes nem sempre apresentam de início as características mais bizarras.

— "Longe disso, ao contrário, dá-se bem o oposto", para citar Sam Weller – respondi. – Pessoalmente nada seria mais do meu agrado do que acompanhá-lo.

— Então estamos combinados – disse meu amigo. – E agora preciso sair para tratar daquele outro assunto de que lhe falei. Lembre-se – disse ao se despedir –, lh30 em St. Pancras.

Cheguei à plataforma adiantado, mas só quando os ponteiros do grande relógio da estação indicaram o momento exato da nossa partida e os carregadores começaram a bater as portas dos carros com estrondo é que divisei o vulto alto e conhecido de Holmes.

— Ah! Aí está você – exclamou alegre. – Receio que deve ter pensado que eu ia chegar tarde demais. Tive uma noite muito ocupada e sem tempo a perder; no entanto, consegui pôr em prática a teoria de Phileas Fogg de que "um esforço mínimo bem empregado foi suficiente para tudo" e aqui estou.

– A última coisa que poderia esperar de você – disse quando nos acomodamos em cantos opostos de um carro vazio de primeira classe – é que fizesse uma coisa tão pouco metódica como perder um trem. De fato, a única coisa que me surpreenderia mais seria vê-lo na estação dez minutos antes da hora de partir.

– Consideraria isso o pior dos dois males – sentenciou Holmes. – Mas agora precisamos dormir; ao que tudo indica, teremos um dia pesado.

Uma das características de Holmes é de que era capaz de comandar o sono; infelizmente também era capaz de lhe resistir, e muitas vezes o repreendera pelo mal que devia estar se fazendo, quando, profundamente envolvido em um dos seus estranhos e intrigantes problemas, passava dias e noites seguidos sem pregar olho.

Ele amorteceu as luzes, recostou-se ao canto e em menos de dois minutos sua respiração regular me informou que dormia a sono solto. Não sendo abençoado com o mesmo dom, fiquei deitado algum tempo no meu canto, cabeceando à pulsação rítmica do expresso que cortava a noite em alta velocidade. De quando em quando, ao passarmos por uma estação bem-iluminada ou por uma série de fornos flamejantes, eu divisava por instantes o vulto encolhido de Holmes aconchegado no outro canto com a cabeça afundada no peito.

Só depois de passarmos por Nottingham é que realmente senti sono e, quando a fricção mais violenta do trem sobre algumas junções tornou a me acordar, era dia claro e Holmes estava sentado, examinando atento um Bradshaw e um horário de navios. Quando me mexi, ele me olhou.

– Se não me engano, Watson, acabamos de passar pelo túnel Dore and Totley, e nesse caso estaremos em Sheffield dentro de poucos minutos. Como vê, não estive de todo à toa, andei estudando meu guia Bradshaw que, a propósito, Watson, é o livro mais útil que já se publicou, para alguém de minha profissão.

– Como lhe pode ser útil agora? – perguntei algo surpreso.

– Bem, tanto pode ser quanto não ser – disse Holmes pensativo. – Mas de qualquer modo é bom ter nas pontas dos dedos todo o conhecimento que talvez venha a ser útil. É bem provável que esse Jabez Booth tenha resolvido deixar o país, e, se esta suposição for correta, ele sem dúvida programaria sua fuga de acordo com as informações contidas neste volume. Agora sei, por esse *Sheffield Telegraph* que consegui em Leicester, enquanto você dormia a sono solto, que o sr. Booth descontou o último dos seus cheques falsificados no North British Bank em Saville Street, precisamente às 2h15 na última quarta-feira. Dirigiu-se aos vários bancos que visitou num cabriolé e gastaria apenas três minutos para ir daquele banco à estação George Cross. Pela ordem em que os diferentes bancos foram visitados depreendo que fez um circuito, terminando no ponto mais próximo à estação George Cross, à qual chegaria por volta das 2h18. Ora, descubro que às 2h22 partiu de Sheffield um expresso marítimo que chegou em Liverpool às 4h20 e fez conexão com o navio da White Star *Empress Queen*, que deve ter saído do cais de Liverpool às 6h30 com destino a Nova Iorque. Ou ainda, às 2h45, um trem marítimo saiu de Sheffield com destino a Hull, onde deveria chegar às 4h30 em tempo para fazer a conexão com o vapor da Holland, *Comet*, partindo às 6h30 para Amsterdam.

"Temos assim dois meios prováveis de fuga, sendo o primeiro o mais provável; mas ambos merecem nossa atenção."

Holmes mal acabara de falar quando o trem parou na estação.

– Quase quatro e cinco – comentei.

– É – disse Holmes –, estamos exatamente um minuto e meio atrasados. E agora proponho fazermos uma boa refeição com uma xícara de café forte, pois temos no mínimo umas duas horas livres.

Depois do café da manhã visitamos a primeira delegacia de polícia onde soubemos que não havia novas ocorrências no caso que viéramos investigar. O sr. Lestrade, da Scotland Yard, chegara na noite anterior e assumira oficialmente o caso.

Obtivemos o endereço do sr. Jervis, o gerente do banco em que Booth estivera empregado, e também o da senhoria de Booth em Broomhill.

Um cabriolé nos deixou em casa do sr. Jervis, em Fulwood, às 7h30. Holmes insistiu que eu o acompanhasse, e fomos conduzidos a uma espaçosa sala de estar onde nos pediram para esperar até o banqueiro poder nos atender.

O sr. Jervis, um cavalheiro corpulento, corado, de uns cinquenta anos, entrou bufando na sala logo depois. Um ar de prosperidade parecia envolvê-lo, ou mesmo emanar dele.

– Desculpem-me deixá-los esperando, cavalheiros – disse –, mas ainda é muito cedo.

– De fato, sr. Jervis – respondeu Holmes –, não há necessidade de desculpas, a não ser de nossa parte. Precisamos, no entanto, fazer-lhe algumas perguntas sobre esse caso do sr. Booth, antes de investigá-lo, e essa é a nossa justificativa para aparecer em hora tão inoportuna.

– Terei muito prazer em responder a suas perguntas dentro de minhas possibilidades – disse o banqueiro, os dedos gordos brincando com uma penca de sinetes na ponta de uma maciça corrente de relógio.

– Quando foi que o sr. Booth se empregou em seu banco? – perguntou Holmes.

– Em janeiro de 1881.

– O senhor sabe onde morava quando chegou a Sheffield?

— Alugou aposentos em Ashgate Road e, creio, morava lá desde então.

— Sabe alguma coisa de sua história ou vida antes de o procurar?

— Receio que muito pouco; além de que seus pais eram falecidos e que nos procurou com as melhores cartas de recomendação de uma de nossas filiais em Leeds, nada mais sei.

— Achou-o diligente e confiável?

— Era um dos homens mais inteligentes e melhores que já tive como empregado.

— Sabe se estava familiarizado com outras línguas além do inglês?

— Tenho certeza de que não. Temos um funcionário que cuida da correspondência exterior, e sei que Booth constantemente passava cartas e documentos para ele.

— Com a sua experiência em questões bancárias, sr. Jervis, quanto tempo acha que seria razoável ele ter calculado que transcorreria entre a apresentação dos cheques falsificados e a sua descoberta?

— Bom, isso dependeria em grande parte das circunstâncias – disse o sr. Jervis. – No caso de um único cheque poderia levar uma ou duas semanas, a não ser que a quantia fosse tão vultosa que exigisse consulta, e provavelmente nunca seria descontado até que a consulta fosse realizada. No caso em pauta, em que há uma dúzia de cheques falsificados, é pouco provável que algum deles não fosse detectado em vinte e quatro horas, levando assim à descoberta da fraude. Nenhuma pessoa mentalmente sã ousaria presumir que o crime permanecesse despercebido por um período maior que esse.

— Obrigado – disse Holmes, se levantando. – Esses eram os pontos principais que queria esclarecer com o senhor. Comunicarei quaisquer notícias importantes que venha a ter.

— Estou profundamente grato, sr. Holmes. O caso, como é natural, está nos causando grande preocupação.

Deixamos inteiramente a seu critério as medidas que considerar melhores. A propósito, mandei instruções à senhoria de Booth para que não mexesse nos aposentos dele até que o senhor tivesse oportunidade de examiná-los.

– Agiu muito bem – disse Holmes – e talvez seja a maneira de nos ajudar materialmente.

– Também recebi instruções da empresa – disse o banqueiro, ao nos acompanhar educadamente à porta – para que anote todas as despesas em que incorrer e que naturalmente serão imediatamente reembolsadas.

Instantes depois estávamos tocando a sineta da casa em Ashgate Road, Broomhill, em que o sr. Booth fora inquilino durante sete anos. A porta foi atendida por uma criada que nos informou que a sra. Purnell estava ocupada com um cavalheiro no andar de cima. Quando explicamos a nossa missão ela nos levou imediatamente aos aposentos do sr. Booth, no primeiro andar, onde encontramos a sra. Purnell, uma mulher pequena, gorducha e falante, de uns quarenta anos, conversando com o sr. Lestrade, que parecia estar concluindo o seu exame dos aposentos.

– Bom dia, Holmes – disse o detetive com ar de grande satisfação íntima. – Está chegando na cena um pouquinho tarde; suponho que já tenho toda a informação necessária para apanhar o nosso homem!

– Estou encantado em ouvir isso – disse Holmes secamente –, de fato devo congratulá-lo se esse for realmente o caso. Talvez, depois de fazer uma pequena inspeção, possamos comparar notas.

– Como queira – disse Lestrade com o ar de quem pode se dar ao luxo de ser cortês. – Sinceramente, acho que estará perdendo tempo, e pensaria o mesmo se soubesse o que descobri.

– Ainda assim devo pedir que me permita esse capricho – disse Holmes, se encostando no consolo da lareira e assoviando baixinho enquanto corria os olhos pelo quarto.

Passados alguns instantes ele se dirigiu à sra. Purnell.

– A mobília deste quarto pertence, naturalmente, à senhora?

A sra. Purnell concordou.

– O quadro que foi tirado de cima do console na manhã da última quarta-feira – continuou Holmes – pertencia ao sr. Booth, presumo?

Acompanhei o olhar de Holmes ao ponto em que um quadrado no papel de parede indicava claramente que houvera um quadro pendurado até pouco tempo. Embora conhecesse bem os métodos de raciocínio do meu amigo, nem cheguei a perceber que os fiapinhos de teia de aranha que tinham estado atrás do quadro, e ainda se encontravam presos à parede, indicavam que o quadro só poderia ter sido tirado pouco antes de a sra. Purnell ter recebido ordens para não mexer em nada no quarto; caso contrário seu espanador, evidentemente ativo por toda parte, não os teria poupado.

A boa senhora olhava para Sherlock Holmes boquiaberta de espanto.

– O próprio sr. Booth retirou o quadro na quarta-feira de manhã – disse. – Era um quadro que pintara e ao qual tinha grande estima. Embrulhou-o e levou-o com ele comentando que ia dá-lo a um amigo. Na hora fiquei muito surpresa, pois sabia que lhe dava grande valor; de fato disse-me certa vez que não se separaria dele por nada no mundo. Naturalmente, agora é fácil ver por que se desfez do quadro.

– É – disse Holmes. – Não era um quadro grande, pelo que vejo. Era uma aquarela?

– Era, uma pintura de um trecho de charneca, com três ou quatro pedregulhos dispostos como uma grande mesa no topo de uma colina nua. Druídico, o sr. Booth a chamava, ou qualquer coisa assim.

– Então o sr. Booth pintava muito? – indagou Holmes.

– Não enquanto esteve aqui. Ele me contou que costumava pintar muito quando era rapaz, mas desistira.

Os olhos de Holmes voltavam a percorrer o quarto, e deixou escapar uma exclamação de surpresa quando viu uma fotografia sobre o piano.

– Sem dúvida é uma fotografia do sr. Booth – disse. – É exatamente igual à descrição que temos?

– É – disse a sra. Purnell –, e é uma boa fotografia.

– Há quanto tempo foi tirada? – perguntou Holmes apanhando-a.

– Ah, há apenas algumas semanas. Eu estava aqui quando o mensageiro da loja de fotografia a trouxe. O sr. Booth abriu o pacote na minha presença. Havia apenas duas fotos, essa e outra que ele me deu.

– O que a senhora diz me interessa muito – comentou Holmes. – Esse terno de passeio listrado que ele está usando. É o mesmo que vestiu quando se foi na manhã de quarta-feira?

– É, estava vestido mesmo assim, ao que me lembro.

– Recorda-se de qualquer coisa importante que o sr. Booth tenha dito na quarta-feira antes de sair?

– Receio que muito pouco. Quando levei a xícara de chocolate ao quarto dele comentou...

– Um momento – interrompeu Holmes. – O sr. Booth costumava tomar uma xícara de chocolate de manhã?

– Ah, sim, tanto no inverno quanto no verão. Era muito exigente nisso e tocava a campainha assim que acordava. Acho que quase preferia passar sem o café da manhã do que não tomar a xícara de chocolate. Bom, como ia dizendo, levei o chocolate pessoalmente naquela manhã de quarta-feira e ele fez um comentário sobre o tempo, e em seguida, quando ia saindo do quarto, disse: "Ah, a propósito, sra. Purnell, estou de partida esta noite e estarei fora umas duas semanas. Fiz a mala e virei buscá-la à tarde".

– Sem dúvida ficou muito surpresa com essa notícia inesperada – indagou Holmes.

– Não muito. Desde que começou a fazer auditorias nas filiais dos bancos eu nunca sabia quando estaria ausente.

Naturalmente, nunca esteve fora duas semanas seguidas, exceto nos feriados, mas se ausentava tantas vezes por alguns dias que me acostumara às suas ausências de uma hora para a outra.

– Vejamos, há quanto tempo vinha fazendo esse trabalho extra no banco... alguns meses, não?

– Mais. Foi por volta do último Natal, creio, que lhe deram essa tarefa.

– Ah, claro – disse Holmes displicente –, e naturalmente esse trabalho o obrigava a se ausentar muito?

– De fato, e parecia cansá-lo bastante, tanto trabalho noturno, sabe. Era suficiente para esgotá-lo, porque era um homem sempre tão sossegado e retraído e antes nem ao menos costumava sair de noite.

– O sr. Booth deixou muitos pertences no quarto? – perguntou Holmes.

– Muito poucos, na verdade, na maioria coisas velhas e imprestáveis. Mas ele é um ladrão honestíssimo – disse a sra. Purnell paradoxalmente –, e me pagou o aluguel até sábado seguinte, antes de sair na quarta-feira de manhã, porque não voltaria antes disso.

– Foi muito correto – disse Holmes sorrindo pensativo. – A propósito, será que sabe se se desfez de mais algum tesouro, antes de partir?

– Bom, não foi na hora de partir, mas nos últimos meses ele levou a maior parte de seus livros e acho que os vendeu aos poucos. Tinha afeição por livros antigos e me disse que algumas edições que possuía valiam muito dinheiro.

Durante essa conversa, Lestrade estivera sentado tamborilando impacientemente os dedos na mesa. Então se levantou.

– Bom, acho que vou ter de deixá-lo com os seus mexericos. Preciso telegrafar instruções para a prisão do sr. Booth. Se ao menos você tivesse examinado antes aquele velho mata-borrão que encontrei na cesta de papéis, teria se poupado muita inconveniência, sr. Holmes – e triunfantemente bateu na mesa uma folha bem usada de mata-borrão.

Holmes apanhou-a e a ergueu diante de um espelho sobre o aparador. Olhando por cima de seu ombro li claramente a impressão refletida de um bilhete escrito na caligrafia do sr. Booth, da qual Holmes conseguira amostras.

Era dirigido a uma agência de viagens de Liverpool instruindo-a para que reservasse um camarote de primeira classe para Nova Iorque a bordo do *Empress Queen* de Liverpool. Partes do bilhete estavam ligeiramente apagadas por outras impressões, mas dizia também que incluíra um cheque para pagar os bilhetes etc., e a assinatura era de J. Booth.

Holmes permaneceu em silêncio examinando o bilhete durante alguns segundos.

Era uma folha bastante usada, mas felizmente a impressão do bilhete aparecia bem no centro, quase destacada das outras marcas e borrões existentes a toda volta da margem externa do papel. A um canto o endereço da agência em Liverpool era bem legível, pois o mata-borrão fora usado evidentemente para enxugar o envelope também.

– Meu caro Lestrade, sem dúvida teve muito mais sorte do que imaginei – disse Holmes finalmente, devolvendo-lhe o papel. – Posso perguntar que medidas pretende tomar a seguir?

– Telegrafarei imediatamente à polícia de Nova Iorque para prender o homem assim que aportar – disse Lestrade –, mas primeiro preciso me certificar de que o navio não vai parar em Queenstown ou outro lugar qualquer e lhe dar uma chance de escorregar por entre nossos dedos.

– Não para – disse Holmes calmamente. – Já procurei me informar porque, a princípio, achei provável que o sr. Booth pretendesse embarcar no *Empress Queen*.

Lestrade piscou o olho para mim pelo que gostaria muito de derrubá-lo com um soco, pois via que não acreditava no meu amigo. Sentia uma pontada aguda de desapontamento que a previsão de Holmes fosse empanada pelo que, afinal, era apenas sorte de Lestrade.

Holmes se voltara para a sra. Purnell e agradeceu.

– Não precisa agradecer – disse. – O sr. Booth merece ser apanhado, embora deva dizer que sempre se portou como um cavalheiro comigo. Só gostaria de poder lhe ter dado informações mais úteis.

– Pelo contrário – disse Holmes. – Posso lhe garantir que o que nos disse foi da maior importância e irá nos ajudar de maneira concreta. A propósito, acabou de me ocorrer, seria possível hospedar a mim e ao meu amigo dr. Watson por alguns dias, até termos tempo de investigar esse assunto?

– Sem dúvida, terei muito prazer.

– Ótimo – disse Holmes. – Então pode nos esperar que estaremos de volta para jantar às sete horas.

Quando saímos, Lestrade logo anunciou sua intenção de ir à delegacia e providenciar as ordens necessárias para telegrafar ao chefe de polícia de Nova Iorque pedindo a detenção e prisão de Booth; Holmes manteve um silêncio enigmático quanto ao que pretendia fazer, mas expressou sua decisão de permanecer em Broomhill e continuar as investigações. Insistiu, no entanto, em ir sozinho.

– Lembre-se, Watson, você está aqui para descansar e tirar umas férias e posso garantir que se me acompanhasse acharia o meu programa muito monótono. Portanto, insisto em que procure uma maneira mais divertida de passar o resto do dia.

A experiência passada me dizia que era inútil censurar ou discutir com Holmes quando ele já decidira, então concordei com a melhor boa vontade que consegui demonstrar e, deixando Holmes, parti no cabriolé de que ele me assegurou que não iria precisar.

Passei algumas horas na galeria de arte e museu e depois do almoço fiz um passeio estimulante pela Manchester Road gozando o ar fresco e a paisagem da charneca, voltando à rua Ashgate às sete com o melhor apetite que sentia há meses.

Holmes não voltara e eram quase sete e meia quanto entrou. Percebi imediatamente que estava numa disposição das mais reticentes e todas as minhas perguntas não conseguiram trazer à tona quaisquer detalhes sobre a maneira como gastara o tempo ou o que pensava do caso.

Ele permaneceu a noite inteira encolhido numa poltrona fumando o cachimbo e mal consegui extrair-lhe uma palavra.

Seu ar inescrutável e silêncio persistente não me deram qualquer pista do que pensava sobre a investigação que tinha nas mãos, embora fosse visível que sua mente se concentrava nela.

Na manhã seguinte, quando acabávamos de tomar o café da manhã, a empregada entrou com um bilhete.

– Do sr. Jervis; não há resposta – disse.

Holmes rasgou o envelope e passou os olhos pelo bilhete, apressado, e, ao fazê-lo, notei um rubor de aborrecimento espalhar-se pelo seu rosto normalmente pálido.

– Maldita impertinência – murmurou. – Leia isto, Watson. Não me lembro de ter sido tão destratado antes.

O bilhete era curto:

"The Cedars, Fulwood
6 de setembro

O sr. Jervis, em nome dos diretores do British Consolidated Bank, agradece ao sr. Sherlock Holmes por sua pronta atenção e pelos valiosos serviços no caso de fraude e desaparecimento de seu ex-empregado, sr. Jabez Booth.

O sr. Lestrade, da Scotland Yard, informa que conseguiu encontrar a pista do indivíduo em questão, que será em breve preso. Nas circunstâncias, os diretores acham desnecessário tomar o valioso tempo do sr. Holmes."

– Bem insolentes, hein, Watson? Ou muito me engano ou terão razão para se arrepender desse gesto quando for tarde demais. Depois disso é claro que me recusarei a continuar trabalhando para eles no caso, mesmo que me peçam. De certa forma lamento, porque o assunto apresentava algumas características nitidamente interessantes e não é de forma alguma o caso simples que o nosso amigo Lestrade pensa.

– Por que, não acha que está na pista certa? – exclamei.

– Espere e verá, Watson – disse Holmes misterioso. – O sr. Booth ainda não foi apanhado, lembra? – E foi só o que consegui extrair dele.

Uma das consequências da maneira sumária pela qual o banqueiro dispensara os serviços de meu amigo foi que Holmes e eu passamos uma tranquila e prazerosa semana na vilazinha de Hathersage, na periferia da charneca de Derbyshire, e regressamos a Londres mais bem-dispostos depois dos longos passeios pela charneca.

Uma vez que Holmes tinha pouco trabalho em mãos naquele momento e minha esposa não voltara das férias na Suíça, persuadi-o, embora com considerável dificuldade, a passar as semanas seguintes comigo em vez de voltar a Baker Street.

Naturalmente, acompanhávamos o progresso do caso dos cheques falsificados em Sheffield com o maior interesse. De alguma forma os detalhes das descobertas de Lestrade alcançaram os jornais e, no dia seguinte à nossa partida de Sheffield, só falavam da emocionante caça ao sr. Booth, o homem procurado pela fraude no Sheffield Bank.

Referiam-se ao "falsificador caminhando inquieto pelo tombadilho do *Empress Queen*, enquanto o navio atravessava majestosamente a vastidão do Atlântico, inteiramente inconsciente de que a mão inexorável da justiça era capaz de se estender sobre o oceano e já estava preparada para agarrá-lo quando chegasse ao Novo Mundo". E Holmes, após ler esses parágrafos sensacionalistas, sempre punha de lado o jornal com um de seus sorrisos enigmáticos.

Finalmente chegou o dia em que o *Empress Queen* era esperado em Nova Iorque, e não pude deixar de observar que mesmo o rosto em geral insondável de Holmes deixava transparecer uma certa agitação reprimida ao abrir o jornal vespertino. Mas a nossa surpresa estava destinada a ser adiada por mais tempo. Havia um curto parágrafo noticiando que o *Empress Queen* fundeara em Long Island às seis horas da manhã após uma boa travessia. Havia no entanto um caso de cólera a bordo e, consequentemente, as autoridades de Nova Iorque tinham sido forçadas a colocar o navio de quarentena e nenhum dos passageiros ou dos membros da tripulação teria permissão de desembarcar durante doze dias.

Dois dias mais tarde apareceu uma coluna inteira nos jornais noticiando que fora definitivamente confirmado que o sr. Booth se encontrava a bordo do *Empress Queen*. Um dos inspetores sanitários que subira a bordo o identificara e falara com ele. Estava sendo mantido sob observação, e não havia chance possível de fuga. O sr. Lestrade da Scotland Yard, que com tanta argúcia levantara a pista de Booth e impedira sua fuga, embarcara no *Oceania*, que deveria aportar em Nova Iorque no dia 10 e faria pessoalmente a prisão do sr. Booth assim que este recebesse permissão de desembarcar.

Nunca, em tempo algum, vi meu amigo Holmes tão assombrado como quando acabou de ler essa notícia. Percebi que estava inteiramente perplexo, embora o motivo que o fazia agir assim fosse um enigma para mim. O dia todo ele esteve encolhido numa poltrona, as sobrancelhas franzidas em duas linhas fundas e os olhos semicerrados enquanto fumava o mais velho de seus cachimbos em silêncio.

– Watson – disse uma vez, olhando para mim. – Talvez tenha sido bom que me pedissem para deixar o caso de Sheffield. Da maneira como as coisas estão correndo suponho que só iria fazer papel ridículo.

– Por quê? – perguntei.

– Porque comecei por supor que o culpado não era o culpado... e agora parece que me enganei.

Nos dias que se seguiram Holmes me pareceu muito deprimido, pois nada o aborrecia mais do que sentir que errara em suas deduções ou embarcara numa linha falsa de raciocínio.

Finalmente chegou a data fatal de 10 de setembro, o dia em que Booth seria preso. Ansiosamente, mas em vão, examinamos os jornais vespertinos. Veio a manhã do dia 11 e nada de notícias sobre a prisão, mas nos jornais vespertinos daquele dia apareceu um breve parágrafo noticiando que o criminoso escapara de novo.

Durante vários dias os jornais se encheram dos boatos e conjeturas mais conflitantes sobre o que realmente acontecera, mas todos concordavam em afirmar que o sr. Lestrade estava a caminho de casa sozinho e que regressaria a Liverpool no dia 17 ou 18.

Na véspera desse último dia Holmes e eu estávamos sentados à noite em seus aposentos em Baker Street quando o criadinho entrou para anunciar que o sr. Lestrade da Scotland Yard encontrava-se à porta e nos pedia a gentileza de alguns minutos de atenção.

– Mande-o subir, mande-o subir – disse Holmes, esfregando as mãos numa agitação pouco comum.

Lestrade entrou e se sentou na cadeira que Holmes lhe indicou, com o ar mais desalentado possível.

– Não erro com frequência, sr. Holmes – começou –, mas nesse caso de Sheffield fui completamente derrotado.

– Meu Deus – disse Holmes gentilmente –, decerto está me dizendo que ainda não apanhou o homem.

– Estou – disse Lestrade. – E digo mais: creio que ele jamais seja apanhado!

– Não se desespere tão cedo – falou Holmes animando-o. – Depois de nos contar o que aconteceu, não será de todo impossível que possamos ajudá-lo com algumas sugestõezinhas.

Assim encorajado, Lestrade começou sua estranha narrativa, à qual ouvimos ansiosos e atentos.

– Não é necessário que me detenha em incidentes com os quais já estão familiarizados – disse. – Sabe da descoberta que fiz em Sheffield e que, naturalmente, me convenceu que o homem procurado embarcara para Nova Iorque no *Empress Queen*. Estava febril de impaciência para prendê-lo e, quando soube que o navio em que comprara passagem fora posto em quarentena, parti imediatamente a fim de deitar-lhe as mãos pessoalmente. Nunca cinco dias pareceram tão compridos.

"Chegamos a Nova Iorque na noite de 9 de setembro e corri logo à chefatura de polícia de Nova Iorque e soube ali que não havia qualquer dúvida de que o sr. Jabez Booth estava a bordo do *Empress Queen*. Um dos inspetores sanitários que visitara o navio não só o vira como chegara a lhe falar. O homem atendia exatamente à descrição de Booth que aparecera nos jornais. Um dos detetives de Nova Iorque fora enviado a bordo para fazer algumas indagações e informar ao capitão reservadamente da prisão iminente. Descobriu que o sr. Jabez Booth tivera de fato a audácia de reservar passagem e viajar sob seu verdadeiro nome sem mesmo tentar se disfarçar de alguma forma. Ocupava um camarote de primeira classe, e o comissário de bordo declarou que suspeitara do homem desde o início. Permaneceu trancado no camarote quase o tempo todo, fazendo-se passar por pessoa excêntrica e semi-inválida que não deve ser incomodada a qualquer pretexto. A maior parte das refeições era levada ao camarote e foi visto no tombadilho, mas raramente comia com os demais passageiros. Era evidente que procurava não dar na vista e atrair o mínimo de atenção possível. Os taifeiros e alguns dos passageiros com quem se debateu o assunto mais tarde foram unânimes em afirmar que assim fora.

"Decidira-se que durante o período em que o navio estivesse de quarentena nada se deveria dizer a Booth que despertasse suspeitas, mas os taifeiros, o comissário e o capitão, que eram as únicas pessoas informadas do segredo, deveriam mantê-lo sob observação até o dia 10, quando os passageiros teriam permissão para desembarcar. Naquele dia, ele deveria ser preso."

Nesse ponto fomos interrompidos pelo criadinho de Holmes, que entrou trazendo um telegrama. Holmes passou os olhos por ele com um ligeiro sorriso.

– Sem resposta – disse, metendo o telegrama no bolso do colete. – Por favor, continue sua interessantíssima história, Lestrade.

– Bom, na tarde do dia 10, acompanhado pelo inspetor-chefe de polícia e detetive Forsyth – retomou Lestrade –, subi a bordo do *Empress Queen* trinta minutos antes da hora que deveria encostar no cais para desembarcar os passageiros.

"O comissário de bordo nos informou que o sr. Booth estivera no tombadilho e que conversara com ele uns quinze minutos antes de nossa chegada. Descera então para a cabine e o comissário pretextara alguma coisa para descer também e o vira entrar no camarote. Permaneceu parado no alto da gaiuta desde então e tinha certeza de que Booth não voltara a subir para o tombadilho.

"Finalmente, murmurei para mim mesmo, ao descermos todos, conduzidos pelo comissário que nos levou diretamente ao camarote de Booth. Batemos, mas, não recebendo resposta, experimentamos abrir a porta e a encontramos fechada. O comissário nos garantiu, porém, que isso não era incomum. O sr. Booth mantivera a porta fechada a maior parte do tempo, e muitas vezes até suas refeições tinham sido deixadas numa bandeja do lado de fora. Discutimos a situação rapidamente e, como o tempo era curto, decidimos arrombar a porta. Duas boas pancadas com um martelo pesado partiram as dobradiças e entramos. Pode imaginar o nosso espanto quando descobrimos o camarote vazio. Nós o revistamos minuciosamente e decididamente Booth não estava lá."

– Um momento – interrompeu Holmes. – A chave da porta: estava do lado de dentro da fechadura ou não?

– Não estava em parte alguma – disse Lestrade. – Comecei a ficar furioso, pois a essa altura senti a vibração das máquinas e ouvi a rotação da hélice quando o grande navio começou a deslizar em direção ao cais de desembarque.

"Ficamos desorientados; o sr. Booth devia estar escondido a bordo em algum lugar, mas já não havia tempo para dar uma busca exaustiva e em poucos minutos os passageiros estariam abandonando o navio. Finalmente o capitão nos prometeu que, nas circunstâncias, mandaria baixar apenas um portaló e em companhia do comissário e dos taifeiros eu deveria me postar ao lado dele com uma lista completa dos passageiros conferindo cada um que desembarcasse. Dessa forma seria quase impossível Booth escapar mesmo que tentasse se disfarçar, pois não permitiríamos que ninguém passasse sem ser identificado pelo comissário ou por um dos taifeiros.

"Fiquei satisfeito com a providência, pois assim não haveria maneira de Booth passar despercebido.

"Um a um os passageiros desceram pelo portaló e se juntaram à multidão agitada no cais e cada um deles foi identificado e seu nome riscado da lista. Havia 193 passageiros de primeira classe a bordo do *Empress Queen*, incluindo Booth, e quando os 192 tinham desembarcado, o seu era o único nome que restara!

"Você mal pode imaginar a febre de impaciência que sentíamos" disse Lestrade, enxugando a testa só de lembrar "nem como o tempo pareceu interminável enquanto verificávamos lenta, mas cuidadosamente, um a um os nomes de todos os 324 passageiros da segunda classe e os 310 passageiros da classe turística constantes da lista. Todos os passageiros, exceto o sr. Booth, passaram pelo portaló, mas sem dúvida não ele. Não há possibilidade de dúvida quanto a isso.

"Devia portanto continuar a bordo, todos concordamos, mas eu começava a entrar em pânico e me perguntava se haveria possibilidade do homem ter sido contrabandeado para fora do navio em algum malão que os grandes guindastes começavam a descarregar no cais.

"Confiei o meu receio ao detetive Forsyth e ele imediatamente providenciou para que cada malão e caixa em que fosse possível se esconder um homem fosse aberto e examinado pelos funcionários da alfândega.

"Era uma tarefa cansativa, mas eles não se esquivaram, e ao fim de duas horas puderam nos garantir que não havia possibilidade de Booth ter sido contrabandeado para fora do navio dessa maneira.

"Isso nos deixava apenas uma solução possível para o mistério. Ele devia continuar escondido em algum lugar a bordo. Tínhamos mantido o navio sob rigorosa vigilância desde que atracara e então, o superintendente de polícia nos emprestou um grupo de vinte homens e, com a permissão do capitão e a ajuda de comissários, taifeiros etc. o *Empress Queen* foi vistoriado e revistoriado da proa à popa. Não deixamos de examinar nem um lugar onde coubesse apenas um gato, mas o homem procurado não estava lá. Disso tenho certeza – e aí tem o mistério todo em poucas palavras, sr. Holmes. O sr. Booth sem dúvida estava a bordo do *Empress Queen* até as onze horas da manhã do dia 10 e, embora não houvesse possibilidade de ter desembarcado, estamos diante do fato de que ele não se encontrava lá às cinco horas da tarde."

O rosto de Lestrade, quando concluiu essa curiosa e misteriosa narrativa, tinha a expressão mais perplexa e desesperançada que já vi e imagino que a minha não devia estar muito diferente, mas Holmes recostou-se na poltrona e estendeu as pernas longas e finas para diante, todo o seu corpo literalmente sacudiu de riso silencioso.

– A que conclusões chegou? – exclamou finalmente. – Que medidas pretende tomar a seguir?

– Não faço ideia. Quem saberia o que fazer? A coisa toda é impossível, absolutamente impossível; é um mistério insolúvel. Vim procurá-lo para ver se, por acaso, poderia sugerir uma linha inteiramente nova de investigação por onde eu pudesse recomeçar.

– Bom – disse Holmes, piscando o olho maliciosamente para o perplexo Lestrade. – Posso lhe dar o endereço atual de Booth, se for de alguma utilidade para você.

– Do quê! – exclamou Lestrade.

– O endereço atual de Booth – repetiu Holmes calmamente. – Mas antes de fazê-lo, meu caro Lestrade, preciso impor uma condição. O sr. Jervis me tratou muito mal nesse caso e não desejo ver o meu nome associado a ele. Faça o que fizer não deve mencionar a fonte de qualquer informação que eu possa lhe dar. Promete?

– Prometo – murmurou Lestrade, que estava num estado de espantosa ansiedade.

Holmes rasgou uma folha de papel de um caderninho de bolso e escreveu: "Sr. A. Winter, a/c sra. Thackaray, rua Glossop, Broomhill, Sheffield".

– Aí estão o nome e o endereço atuais do homem que procura – disse, entregando o papel a Lestrade. – Eu o aconselharia a não perder tempo em agarrá-lo, porque, embora o telegrama que recebi há instantes, que infelizmente interrompeu a sua interessante narrativa, devesse me informar que o sr. Winter voltou para casa depois de uma ausência temporária, é mais do que provável que torne a partir de vez muito breve. Não sei com que brevidade, talvez permaneça alguns dias, creio.

Lestrade se levantou.

– Sr. Holmes, o senhor é um amigo – disse com mais emoção do que já o vira demonstrar. – Salvou minha reputação neste caso, logo quando eu começava a parecer um arrematado idiota, e agora está me forçando a receber todo o crédito quando não mereço nem um átomo. Quanto à maneira como descobriu, é um mistério tão grande para mim quanto o desaparecimento de Booth.

– Bom, na verdade – disse Holmes delicadamente –, não posso ter certeza dos fatos porque naturalmente não examinei o caso detidamente. Mas não é difícil imaginar e terei muito prazer em lhe dar minha opinião sobre a viagem de Booth a Nova Iorque em outra oportunidade, quando dispuser de mais tempo.

– A propósito – gritou Holmes quando Lestrade ia deixando a sala –, não me surpreenderei se descobrir que o sr. Jabez Booth, ou sr. Archibald Winter, é seu conhecido, pois sem dúvida foi seu companheiro de viagem no regresso dos Estados Unidos. Chegou a Sheffield poucas horas antes que o senhor a Londres e, como é certo que acabara de voltar de Nova Iorque como o senhor, é evidente que devem ter feito a travessia no mesmo navio. Ele estaria usando óculos escuros e um espesso bigode negro.

– Ah! – disse Lestrade –, *havia* um homem chamado Winter que atendia a essa descrição. Creio que deve ter sido ele e não vou perder mais tempo – e Lestrade saiu apressado.

– Bom, Watson, meu rapaz, você parece quase tão perplexo quanto seu amigo Lestrade – disse Holmes, recostando-se na poltrona e olhando travessamente para mim, enquanto acendia o velho cachimbo de urze branca.

– Devo confessar que nenhum dos problemas que teve de resolver no passado me pareceu mais inexplicável do que a história de Lestrade sobre o desaparecimento de Booth do *Empress Queen*.

– É, essa parte da história é decididamente saborosa – riu Holmes –, mas vou lhe dizer como cheguei à solução do mistério. Vejo que está pronto a ouvir.

"A primeira coisa a se fazer em qualquer caso é avaliar a inteligência e a astúcia do criminoso. Ora, o sr. Booth era sem dúvida um homem esperto. O próprio sr. Jervis, lembra-se, nos afirmou isso. O fato de ter aberto contas bancárias, preparando-se para o crime doze meses antes de cometê-lo, prova de que se trata de um crime longamente premeditado. Comecei o caso, portanto, com o conhecimento de que a minha presa era um homem sagaz, que tivera doze meses para planejar sua fuga.

"Minhas primeiras pistas reais vieram da sra. Purnell" disse Holmes. "Seus comentários mais importantes foram sobre o trabalho de auditoria de Booth, que o mantinha ausente de casa dias e noites, muitas vezes em sucessão. Imediatamente tive certeza, confirmada por investigações, que o sr. Booth nunca fora encarregado desse trabalho extra. Por que então inventara mentiras para explicar suas ausências à senhoria? Provavelmente porque estavam de alguma forma ligadas, ou com o crime ou com os seus planos para fugir depois de tê-lo cometido. Era inconcebível que tanta atividade externa e misteriosa pudesse estar diretamente relacionada com a falsificação, e imediatamente deduzi que esse tempo fora gasto por Booth preparando o caminho para a fuga.

"Quase na hora me ocorreu a ideia de que estivesse vivendo uma vida dupla, sendo sua intenção sem dúvida suprimir discretamente uma personalidade após cometer o crime e assumir permanentemente a outra – um expediente muito mais seguro e conveniente do que assumir um disfarce no momento em que todos o observam e esperam que o faça.

"A seguir soube de fatos interessantes com relação ao quadro e aos livros de Booth. Tentei me pôr em seu lugar. Ele dava grande valor a esses objetos; eram leves e portáteis e não havia na realidade qualquer razão para que se desfizesse deles. Sem dúvida, então, retira-os gradualmente e guarda-os em algum lugar onde pudesse pegá-los de novo. Se pudesse descobrir que lugar era esse, estava certo de que haveria grande chance de apanhá-lo quando tentasse recuperá-los.

"O quadro não poderia ter ido longe, pois ele o levava consigo no próprio dia do crime... Não vale a pena entediá-lo com detalhes... Passei duas horas investigando até encontrar a casa onde fora levá-lo – e que era nada mais nada menos do que a casa da sra. Thackary, na rua Glossop.

"Arranjei um pretexto para ir lá e encontrei a sra. T, uma das pessoas mais fáceis de se extrair informações. Em menos de meia hora fiquei sabendo que tinha um pensionista chamado Winter, que dizia ser caixeiro-viajante e passava a maior parte do tempo fora de casa. Sua descrição lembrava a de Booth, exceto que possuía bigode e usava óculos.

"Conforme já tentei lhe incutir muitas vezes, Watson, os detalhes são os dados de maior importância, e senti real prazer em descobrir que o sr. Winter mandava subir ao quarto do hóspede uma xícara de chocolate todas as manhãs. Um cavalheiro veio na quarta-feira de manhã e deixou um embrulho, dizendo que era um quadro que prometera ao sr. Winter e pediu que a sra. Thackary o entregasse a Winter quando ele voltasse. O sr. Winter alugara os aposentos em dezembro. Possuía muitos livros que trouxera pouco a pouco. Todos esses fatos reunidos me deram a certeza de que me encontrava na pista certa. Winter e Booth eram uma só e a mesma pessoa, e assim que Booth tivesse despistado todos os perseguidores voltaria, como Winter, e reentraria na posse do que era seu.

"A fotografia recém-tirada e o velho mata-borrão com o bilhete denunciador eram meios obviamente intencionais de atrair a polícia para a pista de Booth. O mata-borrão, percebi quase imediatamente, era uma impostura, porque não só era quase impossível usá-lo normalmente sem tornar a parte central indecifrável, como também perceptível onde fora retocado.

"Concluí, portanto, que Booth, ou Winter, na realidade nunca pretendera viajar no *Empress Queen*, mas nisso eu subestimei a sua engenhosidade. Evidentemente reservou duas cabines no navio, uma em seu nome verdadeiro e outra no nome falso, e conseguiu muito astutamente desempenhar com sucesso os dois papéis durante toda a viagem, aparecendo primeiro como um indivíduo e depois como outro. A maior parte do tempo fazia-se passar por Winter, e com esse objetivo Booth se tornou um passageiro excêntrico e semi-inválido que permanecia fechado em sua cabine grande parte do tempo. Isso, naturalmente, atendia bem aos seus objetivos; a excentricidade apenas atrairia atenção para a sua presença a bordo e o tornaria um dos passageiros mais conhecidos do navio, embora se mostrasse tão pouco.

"Deixei instruções com a sra. Thackary para me telegrafar assim que Winter regressasse. Depois que Booth atraiu seus perseguidores a Nova Iorque e os despistou lá, não lhe restava mais nada a fazer a não ser tomar o primeiro navio de volta. Muito naturalmente aconteceu ser o mesmo em que o nosso amigo Lestrade regressou, e foi por isso que o telegrama da sra. Thackary chegou em momento tão oportuno."

NOTA DO EDITOR DE COSMOPOLITAN: Estamos conscientes de que há várias incoerências nessa história. Não procuramos corrigi-las. Ela é publicada exatamente como foi encontrada, exceto por pequenas alterações na grafia e na pontuação.

Alguns dados pessoais sobre
Sherlock Holmes

A pedido do editor, passei alguns dias examinando uma velha caixa em que, de tempos em tempos, guardei cartas que se referiam direta ou indiretamente ao célebre sr. Holmes. Gostaria agora de ter sido mais cuidadoso com a preservação das referências a esse cavalheiro e seus casinhos. Muita coisa se perdeu ou se extraviou. Seu biógrafo teve bastante sorte em encontrar leitores em muitos países, e a leitura de seu livro recebeu o mesmo tipo de resposta, embora em muitos casos essa resposta fosse numa língua de difícil compreensão. Com frequência meu correspondente distante não conseguia escrever corretamente o meu nome nem o do meu herói imaginário! Muitas dessas cartas vieram da Rússia. Quando as cartas russas eram em vernáculo fui obrigado, receio, a considerá-las lidas, mas quando eram em inglês constituíam a maior curiosidade da minha coleção. Havia uma jovem que começava todas as suas epístolas com as palavras "Bom Senhor". Outra usava de grande astúcia sob a sua simplicidade. Escrevendo de Varsóvia, afirmava que estava de cama há dois anos e que meus romances tinham sido a sua única etc. etc. Fiquei tão comovido com essa afirmação elogiosa que na mesma hora preparei um pacote de livros autografados para completar a coleção da gentil inválida. Por sorte, porém, encontrei um amigo autor, no mesmo dia, a quem contei o comovente incidente. Com um sorriso cínico ele tirou uma carta idêntica do bolso. Seus romances durante dois anos também tinham sido a única etc. etc. Não sei a quantos outros autores a moça escrevera, mas se, conforme imagino, sua correspondência se estendera a vários países, deve ter reunido uma biblioteca bem interessante.

O hábito da jovem russa de se dirigir a mim como "Bom Senhor" teve um paralelo ainda mais estranho em meu país, que o associa ao assunto abordado neste artigo. Pouco depois de ter sido nomeado cavalheiro recebi uma conta de um comerciante, correta e profissional em todos os detalhes, exceto que fora tirada em nome de Sir Sherlock Holmes. Espero ser capaz de aceitar uma brincadeira tão bem quanto qualquer um, mas essa amostra de humor me pareceu deslocada, e escrevi em termos contundentes sobre a questão. Em resposta à minha carta apareceu no hotel um funcionário muito arrependido, que lamentou o incidente, mas repetia sem parar a frase: "Asseguro-lhe, senhor, que foi de boa-fé". "Que quer dizer com boa-fé?" perguntei. "Bom, senhor, meus colegas na loja me disseram que o senhor fora nomeado cavalheiro e que quando um homem era nomeado cavalheiro ele mudava de nome, e que o senhor mudara para esse." É desnecessário dizer que a minha irritação se dissipou, e que ri com tanto gosto quanto os seus companheiros estariam provavelmente rindo pelos cantos.

Há certos problemas que são continuamente recorrentes nessas cartas de Sherlock Holmes. Um deles estimulou as mentes de homens nos lugares mais distantes, do Labrador ao Tibet; de fato, se um assunto merece reflexão são justamente os homens que vivem nesses lugares esquecidos que encontram tempo e solidão para refletir. Ouso afirmar que recebi vinte cartas sobre um único ponto. Ele aparece no "Caso do mosteiro" em que Holmes, examinando marcas deixadas por uma bicicleta, diz: "Evidentemente ela está se afastando de nós e não se aproximando". Ele não expôs seu raciocínio, o que desagradou meus correspondentes, e todos afirmam que a dedução é impossível. Na realidade é bastante simples, tratando-se de solo macio e ondulado como da charneca em questão. O peso do usuário recai sobre a roda traseira e no solo fofo produz uma marca perceptivelmente mais funda. Quando a bicicleta sobe uma elevação essa marca traseira seria muito mais funda; quando desce rapidamente uma elevação, as marcas mal se diferenciam. Assim, a profundidade da marca da roda traseira indicaria em que direção a bicicleta estava se deslocando.

 Uma das provas mais curiosas da existência de Holmes para muitas pessoas é que frequentemente recebia livros de autógrafos pelo correio, com pedidos para que obtivesse sua assinatura. Quando se anunciou que ele ia se aposentar da clínica médica e pretendia criar abelhas em South Downs recebi diversas cartas de pessoas que se ofereciam para ajudá-lo no empreendimento. Duas delas estão diante de mim no momento em que escrevo. Uma diz: "Será que o sr. Sherlock Holmes vai precisar de uma governanta em sua casa de campo em Christmas? Conheço alguém que adora a vida tranquila do campo, e especialmente abelhas – uma mulher sossegada e conservadora". A outra, que é dirigida ao próprio Holmes, diz: "Li em alguns matutinos que o senhor está prestes a se aposentar e se dedicar à criação de abelhas. Se for verdade, terei prazer em oferecer meus préstimos para aconselhá-lo no que for preciso. Espero que leia essa carta com a mesma disposição de espírito com que foi escrita, pois faço esse oferecimento em troca de muitas horas agradáveis". Recebi muitas outras cartas em que me pediam que pusesse os meus correspondentes em contato com o sr. Holmes, a fim de que pudessem esclarecer algum problema pessoal.

 Por vezes fui de tal forma confundido com o meu personagem que me pediam que aceitasse executar o mesmo trabalho que Holmes. Tive, lembro-me, uma oferta, no caso de um julgamento de um aristocrata acusado de assassinato na Polônia há alguns anos, para ir lá examinar o problema nos meus próprios termos. Não preciso dizer que não faria uma coisa dessas por dinheiro, pois sou modesto quanto à provável valia de meus serviços; mas muitas vezes, na qualidade de amador, tive a satisfação de poder prestar alguma ajuda a pessoas aflitas. Posso dizer – ainda que isole na madeira ao dizê-lo – que nunca fracassei inteiramente em qualquer tentativa de pôr em prática os métodos de Holmes, exceto numa única ocasião a que aludirei mais adiante. Quanto ao caso do sr. Edalji o meu merecimento é muito pequeno, porque não foi preciso uma dedução muito complexa para chegar à conclusão de que um homem que é praticamente cego não fez uma viagem à noite, que envolvia cruzar uma linha-tronco de estrada de ferro cuja travessia teria servido de teste para um atleta que fosse chamado a fazê-lo em tão curto tempo. O homem era obviamente inocente e é uma desonra para este país que ele nunca tenha recebido um centavo de compensação pelos três anos que passou na cadeia. Caso mais complicado foi o de Oscar Slater, que ainda está cumprindo pena de prisão. Examinei as provas cuidadosamente, inclusive a evidência suplementar apresentada perante a insatisfatória comissão que investigou o caso, e não tenho a mínima dúvida de que o homem é inocente. Quando o juiz lhe perguntou no julgamento se tinha algo a dizer contra a sua condenação à morte pelo assassinato da srta. Gilchrist, disse bem alto: "Meu Deus, eu nem sabia que existia essa mulher no mundo". Estou convencido de que isso era literalmente verdadeiro. Contudo, é proverbialmente impossível provar uma negativa, portanto, assim deverá permanecer o caso até que a Scotland Yard insista numa investigação exaustiva de todas as circunstâncias que envolvem esse caso deplorável.

Alguns dos problemas que me chegaram às mãos foram muito semelhantes a alguns que inventei para demonstrar o raciocínio do sr. Holmes. Talvez deva citar um em que o método de raciocínio daquele cavalheiro foi copiado com pleno êxito. O caso foi o seguinte. Um cavalheiro desaparecera. Sacara um saldo de quarenta libras do banco que se sabia estar em seu poder. Temeu-se que tivesse sido assassinado por causa do dinheiro. Fora visto pela última vez ao se hospedar num grande hotel londrino, quando chegou do campo naquele dia. À noite foi a um espetáculo musical, saiu do teatro por volta das dez horas, voltou ao hotel, trocou o traje de noite, que foi encontrado em seu quarto no dia seguinte, e desapareceu completamente. Ninguém o viu deixar o hotel, mas um homem que ocupava um quarto vizinho declarou que o ouvira se mexer durante a noite. Transcorrera uma semana à época em que fui consultado, mas a polícia nada descobrira. Onde estava o homem?

Esse era o conjunto dos fatos que me foram comunicados por seus parentes no campo. Procurando examinar o caso com os olhos do sr. Holmes, respondi pela volta do correio que o homem evidentemente encontrava-se em Glasgow ou em Edimburgo. Posteriormente, provei que fora na verdade a Edimburgo, embora na semana que transcorrera tivesse se deslocado para outro lugar da Escócia.

Devia parar por aí, pois, como o dr. Watson já demonstrou muitas vezes, quando se explica a solução estraga-se o mistério. No entanto, a essa altura o leitor pode pôr de lado a revista e mostrar como a coisa é simples resolvendo o problema sozinho. Ele tem todos os dados que me foram fornecidos. Porém, em atenção àqueles que não têm jeito para adivinhações, indicarei os elos que formam a cadeia. A única vantagem que eu levava era que estava familiarizado com a rotina dos hotéis de Londres – embora eu imagine que pouco difere da rotina dos hotéis de outros lugares.

O primeiro passo foi examinar os dados e separar os fatos das conjeturas. Os dados eram todos fatuais, exceto a afirmação da pessoa que ouvira o homem desaparecido durante a noite. Como poderia distinguir aquele ruído de qualquer outro ruído em um grande hotel? Esse ponto poderia ser desprezado se contrariasse as conclusões gerais. A primeira dedução óbvia é que o homem tivera intenção de desaparecer. Que outra razão teria para sacar todo aquele dinheiro? Saíra do hotel durante a noite. Mas existe um porteiro noturno em todos os hotéis e é impossível sair sem conhecimento dele, uma vez que a porta se fecha. A porta é fechada após a volta dos frequentadores de teatro – digamos, à meia-noite. Portanto, o homem deixou o hotel antes da meia-noite. Ele voltara do teatro às dez, trocara de roupa, e saíra com a mala. Ninguém o vira fazer isso. Infere-se que fez isso num momento em que o saguão estava repleto de hóspedes que regressavam, portanto, das onze às onze e meia. Após essa hora, mesmo que a porta permaneça aberta, há menos gente indo e vindo; de modo que um hóspede de mala teria certamente sido visto.

Tendo chegado até aí em terreno firme, agora nos perguntamos: por que um homem que quer se esconder iria sair a uma hora dessas? Se pretendia se ocultar em Londres não precisaria ir para um hotel. Logo, é claro que pretendia pegar o trem que o levaria para longe. Mas um homem que desembarca de um trem em qualquer estação provinciana durante a noite provavelmente será observado e pode estar certo de que quando forem dados o alarme e a sua descrição, algum guarda ou carregador se lembrará dele. Portanto, seu destino seria alguma cidade grande a que chegaria durante o dia, como uma estação terminal onde todos os seus companheiros de viagem desembarcassem e ele se perdesse na multidão. Quando se consultam os horários e se vê que os grandes expressos escoceses para Edimburgo e Glasgow partem por volta da meia-noite, achamos a solução. Quanto ao traje de noite, o fato de tê-lo abandonado prova que pretendia adotar um tipo de vida que não incluía tais amenidades. Essa dedução também se provou verdadeira.

Cito esse caso para demonstrar que as linhas gerais de raciocínio defendidas por Holmes têm realmente uma aplicação prática na vida. Em um outro caso em que uma moça noivara com um jovem estrangeiro que inesperadamente desapareceu pude, empregando um processo semelhante de dedução, mostrar-lhe claramente tanto o lugar para onde fora quanto que era indigno de sua afeição. Por outro lado, esses métodos semicientíficos são por vezes trabalhosos e lentos quando comparados aos resultados obtidos pelo homem prático. Para não parecer que estou atirando confete em mim mesmo ou no sr. Holmes, deixem-me dizer que, por ocasião do arrombamento da hospedaria da aldeia, a distância de uma pedrada de minha casa, o policial da aldeia, sem qualquer conhecimento teórico, agarrou o culpado, enquanto eu não passara da conclusão de que se tratava de um indivíduo canhoto com botas de pregos.

Os efeitos extraordinários e teatrais que levam à invocação do sr. Holmes na ficção são, naturalmente, de grande auxílio para que ele chegue a uma conclusão. Os casos em que não existe pista alguma é que são mortais. Ouvi falar de um desses nos Estados Unidos, que certamente teria representado um formidável desafio. Um cavalheiro de vida impecável saiu num domingo à noite para dar um passeio com a família e, de repente, observou que esquecera a bengala. Tornou a entrar em casa, cuja porta continuou aberta, e deixou seus familiares esperando por ele do lado de fora. Nunca mais reapareceu, e desde aquele dia não se encontraram pistas do ocorrido. Foi sem dúvida um dos casos mais estranhos de que ouvi falar na vida real.

Observei pessoalmente um outro caso muito singular. Foi-me enviado por um eminente editor. Esse cavalheiro empregava um chefe de seção a quem daremos o nome de Musgrave. Era um homem trabalhador, sem qualquer característica especial de personalidade. O sr. Musgrave morreu, e anos mais tarde receberam uma carta endereçada a ele, aos cuidados de seus empregadores. O carimbo, de um ponto turístico no oeste do Canadá, trazia os dizeres *Conf filmes* no envelope e ainda *Reporte Sy* em um dos cantos. Os editores naturalmente abriram o envelope, pois não tinham conhecimento de parentes do morto. Dentro do envelope havia duas folhas de papel em branco. A carta, devo acrescentar, era registrada. O editor, não conseguindo entender, enviou-a a mim, e apliquei às folhas todos os compostos químicos e testes térmicos possíveis, sem qualquer resultado. Além do fato de que a caligrafia parecia a de uma mulher, não havia nada a acrescentar à história. O caso foi, e continua a ser, um mistério insolúvel. Como o correspondente poderia ter algo tão secreto a dizer ao sr. Musgrave e não ter conhecimento de que morrera há anos é muito difícil de entender – ou por que páginas em branco precisariam ser cuidadosamente remetidas sob registro. Devo acrescentar que não confiei as folhas apenas aos meus testes, mas procurei me consultar com os melhores especialistas, sem obter resultado. Considerado como um caso, este foi um fracasso – e um fracasso torturante.

O sr. Sherlock Holmes sempre foi um bom alvo para brincadeiras de mau gosto, e tive numerosos casos fictícios de vários graus de inventividade, cartas marcadas, avisos misteriosos, mensagens cifradas e outras curiosas comunicações. Em uma ocasião, quando entrava num salão para participar de um torneio amador de bilhar, me entregaram um embrulhinho que alguém deixara para mim. Ao abri-lo encontrei um pedaço de giz verde comum, desses que se usam em bilhar. Achei graça no incidente, pus o giz no bolso do colete e o usei durante o jogo. Depois continuei a usá-lo, até que um dia, meses depois, ao esfregar o giz na ponta de um taco, a superfície do giz se desfez e descobri que era oco. Do buraco assim exposto retirei um pedacinho de papel com as palavras: "De Arsène Lupin para Sherlock Holmes". Imagine o estado de espírito de um gaiato que teve tanto trabalho para obter um resultado desses!

Um dos mistérios apresentados ao sr. Holmes entrava um tanto no terreno da mediunidade, pondo-se assim fora do alcance de sua capacidade. Os fatos conforme descritos são notáveis, embora eu não tenha prova de sua veracidade, exceto que a senhora era sincera no que escrevia e dava seu nome e endereço. Essa pessoa, a quem chamaremos de sra. Seagrave, ganhara um curioso anel de segunda mão, em forma de serpente em ouro fosco. À noite retirava-o do dedo. Uma noite ela dormiu com o anel e teve um sonho aterrorizante em que parecia estar empurrando para longe de si um animal furioso que cravava os dentes em seu braço. Ao acordar, o braço continuava a doer, e no dia seguinte apareceram marcas de duas fileiras de dentes em que faltava um dente no maxilar inferior. As marcas tinham a forma de hematomas preto-azulados que não chegavam a ferir a pele. "Não sei", disse minha correspondente, "o que me fez pensar que o anel tinha alguma ligação com o caso, mas tomei antipatia pelo anel e deixei de usá-lo durante alguns meses; então, numa visita, passei a usá-lo outra vez." Para encurtar a história, o fato se repetiu, e a senhora resolveu o caso para sempre atirando o anel no canto mais quente do fogão de cozinha. Essa história curiosa, que acredito ser autêntica, pode não ser tão sobrenatural quanto parece. É fato bem conhecido que em alguns indivíduos uma forte impressão mental produz um efeito físico. Assim, um pesadelo muito vívido com a impressão de uma mordida pode produzir uma marca de mordida. Tais casos estão bem documentados nos anais da medicina. O segundo incidente ocorreria, naturalmente por sugestão inconsciente do primeiro. De qualquer modo, é um probleminha muito interessante, seja ele psíquico ou físico.

Os tesouros enterrados contam-se naturalmente entre os problemas apresentados ao sr. Holmes. Um caso autêntico foi acompanhado do diagrama que reproduzimos aqui. Refere-se a um navio mercante que naufragou nas costas da África do Sul no ano de 1782. Se eu fosse um homem mais jovem sentiria-me seriamente inclinado a investigar o caso pessoalmente. O navio continha um tesouro notável, incluindo, creio, os adereços reais de Delhi em ouro. Supõe-se que enterraram esses objetos próximo ao litoral e que esse diagrama indique o local. Naquele tempo cada navio mercante tinha o seu próprio código semafórico e pode-se conjecturar que as três marcas à esquerda sejam os sinais de um semáforo de três braços. Talvez o registro de seu significado possa ser encontrado ainda hoje nos documentos antigos do Ministério da Índia. O círculo à direita registra os pontos cardeais.

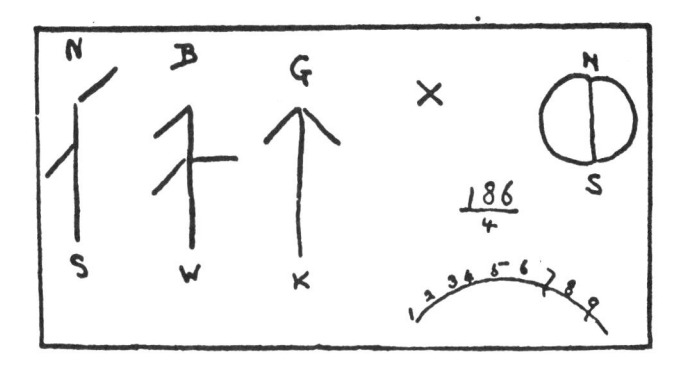

O semicírculo maior talvez seja a superfície curva de um recife ou de uma rocha. Os números informariam como chegar ao X assinalado no tesouro. Possivelmente indicam a marcação como 186 pés a partir do 4 no semicírculo. O local do naufrágio é uma região erma do país, mas ficaria surpreso se, mais cedo ou mais tarde, alguém não se dispuser a se empenhar seriamente para resolver o mistério.

Uma última palavra antes de encerrar essas anotações sobre o meu personagem imaginário. Não é dado a todo homem ver seu filho intelectual ganhar vida graças ao gênio de um grande artista, mas tive essa felicidade quando o sr. Gillette dedicou sua inteligência e seu talento para levar Holmes ao palco. Não posso terminar de forma mais correta meus comentários senão agradecendo ao homem que transformou uma criatura abstrata num ser humano absolutamente convincente.

Dois poemas sobre a polêmica Holmes - Dupin - Lecoq

O caso do detetive medíocre

A *Sir* Conan Doyle
de Arthur Guitermann

Nobre *Sir* Conan, creio que poucos de nós
Foram cumulados de sorte como vós.
A instável Fortuna tem sido vossa aliada,
Sempre generosa, suave e delicada.
Embora parecesse a mim ser vossa sina
Dedicar-vos à carreira da medicina,
Cansando-vos de pílulas e do mister,
Rumastes para o Ártico em busca de mistério.
Vagando e sonhando, a Ambição, grande loucura,
Tornou-vos muito inquieto para a arte da cura;
Isso, presumo, se Aventura é o que buscamos,
Fez de vós um escritor – nisso nos igualamos.
Ah, mas nós escritores bradamos protestos,
"De que modo lograstes tamanho sucesso?
Dizei-nos, dai-nos a conhecer de que jeito
Tirais do tinteiro tão esplêndida receita!"
E, vosso livro a favor do ataque britânico
À África do Sul (ou dos grupos econômicos),
Alegando não ser nossa agressividade
(Como pensa a maioria) uma atrocidade –
Ao sair do prelo vos rendeu uma cruz –

(Oh, que honra! A tanto jamais farei jus
Nem que viva até a idade de Matusalém!) –
Da Ordem de São João de Jerusalém!
Palavra! Como escritor sabeis das manhas!
Mas desejo vos falar do que em vós me assanha:
Holmes é o vosso Herói, personagem literário;
Todos sabemos onde achastes material
Para lhe dar forma – isto é quase evidente;
Mas vosso agente em ingratidão indecente –
Sherlock vosso sabujo por razões incertas
Despreza o Dupin de Poe e o chama de "reles"!
Tacha o perspicaz Lecoq, de Gaboriau, sim,
De mero desastrado e ridículo, sim!
Isso quando vossas tramas e vossos sistemas
A Poe e a Gaboriau não devem pouco apenas,
Enche de mágoa todas as musas do Hélicon.
Pedi emprestado, senhor, mas sede sério!
Porém deixai-nos reconhecer que sois alegre,
Pouca coisa escrevestes que canse ou que pese,
Muita com desleixo, porém nada nocivo,
Muita com sobra de encanto e vigor no estilo.
Dai-me detetives de cérebro analítico
E não uns covardes de princípios mefíticos –
Histórias de batalhas e de intrepidez
E não queixas de neurótica morbidez!
Dai-me aventuras e ferozes dinotérios
E não de Hewlett os extáticos delírios!
Crede, *Sir* Conan, bem diverti-me convosco
E, no total, estou bem satisfeito convosco.
                (Traduzido por Adalgisa Campos da Silva.)

A um crítico insensato
de A. Conan Doyle

É certo que às vezes bradamos com acrimônia,
"Até onde se estende a estupidez humana?"

Cá está um crítico a afirmar como evidente
Ser eu culpado porque "em agradecimento"
Sherlock, o sabujo, por motivos incertos,
Despreza o Dupin de Poe e o chama de "reles".
Caro crítico, ainda não tendes assente
Que criatura e criador são diferentes?
Como criador não me cansei de louvar
O Dupin de Poe, surpreendente e sagaz
Admitindo que em meu trabalho policial
A meu modelo devo muito de genial.
Mas não é que chega às raias da estupidez
Atribuir-me a soberba do ser que criei?
Ele, a criatura, riria com desdém,
Onde eu, o criador, me curvaria reverente.
Então, por favor, lembrai-vos dessa verdade:
A obra e seu autor são duas entidades.
                (Traduzido por Adalgisa Campos da Silva.)

Uma noite com Sherlock Holmes

O diamante da coroa

Peça em um ato

Personagens:
Sr. Sherlock Holmes – O famoso detetive
Dr. Watson – Seu amigo
Billy – O criadinho do sr. Holmes
Cel. Sebastian Moran – Um criminoso intelectual
Sam Merton – Um boxeador

Cenário: A sala do sr. Holmes em Baker Street. Apresenta o aspecto usual, exceto pela janela em arco; de fora a fora há uma cortina que corre numa vara de latão à altura de dois metros do chão e oculta o recesso da janela.

Entram Watson e Billy

Watson – Bom, Billy, quando é que ele estará de volta?

Billy – Não seria capaz de dizer, senhor.

Watson – Quando foi que o viu pela última vez?

Billy – Não seria capaz de dizer, senhor.

Watson – Como não seria capaz de dizer?

Billy – Não, senhor. Teve um pastor aqui ontem, e teve um velho *bookmaker*, e teve um operário.

Watson – E daí?

Billy – Mas não tenho certeza se não eram todos o senhor Holmes, o senhor sabe, ele está muito ocupado caçando alguém no momento.

Watson – Ah!

Billy – Ele não come nem dorme. Bom, o senhor já morou com ele como eu. Sabe como é quando está atrás de alguém.

Watson – Sei sim.

Billy – Ele é uma responsabilidade, senhor, é o que ele é. É uma preocupação séria para mim. Quando perguntei se queria determinar o jantar ele disse: "Quero costeletas e purê de batatas às 7h30, depois de amanhã". Não vai comer antes disso, senhor? – perguntei. "Não tenho tempo, Billy, estou ocupado", me disse. Está mais magro e mais pálido e com os olhos mais brilhantes. Dá medo olhar para ele.

Watson – Ora, convenhamos, isso não resolve nada. Sem dúvida preciso vê-lo.

Billy – Sim, senhor, isso vai me tranquilizar.

Watson – Mas ele anda atrás do quê?

Billy – É esse caso do diamante da coroa.

Watson – Quê, o roubo de cem mim libras?

Billy – Esse mesmo. Precisam recuperar as joias. Ora, tivemos o primeiro-ministro e o ministro do Interior, os dois sentados aí bem nesse sofá. O sr. Holmes prometeu que faria o possível por eles. Foi muito simpático. Deixou-os à vontade num minuto.

Watson – Nossa! Li tudo nos jornais. Mas, Billy, o que andou fazendo nessa sala? Para que é essa cortina?

Billy – Não sei não, senhor. O sr. Holmes mandou instalar há três dias. Mas temos uma coisa engraçada atrás dela.

Watson – Uma coisa engraçada?

Billy – Uma coisa que ri. É sim. Ele mandou fazer.

(*Billy vai até a cortina e a afasta, revelando um boneco de cera, a imagem de Holmes sentado numa cadeira, de costas para o público.*)

Watson – Santo Deus, Billy!

Billy – É, é igual a ele. (*Apanha a cabeça e a examina.*)

Watson – É maravilhosa! Mas para que serve, Billy?

Billy – O senhor compreende, ele está ansioso para que as pessoas que o vigiam pensem que está em casa, às vezes, quando não está. A campainha, senhor. (*Repõe a cabeça, fecha a cortina.*) Preciso ir. (*Billy sai.*)

(*Watson se senta, acende um cigarro e abre um jornal. Entra uma velha, curvada, vestida de preto e usando um véu e cachos laterais no cabelo.*)

Watson – (*Levantando-se.*) Bom dia, minha senhora.

Velha – O senhor não é o sr. Holmes?

Watson – Não, senhora. Sou seu amigo, o dr. Watson.

Velha – Eu sabia que não podia ser o sr. Holmes. Sempre ouvi falar que ele era um homem bonitão.

Watson – (*À parte.*) Palavra!

Velha – Mas preciso vê-lo imediatamente.

Watson – Asseguro-lhe que ele não está.

Velha – Não acredito no senhor.

Watson – O quê!

Velha – O senhor tem uma cara enganosa e falsa – é sim, uma cara má e ardilosa. Vamos, rapaz, onde está ele?

Watson – Francamente, minha senhora...!

Velha – Muito bem, vou procurá-lo eu mesma. Creio que está ali dentro. (*Encaminha-se para a porta do quarto e passa por trás do sofá.*)

Watson – (*Levantando-se e atravessando a sala.*) Esse é o quarto dele. Francamente, minha senhora, isso é imperdoável!

VELHA – Fico imaginando o que é que ele guarda no cofre.

(*Aproxima-se do cofre, e ao fazer isso as luzes se apagam e o quarto fica escuro, exceto pelo aviso "Não Mexa" no alto do cofre. Saltam quatro luzes vermelhas e entre elas a inscrição "Não Mexa"! Passados alguns instantes as luzes reacendem, e Holmes encontra-se parado ao lado de Watson.*)

WATSON – Nossa, Holmes!

HOLMES – Alarmezinho bom, não é mesmo, Watson? Uma invenção minha. Piso numa tábua solta do assoalho e ligo o circuito, ou posso ligá-lo diretamente. Impede que pessoas curiosas bisbilhotem demais. Quando volto sei se alguém andou mexendo no que é meu. Desliga automaticamente, como viu há pouco.

WATSON – Mas, meu caro amigo, por que esse disfarce?

HOLMES – Uma brincadeirinha, Watson. Quando o vi sentado ali, tão sério, não resisti. Mas garanto-lhe que não há nada engraçado nesse caso que estou investigando. Nossa! (*Atravessa a sala correndo, afasta a cortina, que foi deixada entreaberta.*)

WATSON – Ora, o que foi?

HOLMES – Perigo, Watson. Pistolas de ar comprimido, Watson. Estou esperando uma coisa esta noite.

WATSON – Esperando o quê, Holmes?

HOLMES – (*Acendendo o cachimbo.*) Esperando ser assassinado, Watson.

WATSON – Não, não, você está brincando, Holmes!

HOLMES – Mesmo o meu limitado senso de humor poderia produzir um gracejo melhor do que esse, Watson. Não, é verdade. E, caso aconteça – há uma chance de duas em uma –, talvez fosse bom você sobrecarregar a memória com o nome e o endereço do criminoso.

WATSON – Holmes!

HOLMES – Pode entregá-lo à Scotland Yard com o meu

carinho e a minha bênção final. Moran é o nome. Coronel Sebastian Moran. Escreva, Watson, escreva! Moorside Gardens, 136, Noroeste, escreveu?

Watson – Mas certamente pode fazer alguma coisa, Holmes. Não poderia mandar prender esse sujeito?

Holmes – Claro que poderia, Watson. É isso que está preocupando tanto o sujeito.

Watson – Mas por que não manda?

Holmes – Porque não sei onde está o diamante.

Watson – Que diamante?

Holmes – Ah sim, o grande diamante amarelo da coroa, de 77 quilates, rapaz, sem a mínima imperfeição. Tenho dois peixes na rede. Mas não tenho o diamante. E de que adianta prendê-los? É o diamante que quero.

Watson – E esse coronel Moran é um dos peixes na rede?

Holmes – É, e ele é um tubarão. Morde. O outro é Sam Merton, o boxeador. Não é um sujeito mau esse Sam, mas o coronel o usou. Sam não é um tubarão. É uma simples cocoroca. Mas está saltando dentro da minha rede, do mesmo jeito.

Watson – Onde está esse coronel Moran?

Holmes – Estive nos calcanhares dele a manhã toda. Uma vez até pegou a minha sombrinha. "Com a sua licença, minha senhora", disse. A vida é cheia de pequenos caprichos. Segui-o até a oficina do velho Straubenzee em Minories. Straubenzee fez a pistola – uma bela peça, ao que sei.

Watson – Uma pistola de ar comprimido?

Holmes – A ideia era atirar em mim pela janela. Tive de mandar instalar aquela cortina. A propósito, viu o meu duplo? (*Afasta a cortina. Watson acena com a cabeça.*) Ah! Billy andou lhe mostrando a casa. Talvez receba uma bala em sua linda cabeça de cera a qualquer momento. (*Entra Billy.*) Então, Billy?

Billy – Coronel Sebastian Moran, senhor.

Holmes – Ah! O homem em pessoa. Já o esperava. Segure a rede, Watson. Um homem de coragem! Sentiu os meus dedos nos calcanhares dele. (*Espia pela janela.*) E lá está Sam Merton na rua – o fiel e tolo Sam. Onde está o coronel, Billy?

Billy – Na sala de espera, senhor.

Holmes – Mande-o entrar quando eu tocar a campainha.

Billy – Sim, senhor.

Holmes – Ah, a propósito, Billy, se eu não estiver na sala, mande-o entrar assim mesmo.

Billy – Muito bem, senhor. (*Sai Billy.*)

Watson – Ficarei com você, Holmes.

Holmes – Não, meu caro amigo, você iria atrapalhar. (*Vai até a mesa e escreve um bilhete.*)

Watson – Ele pode assassiná-lo.

Holmes – Não me surpreenderia.

Watson – Não posso deixá-lo de maneira alguma.

Holmes – Pode sim, meu caro Watson, porque sempre fez o meu jogo, e tenho a certeza de que o fará até o fim. Leve esse bilhete à Scotland Yard. Volte com a polícia. A prisão do sujeito virá em seguida.

Watson – Farei isso com prazer.

Holmes – E até que volte terei tempo de descobrir onde está o diamante. (*Toca a campainha.*) Por aqui, Watson. Iremos juntos. Vou querer ver o meu tubarão sem que ele me veja.

(*Sai Watson e Holmes entra no quarto.*)

(*Entram Billy e o Coronel Moran, que é um homem grande e ameaçador, vestido de forma espalhafatosa, com uma bengala pesada.*)

Billy – Coronel Sebastian Moran. (*Sai Billy.*)

(*O coronel Moran olha em volta, entra lentamente na sala e se assusta quando vê o duplo de Holmes sentado à janela. Olha-o fixamente, encolhe-se, segura firme a bengala e avança na ponta dos pés. Quando está perto do duplo, ergue a bengala. Holmes sai apressado pela porta do quarto.*)

Holmes – Não o quebre, coronel, não o quebre.

Coronel – (*Recuando.*) Santo Deus!

Holmes – É uma peça tão bonita. Tavernier, o modelista francês, foi quem a fez. É tão habilidoso com a cera quanto Straubenzee é com as pistolas de ar comprimido. (*Fecha a cortina.*)

Coronel – Pistolas de ar comprimido, senhor, pistolas de ar comprimido! Que quer dizer com isso?

Holmes – Descanse o chapéu e a bengala na mesinha. Muito obrigado. Importa-se de pôr o revólver de lado também? Ah, está bem se preferir se sentar em cima dele. (*O coronel se senta.*) Queria ter uma conversinha de cinco minutos com o senhor.

Coronel – Eu é que queria ter uma conversinha de cinco minutos com o senhor. (*Holmes senta-se perto dele e cruza as pernas.*) Não vou negar que pretendia atacá-lo agora há pouco.

Holmes – Imaginei que uma ideia dessas lhe ocorreria.

Coronel – E com toda a razão, senhor, com toda a razão.

Holmes – Mas por que essa atenção?

Coronel – Porque o senhor saiu do seu caminho para me aborrecer. Por que pôs os seus cães no meu rastro?

Holmes – Meus cães?

Coronel – Mandei segui-los. Sei que vêm aqui relatar o que veem.

Holmes – Não, asseguro-lhe que não.

Coronel – Ora, senhor! Os outros sabem observar tão bem quanto o senhor. Ontem havia um velho esportista; hoje, uma velhota. Mantiveram-me sob vigilância o dia todo.

HOLMES – Francamente, senhor, o senhor me lisonjeia! O velho barão Dowson, antes de ser enforcado em Newgate, teve a bondade de dizer que, no meu caso, o que a lei ganhara o teatro perdera. E agora vem o senhor com as suas palavras lisonjeiras. Em nome da velhota e do cavalheiro esportista eu agradeço. Houve também um bombeiro desempregado que foi muito artístico – o senhor parece ter se esquecido dele.

CORONEL – Foi o senhor... o senhor!

HOLMES – Seu humilde criado! Se duvida, pode ver a sombrinha que tão gentilmente me entregou esta manhã em Minories ali no sofá.

CORONEL – Se soubesse, talvez o senhor nunca...

HOLMES – Nunca teria voltado a ver essa humilde casa. Eu estava bem consciente disso. Mas acontece que o senhor não sabia, e aqui estamos nós, bem acomodados, conversando animadamente.

CORONEL – O que o senhor diz só faz piorar a questão. Não foram os seus agentes, mas o senhor mesmo, que andou me seguindo. Por que fez isso?

HOLMES – O senhor costumava caçar tigres?

CORONEL – Costumava.

HOLMES – Mas por quê?

CORONEL – Ora! Por que qualquer homem caça tigres? A emoção. O perigo.

HOLMES – E sem dúvida a satisfação de livrar o país de um animal nocivo que o devasta e se alimenta da população.

CORONEL – Exato.

HOLMES – As mesmas razões que as minhas.

CORONEL – (*Pondo-se de pé num salto.*) Insolente!

HOLMES – Sente-se, senhor, sente-se! Havia uma outra razão de ordem prática.

CORONEL – Qual?

Holmes – Quero aquele diamante amarelo da coroa.

Coronel – Francamente! Vamos, prossiga.

Holmes – O senhor sabia que era por isso que o seguia. A verdadeira razão por que está aqui esta noite é descobrir quanto sei sobre o caso. Bom, pode acreditar que sei *tudo* sobre o caso, exceto uma coisa, que está prestes a me contar.

Coronel – (*Desdenhando.*) E que coisa é essa?

Holmes – Onde escondeu o diamante.

Coronel – Ah, e quer mesmo saber? Como posso saber onde está?

Holmes – O senhor não só sabe, como está a ponto de me dizer.

Coronel – Verdade?

Holmes – O senhor não pode blefar comigo, coronel. O senhor é absolutamente transparente. Posso ver até o fundo de sua mente.

Coronel – Então naturalmente é capaz de ver onde se encontra o diamante.

Holmes – Ah! Então o senhor sabe. Acabou de admiti-lo.

Coronel – Não admiti nada.

Holmes – Ora, coronel, se for sensato poderemos fazer negócio. Caso contrário, talvez se machuque.

Coronel – Olhe só quem fala de blefe!

Holmes – (*Erguendo um livro da mesa.*) Sabe o que tenho neste livro?

Coronel – Não, senhor, não sei.

Holmes – O senhor.

Coronel – Eu?

Holmes – Exatamente, o senhor. Está todo aqui, cada ação de sua vida desonesta e perigosa.

Coronel – Maldição, Holmes! Não exagere.

HOLMES – Há detalhes bem interessantes, coronel. Os verdadeiros fatos da morte da sra. Minnie Warrender, de Laburnum Grove. Estão todos aqui, coronel.

CORONEL – Seu... seu demônio!!!

HOLMES – E a história do jovem Arbuthnot, que foi encontrado morto por afogamento no Regents Canal pouco antes de expô-lo por roubar no jogo.

CORONEL – Eu... eu nunca toquei no rapaz.

HOLMES – Mas ele morreu numa hora muito oportuna. Quer mais, coronel? Há bastante aqui. Que tal o assalto do trem de luxo para a Riviera em 13 de fevereiro de 1892? E o cheque falsificado do Credit Lyonnais naquele mesmo ano?

CORONEL – Não, o senhor está errado nisso.

HOLMES – Então estou certo nas outras coisas. Vamos, coronel, o senhor é um jogador. Quando o outro sujeito tem todos os trunfos ganha-se tempo abrindo o jogo.

CORONEL – Se houvesse uma única palavra de verdade nisso tudo, como teria permanecido em liberdade todos esses anos?

HOLMES – Só porque eu não fui consultado. Faltavam dados nos inquéritos policiais. Mas eu tenho o dom de descobri-los. Pode me acreditar que seria capaz de fazê-lo.

CORONEL – Blefe! Sr. Holmes, blefe!

HOLMES – Ah, quer que eu prove o que digo! Bom, se eu tocar nessa campainha entra em cena a polícia e desse instante em diante a questão não estará mais em minhas mãos. Toco?

CORONEL – Que tem tudo isso a ver com a joia de que fala?

HOLMES – Calma, coronel! Refreie essa mente ansiosa. Deixe-me explicar ao meu modo enfadonho. Tenho tudo isso contra o senhor, e tenho um caso visível contra o senhor e o seu valentão, nessa questão do diamante da coroa.

CORONEL – Não me diga!

HOLMES – Tenho o motorista de táxi que o levou a Whitehall,

e o motorista que o trouxe de lá. Tenho o porteiro que o viu junto à vitrine. Tenho Ikey Cohen, que se recusou a cortá-lo para o senhor. Ikey o delatou e o plano malogrou.

Coronel – Diabo!

Holmes – Essas são as cartas que tenho na mão. Mas falta uma carta. Não sei onde se encontra esse fabuloso diamante.

Coronel – E nunca saberá.

Holmes – Ora vamos! Não seja grosseiro. Pense bem. Vai ficar preso vinte anos. E Sam Merton também. Que proveito vai tirar do diamante? Nenhum. Mas se me informar onde está... bem, poderei acobertá-lo. Não queremos nem o senhor nem Sam. Queremos a pedra. Entregue-a, e no que me diz respeito continuará livre enquanto se comportar direito. Se sair do sério mais uma vez, então que Deus o ajude. Mas desta vez a minha missão é pôr as mãos na pedra e não no senhor. (*Toca a campainha.*)

Coronel – E se eu me recusar?

Holmes – Então, ai de mim, será o senhor em vez da pedra. (*Entra Billy.*)

Billy – Sim, senhor.

Holmes – (*Para o coronel.*) Acho melhor chamarmos o seu amigo Sam para participar dessa conferência. Billy, você verá um cavalheiro corpulento e muito feio diante da porta da frente. Peça-lhe para subir, sim?

Billy – Sim, senhor. E se ele não quiser vir, senhor?

Holmes – Nada de força, Billy! Não seja violento com ele. Se disser que o coronel Moran está chamando, ele virá.

Billy – Sim, senhor. (*Sai Billy.*)

Coronel – Que significa isso, então?

Holmes – Meu amigo Watson esteve aqui há pouco. Disse-lhe que tinha um tubarão e uma cocoroca na rede. Agora estou puxando a rede e os dois vêm juntos.

CORONEL – (*Curvando-se para diante.*) Não vai morrer na cama Holmes!

HOLMES – Sabe, muitas vezes me ocorreu essa mesma ideia. E quanto ao seu próprio fim é muito mais provável que seja perpendicular do que horizontal. Mas esses pressentimentos são mórbidos. Vamos nos entregar ao prazer irrestrito do momento. Não adianta apalpar o revólver, meu amigo, pois sabe perfeitamente bem que não se atreverá a usá-lo. Coisas perigosas e barulhentas os revólveres. É melhor ficar com as pistolas de ar comprimido, coronel Moran. Ah!... Acho que ouço os passinhos mimosos de seu estimado sócio.

(*Entra Billy.*)

BILLY – Sr. Sam Merton.

(*Entra Sam Merton, num terno xadrez, gravata espalhafatosa e sobretudo amarelo.*)

HOLMES – Bom dia, sr. Merton. Um tanto úmido na rua, não? *(Sai Billy.)*

MERTON – (*Para o coronel.*) Qual é a jogada? Que está acontecendo?

HOLMES – Em poucas palavras, sr. Merton, eu diria que tudo.

MERTON – (*Para o coronel.*) Esse sujeito está tentando fazer graça ou o quê? Não estou com disposição para brincadeiras.

HOLMES – Vai se sentir ainda menos disposto à medida que a noite for chegando, posso lhe prometer isso. Agora, olhe aqui, coronel. Sou um homem atarefado e não posso perder tempo. Vou para o quarto. Por favor, fiquem inteiramente à vontade durante a minha ausência. O senhor pode explicar ao seu amigo qual é a situação. Vou ensaiar a *Barcarolle* no violino. (*Consulta o relógio.*) Volto dentro de cinco minutos para saber a resposta final. Compreendeu bem a alternativa, não? Ficaremos com o senhor ou com a pedra?

(*Sai Holmes, levando o violino.*)

Merton – Que é isso? Ele sabe da pedra?

Coronel – Sabe, sabe demais. Não tenho certeza de que não saiba tudo.

Merton – Santo Deus!

Coronel – Ikey Cohen se abriu.

Merton – Se abriu, é? Deixa que eu acerto com ele.

Coronel – Mas isso não vai nos ajudar. Temos que decidir o que fazer.

Merton – Espere aí. Ele não está ouvindo, está? (*Aproxima-se da porta do quarto.*) Não, está fechada. Parece trancada. (*A música começa.*) Ah! Lá está ele, estamos seguros. (*Vai até a cortina.*) Aqui! (*Afasta-a, revelando o boneco.*) Aqui está o sujeito de novo, maldito!

Coronel – Ora! É só um boneco. Não dê atenção.

Merton – Uma imitação, é? (*Examina-a e gira a cabeça.*) Nossa, gostaria de poder torcer o pescoço dele com tanta facilidade. Ora, madame Tussaud metida nisso!

(*Quando Merton se encaminha de volta para o coronel, as luzes repentinamente se apagam e o aviso vermelho "Não Mexa" se acende. Passados alguns segundos as luzes tornam a acender. Os vultos trocam de posição nessa hora.*)

Merton – Que diabo! Olhe aqui, patrão, isso está me dando nos nervos. É uma armadilha ou o quê?

Coronel – Vamos! É alguma brincadeira idiota desse Holmes, uma mola, alarme, ou qualquer coisa do gênero. Olhe aqui, não temos tempo a perder. Ele pode nos prender por causa do diamante.

Merton – Uma ova que pode!

Coronel – Mas nos deixará escapar se lhe dissermos onde está a pedra.

Merton – Quê, abrir mão da bolada! Abrir mão de cem mil!

Coronel – É um ou outro.

Merton – Não tem saída? O senhor tem cabeça, patrão. Claro que é capaz de pensar numa saída.

Coronel – Espere aí! Já enganei gente melhor que ele. A pedra está aqui no meu bolso secreto. Pode sair da Inglaterra essa noite, e estará cortada em quatro pedaços em Amsterdam antes de sábado. Ele não sabe nada de Van Seddor.

Merton – Pensei que Van Seddor devia esperar até a semana que vem.

Coronel – Devia. Mas agora precisa tomar o primeiro navio. Um de nós tem de escapulir até o *Excelsior* com a pedra e falar com ele.

Merton – Mas o fundo falso ainda não está na caixa de chapéu!

Coronel – Bom, ele precisa levar como está e arriscar. Não há um minuto a perder. Quanto a Holmes, podemos enganá-lo facilmente. Sabe, ele não vai nos prender se pensar que pode obter a pedra. Daremos a ele uma pista falsa e, antes que descubra que é uma pista falsa, a pedra estará em Amsterdam, e nós já saímos do país.

Merton – Perfeito.

Coronel – Vá agora e diga a Seddor para se antecipar. Vou ver esse otário e entretê-lo com uma confissão falsa. A pedra está em Liverpool, é o que lhe direi. Quando descobrir que não está, não restará muita coisa dela, e estaremos tranquilos. (*Olha ao seu redor detidamente, então tira uma caixinha de couro do bolso e estende a mão.*) Aqui está o diamante da coroa.

Holmes – (*Apanhando a caixinha ao mesmo tempo que se levanta da cadeira.*) Eu agradeço.

Coronel – Recuando. Maldito Holmes! (*Põe a mão no bolso.*)

Merton – Para o diabo com ele!

Holmes – Nada de violência, cavalheiros; nada de violência, por favor. Deve estar claro para os senhores que sua posição é insustentável. A polícia está à espera no andar térreo.

Coronel – Você é um demônio! Como chegou aqui?

Holmes – O truque é óbvio mas eficaz; as luzes se apagam por um instante e o resto é bom-senso. Deu-me oportunidade de ouvir a sua conversa animada que teria sido muito cerceada se soubessem da minha presença. Não, coronel, não. Estou apontando para o senhor uma Derringer 450 no bolso do meu roupão. (*Toca a campainha. Entra Billy.*) Mande-os subir, Billy. (*Billy sai.*)

Coronel – Ora, você nos pegou, seu maldito!

Merton – Um bom golpe... Mas, e aquela droga de violino?

Holmes – Ah, sim, esses gramofones modernos! São uma invenção maravilhosa. Maravilhosa!

(*Desce o pano.*)

O APRENDIZADO DE WATSON

Watson estivera observando o companheiro atentamente desde que sentara à mesa do café da manhã. Por acaso Holmes ergueu os olhos e o surpreendeu a observá-lo.

– Muito bem, Watson, em que está pensando? – perguntou.

– Em você.

– Em mim?

– É, Holmes, estava pensando na superficialidade de seus truques e na maravilha que é o público continuar a mostrar interesse neles.

– Concordo com você – disse Holmes. – De fato, tenho lembrança de ter feito um comentário semelhante.

– Seus métodos – continuou Watson com severidade – são facilmente assimiláveis.

– Sem dúvida – respondeu Holmes sorrindo. – Talvez queira me dar um exemplo desse método de raciocínio.

– Será um prazer. Posso afirmar que você estava muitíssimo preocupado quando acordou esta manhã.

– Excelente! Como poderia saber disso?

– Porque habitualmente você é um homem asseado e no entanto esqueceu de se barbear.

– Deus! Que perspicaz! Não fazia ideia, Watson, que fosse um aluno tão aplicado. Será que o seu olho de lince detectou mais alguma coisa?

– Detectou. Você tem um cliente chamado Barlow, e não teve muito êxito no caso.

– Deus, como poderia saber disso?

– Vi o nome dele no envelope. Quando o abriu soltou um gemido e meteu o envelope no bolso com um ar preocupado.

– Admirável! Você é realmente observador. Mais alguma coisa?

– Receio que tenha andado especulando financeiramente.

– Como *poderia* afirmar isso, Watson?

– Você abriu o jornal, procurou a página financeira e soltou uma exclamação de interesse.

– Bom, é uma observação muito inteligente, Watson. Mais alguma coisa?

– Sim, Holmes, você vestiu o paletó preto, em vez do robe de chambre, o que indica que está esperando uma visita importante daqui a pouco.

– Mais alguma coisa?

– Não duvido que poderia descobrir outros pontos, Holmes, mas só vou falar desses poucos, para lhe mostrar que há outras pessoas no mundo que podem ser tão inteligentes quanto você.

– E outras nem tanto – disse Holmes. – Devo admitir que são poucas, mas receio, meu caro Watson, que devo incluí-lo entre essas últimas.

– Que quer dizer com isso, Holmes?

– Bom, meu caro amigo, receio que suas deduções não tenham sido tão felizes quanto eu gostaria que fossem.

– Quer dizer que estava enganado?

– Um pouco, receio. Examinemos os pontos por ordem: não me barbeei porque mandei afiar minha navalha. Vesti o paletó porque, infelizmente, tenho uma consulta com o dentista hoje cedo. O nome dele é Barlow, e a carta destinava-se a confirmar a consulta. A página de críquete é ao lado da página financeira, e abria-a para descobrir se o Surrey continuava a manter vantagem sobre o Kent. Mas continue Watson, continue! É um truque muito superficial, e sem dúvida logo será capaz de aprendê-lo.

CONAN DOYLE CONTA A VERDADEIRA HISTÓRIA DO FIM DE SHERLOCK HOLMES

UMA MORTE ESPETACULOSA

Não é fácil entrevistar o dr. Conan Doyle, criador de Sherlock Holmes. O dr. Doyle faz sérias objeções a ser entrevistado, muito embora não tenha antipatia pessoal pelo entrevistador. No entanto, em consideração às longas relações de amizade que mantém com a firma George Newnes Ltd., editores da popular e universalmente lida *Strand Magazine*, em cujas páginas viveu, agiu e nasceu Sherlock Holmes, o dr. Doyle consentiu em ser entrevistado e fornecer os seguintes detalhes, que serão lidos com interesse por seus admiradores de todo o mundo.

Tit-Bits
15 de dezembro de 1900

Antes de falar sobre a morte de Sherlock Holmes e a maneira como se deu, talvez seja interessante recapitular as circunstâncias de seu nascimento. Ele fez sua aparição inicial, lembram-se, num livro que intitulei *Um estudo em vermelho*. A ideia do detetive foi-me sugerida por um professor com quem estudei em Edimburgo, e em parte pelo detetive de Edgar Allan Poe, que, afinal de contas, seguia a linha de todos os outros detetives que já apareceram na literatura.

Na tarefa de se esboçar um detetive há apenas uma ou duas qualidades que se pode usar, e um autor é obrigado a recorrer a elas constantemente, de modo que todo detetive acaba se parecendo com os outros em maior ou menor grau. Não é preciso grande originalidade ao conceber ou construir tal homem, e a única originalidade que se consegue obter numa história de detetive é envolvê-lo em tramas originais e dar-lhe problemas para resolver, e nas suas habilidades será forçoso incluir a argúcia de apreender os fatos e as ligações que estes mantêm entre si.

Na época em que pensei pela primeira vez em um detetive – por volta de 1886 –, andara lendo histórias de detetives, e me impressionara com a sua tolice, para não dizer pior, já que para chegar à solução do mistério os autores sempre dependiam de alguma coincidência. Isso me pareceu uma maneira pouco leal de colocar o problema, porque na realidade o detetive devia basear o seu sucesso na própria capacidade e não apenas em circunstâncias fortuitas, que nem sempre ocorrem na vida real. À época, eu me sentia desanimado, com pouco trabalho, sobrava tempo para ler, de modo que li uma meia dúzia de histórias de detetive, tanto em francês quanto em inglês, e todas me deixaram insatisfeito e com a sensação de que poderiam ser bem mais interessantes se mostrassem que o homem merecia a vitória contra o criminoso ou o mistério que fora chamado a resolver.

Então comecei a refletir, suponha que meu velho professor em Edimburgo estivesse no lugar de um desses detetives de sorte, ele descobriria a relação de causa e efeito com tanta lógica quanto teria diagnosticado uma doença, em vez de chegar à solução graças à boa sorte, o que, como acabei de dizer, não acontece na vida real.

De brincadeira, portanto, comecei a arquitetar uma história dotando meu detetive de um sistema científico, de modo a fazê-lo deduzir tudo logicamente. Intelectualmente isso já fora feito antes por Edgar Allan Poe com M. Dupin, mas o ponto em que Holmes diferia de Dupin era que possuía uma enorme base de conhecimento exato a que recorrer em consequência de sua educação científica. Quero dizer com isso que ao observar a mão de um homem ele sabia qual era sua profissão, da mesma forma que ao observar suas calças era capaz de deduzir sua personalidade. Ele era ao mesmo tempo prático e sistemático, e seu sucesso na investigação do crime deveria ser fruto não da sorte mas de suas qualidades.

Com essa ideia escrevi um livrinho seguindo a linha que indiquei e produzi *Um estudo em vermelho*, que foi transformado no *Beeton's Christmas Annual* de 1887. Essa foi a primeira aparição de Sherlock; mas ele não atraiu muita atenção nem ninguém o reconheceu como algo diferente. Uns três anos mais tarde, porém, me pediram para escrever um livreto de um xelim para a *Lippincott's Magazine*, que publica, como se sabe, uma história especial em cada número. Não sabia o que escrever e me ocorreu uma ideia: por que não tentar recriar o mesmo sujeito? Foi o que fiz, e o resultado foi *O signo dos quatro*. Embora as críticas fossem favoráveis, creio que nem então Sherlock tenha atraído muita atenção para a sua individualidade.

Por essa época comecei a pensar em contos para revistas. Ocorreu-me que publicar histórias seriadas em revistas era um erro, pois aqueles que não tinham lido a história desde o começo naturalmente se privariam de comprar uma publicação em que um grande número de páginas era necessariamente tomada por uma história em que não tinham nenhum interesse particular.

Também me ocorreu que, se alguém pudesse escrever um seriado sem parecer que o fazia – um seriado, quero dizer, em que cada episódio pudesse ser lido como uma história isolada, mantendo um elo com a anterior e a seguinte por meio dos personagens principais – seria obtido um interesse cumulativo que o seriado puro e simples não conseguiria. Nesse aspecto fui um revolucionário, e creio que posso reivindicar com justiça o crédito de ter inaugurado um sistema que desde então vem sendo utilizado por outros com sucesso.

Foi por essa altura que lançaram a *Strand Magazine* e perguntei a mim mesmo: "Por que não pôr a minha ideia em prática e escrever uma série de histórias com Sherlock

Holmes, cujos processos mentais me eram familiares?". Eu clinicava então em Wimpole Street como especialista e, enquanto aguardava os pacientes, comecei a escrever para preencher minhas horas de espera. Dessa maneira escrevi três histórias, que foram posteriormente publicadas como parte de *As aventuras de Sherlock Holmes*. Enviei-as à *Strand Magazine*. O editor gostou, pareceu interessado e pediu mais. Quanto mais me pedia mais eu escrevia, até que completei uma dúzia. Essa dúzia constituiu o volume que foi publicado como *As aventuras de Sherlock Holmes*.

Quando terminei essa dúzia, decidi que ali terminariam todas as aventuras de Sherlock. Pediram-me, no entanto, que escrevesse mais. Instintivamente fui contra, pois acredito que é sempre melhor dar menos do que o público quer do que dar mais, e não acredito em entediá-lo com a repetição. Além do mais, tinha outros temas em mente. A popularidade de Sherlock Holmes, porém, e o sucesso das novas histórias com um fio a ligá-las fizeram com que a pressão sobre mim aumentasse e, finalmente, sob essa pressão, acedi em dar sequência a Sherlock e escrevi mais doze histórias a que intitulei *Memórias de Sherlock Holmes*.

Quando terminei essa série estava absolutamente decidido que seria má política insistir nas histórias de Sherlock Holmes. Eu ainda era moço e estreava como novelista, e sempre reparara que a ruína de todo romancista que surge é provocada pela repetição. O público recebe o que gosta e ao insistir na repetição faz o escritor prosseguir até perder a novidade. Então o público se vira e diz: "Ele só tem uma ideia e só sabe escrever um tipo de história". O resultado é que o homem se destrói; pois, a essa altura, provavelmente já perdeu a capacidade de se ajustar a novas condições de trabalho. Ora, por que deveria um homem ser obrigado a se repetir em vez de escrever sobre temas que o interessam? Quando estava interessado em Holmes, escrevi sobre Holmes e me diverti fazendo-o se envolver com novos enigmas; mas, depois de escrever vinte e seis histórias, cada qual com uma trama, achei que essa busca de novas tramas estava se tornando enfadonha – e, se estava se tornando enfadonha para mim, com toda certeza, argumentava, devia estar perdendo a graça para os outros.

Sabia que tinha produzido obras melhores em outros campos da literatura e, na minha opinião, *A companhia branca* valia cem histórias de Sherlock Holmes. No entanto, só porque as histórias de Sherlock Holmes eram, naquele momento, mais populares, eu estava me tornando cada vez mais conhecido como autor de Sherlock Holmes do que de *A companhia branca*. Meu trabalho inferior obscurecia o superior.

Portanto, resolvi parar com as histórias de Sherlock Holmes, e uma vez decidido não encontrei melhor maneira de fazê-lo do que simultaneamente pôr um fim a Holmes e às histórias.

Encontrava-me na Suíça para fazer uma conferência na ocasião em que arquitetei os detalhes da última história. Excursionando pelo país, cheguei a uma cachoeira. Refleti que, se um homem quisesse ter uma morte espetaculosa, aquele seria um lugar belo e romântico para tal. Isso foi o início do fluxo de ideias em que Holmes chegava a esse lugar e encontrava seu fim.

Foi assim que na realidade vim a matar Holmes. Mas, quando o fiz, surpreendi-me com o grande interesse das pessoas no seu destino. Nunca imaginei que sentiriam tanto a sua morte. Recebi cartas do mundo inteiro me censurando. Uma delas, lembro-me, era de uma senhora desconhecida que começava por "seu carniceiro".

Desde então nunca me arrependi por um só instante da decisão que tomei de matar Sherlock. Isso não significa, porém, que, uma vez morto, eu não voltasse a escrever sobre ele se quisesse, pois não há limite para o número de papéis que deixou nem para as reminiscências que o cérebro de seu biógrafo pode produzir.

Minha objeção às histórias de detetive é que só exigem uma determinada porção da faculdade imaginativa do autor, a invenção de uma trama, sem deixar margem para o desenvolvimento do personagem.

A melhor obra literária é aquela que enriquece o leitor que a lê. Ora, ninguém pode se sentir enriquecido – no sentido em que emprego a palavra – lendo Sherlock Holmes, embora tenha passado horas agradáveis na sua leitura. Não era na minha opinião um trabalho profundo, e nenhum trabalho de investigação jamais o será, sem mencionar o fato de que todo o trabalho ligado a questões criminais constitui um modo vulgar de despertar o interesse do leitor.

Por esse motivo, no início da minha carreira teria sido prejudicial dedicar demasiada atenção a Sherlock Holmes. Se tivesse prosseguido, a esta altura, não só ele estaria desgastado como também a paciência do público, e eu não teria escrito *A curiosa história de Rodney Stone*, *As façanhas do brigadeiro Gerard*, *The Stark Monro Letters*, *Os refugiados* e todos os outros livros que abordam a vida de muitas perspectivas, algumas das quais representam minhas próprias opiniões, o que Sherlock Holmes jamais fez.

Há um detalhe sobre Sherlock Holmes que provavelmente interessará àqueles que acompanharam sua carreira desde o princípio e para o qual, ao que saiba, nunca se chamou atenção. Ao tratar de assuntos criminais nossa intenção natural é manter o crime em segundo plano. Em quase metade das histórias de Sherlock Holmes, porém, no restrito senso legal nenhum crime foi realmente cometido. Ouve-se falar muito do crime e do criminoso, mas o leitor é completamente enganado. Naturalmente, nem sempre pude enganá-lo, por isso às vezes precisei lhe dar um crime e ocasionalmente tive de pintá-lo com tintas fortes.

Minha própria opinião sobre Sherlock Holmes – refiro-me ao homem que via em minha imaginação – era bem diferente daquela que o sr. Paget veiculou na *Strand Magazine*. Sinto-me, contudo, plenamente satisfeito com o trabalho dele e compreendo a aparência que deu ao personagem, e agora até estou preparado a aceitá-lo com a aparência que o sr. Paget o retratou. Na minha imaginação, porém, ele tem um nariz mais adunco, um rosto aquilino, aproximando-se mais da feição de um pele-vermelha do que da representação do artista, mas, como já disse, os desenhos do sr. Paget me agradam muito.

O mistério de Sasassa Valley

Se sei por que Tom Donahue se chama "Tom Felizardo"? Claro que sei; e isso é mais do que um em cada dez que o chamam assim podem dizer. Andei muito por este mundo no meu tempo e vi coisas estranhas, mas nenhuma mais estranha do que a que deu a Tom esse apelido e a sorte que isso lhe trouxe. Pois eu estava com ele na ocasião. Se eu conto? Ah, com todo o prazer; mas é uma história meio longa e muito estranha; portanto, voltem a encher os copos e acendam mais um cigarro enquanto tento narrá-la. É; foi muito estranha; mais do que certos contos de fadas que ouvi; mas é verdadeira, cada palavra. Há homens que ainda vivem na Colônia do Cabo, que se lembram e confirmarão o que digo. Essa história já foi contada muitas vezes ao pé da lareira nas cabanas dos bôeres de Orange State a Griqualand; no mato e nos campos de diamante também.

Estou embrutecido agora, mas frequentei o Middle Temple há tempos e estudei direito. Tom – infelizmente! – foi meu colega; nos divertimos a valer até que finalmente o nosso dinheiro foi se acabando e nos vimos obrigados a desistir dos nossos supostos estudos e procurar um lugar no mundo onde dois rapazes com braços fortes e bom físico pudessem ser bem-sucedidos. Naquela época o fluxo migratório mal começara a se encaminhar para a África e achamos que a nossa melhor chance estaria na Colônia do Cabo. Bom – para encurtar a história –, embarcamos, e o navio nos deixou na Cidade do Cabo com menos de cinco libras nos bolsos; e ali nos separamos. Cada qual por si, tentamos muitas coisas e tivemos os nossos altos e baixos; mas, quando ao fim de três anos o acaso nos levou ao interior, estávamos, sinto dizer, numa situação quase tão precária quanto aquela em que começamos.

Bom, isso não era um começo muito animador, e estávamos bem desalentados, tão desalentados que Tom falou em regressar à Inglaterra e se tornar escriturário. Pois vejam, não sabíamos que já tínhamos jogado todas as cartas baixas e que os trunfos iam começar a aparecer. Não; pensávamos que a nossa mão era inteiramente ruim. Nós nos encontrávamos numa parte muito erma do interior, habitada por uns poucos fazendeiros dispersos, cujas casas eram defendidas com paliçadas e cercas contra os ataques dos cafres. Tom Donahue e eu tínhamos um pequeno casebre no mato; mas éramos conhecidos como despossuídos e muito hábeis com os nossos revólveres; portanto, pouco tínhamos a temer. Ali esperávamos, fazendo biscates na esperança de que uma noite daquelas apareceria alguma coisa, alguma coisa que seria a nossa sorte; e é sobre aquela noite que vou lhes contar. Lembro-me bem. O vento uivava em volta do casebre e a chuva ameaçava irromper pelas janelas toscas. Tínhamos um bom fogo que crepitava e cuspia em nossa lareira, ao pé do qual eu me sentara consertando um chicote enquanto Tom se deitara no catre resmungando desconsolado contra a sorte que o levara àquele lugar.

– Anime-se, Tom, anime-se – disse. – Um homem nunca sabe o que o espera.

– Azar, azar, Jack – ele respondeu. – Sempre fui um sujeito azarado. Aqui estou há três anos neste país abominável; e vejo caras que acabaram de chegar da Inglaterra sacudindo dinheiro nos bolsos, e eu continuo tão pobre como no dia em que cheguei. Ah, Jack, se quiser manter a cabeça fora da água, amigo velho, precisa tentar sua sorte longe de mim.

– Bobagem, Tom; você está sem sorte esta noite. Mas ouça! Vem vindo alguém. Pelas pisadas deve ser Dick

Wharton; ele vai lhe animar, se é que algum homem pode fazê-lo.

Ainda não acabara de falar e a porta se abriu e o honesto Dick Wharton, com água escorrendo pelo corpo, entrou, o rosto alegre e vermelho assomando na cerração como uma lua cheia de outono. Sacudiu-se e depois de nos cumprimentar sentou-se junto à lareira para se aquecer.

– De onde vem numa noite dessas, Dick? – perguntei.
– Vai descobrir que o reumatismo é um inimigo pior do que os cafres, a não ser que arranje um horário mais decente.

Dick parecia anormalmente sério, quase assustado, diria alguém que não conhecesse o homem.

– Tive de sair – respondeu –, tive de sair. Viram uma rês de Madison perdida em Sasassa Valley, e naturalmente nenhum dos nossos negros iria àquele vale de noite; e, se esperássemos até de manhã, o animal entraria na terra dos cafres.

– Por que não iriam a Sasassa Valley de noite? – perguntou Tom.

– Cafres, suponho – respondi.

– Fantasmas – disse Dick.

Os dois rimos.

– Suponho que não deram a um sujeito prático como você a graça de sua presença? – perguntou Tom do catre.

– Deram – disse Dick sério. – Deram sim; vi as aparições de que os negros falam; e juro, rapazes, que nunca mais quero voltar a vê-las.

Tom se sentou no catre.

– Bobagem, Dick; você deve estar brincando, homem! Vamos, conte. Primeiro a lenda e depois a sua experiência. Passe a garrafa para ele, Jack.

– Bom, quanto à lenda – começou Dick –, parece que os negros tradicionalmente acreditam que Sasassa Valley é assombrado por um demônio assustador. Caçadores e viajantes que passaram pelo desfiladeiro viram seus olhos esbraseados nas sombras do paredão de rocha; e diz a lenda que, aquele que por acaso se deparou com seu olhar maléfico, dali em diante tem a vida desgraçada pelo poder maligno daquela criatura. Se isso é verdade ou não – continuou Dick pesaroso –, eu talvez tenha oportunidade de julgar por mim mesmo.

– Vamos, Dick, vamos – exclamou Tom –, conte-nos o que viu.

– Bom, eu estava andando às cegas pelo vale, procurando aquela rês do Madison, e chegara, suponho, à metade do caminho, onde uma rocha escarpada avança sobre a ravina pela direita, quando parei para tomar um trago. Tinha na ocasião os olhos postos nessa escarpa que mencionei e não notei nada de anormal. Então ergui o cantil e dei um ou dois passos à frente, quando de modo inesperado surgiu, aparentemente da base do rochedo, a uns dois metros do chão e uns noventa metros de distância, um clarão estranho e sinistro, que piscava e oscilava de intensidade, desaparecendo e reaparecendo lentamente. Não, não; já vi lagarta-de-fogo e vaga-lume: não era nada disso. Lá estava a coisa ardendo e suponho que a observei tremeluzir por uns dez minutos. Então dei um passo à frente e a coisa desapareceu instantaneamente, desapareceu como uma vela que se apaga. Recuei; mas levei algum tempo para encontrar o lugar exato e a posição de onde ela era visível. Finalmente, lá estava, aquela luz esquisita e avermelhada piscando como antes. Então reuni coragem e andei em direção à rocha; mas o solo era tão irregular que era impossível caminhar em linha reta; e, embora tenha caminhado por toda a base do penhasco, nada vi. Então rumei para casa; e posso confessar, rapazes, que, até vocês falarem, eu não tinha percebido que estava chovendo no caminho. Mas que é isso! Que aconteceu com Tom?

De fato, que acontecera? Tom agora estava com as pernas para fora do catre, e todo o seu rosto traía uma agitação tão intensa que chegava a ser dolorosa.

– O demônio teria dois olhos. Quantas luzes você viu, Dick? Fale!

– Só uma.

– Hurra! – exclamou Tom –, assim é melhor! – E dizendo isso atirou as cobertas aos pontapés no meio da sala e começou a caminhar a passos longos e febris. De repente parou diante de Dick e pôs-lhe a mão no ombro. – Diga, Dick, será que conseguiríamos chegar a Sasassa Valley antes do amanhecer?

– Duvido – respondeu Dick.

– Olhe aqui; somos velhos amigos, Dick Wharton, você e eu. Agora, não conte a mais ninguém o que nos disse durante uma semana. Vai me prometer isso; não vai?

Percebi pela expressão do rosto de Dick, ao concordar, que considerava o coitado do Tom doido; e de fato eu próprio estava confuso com a atitude dele. Vira, porém, tantas provas do bom-senso e de rapidez de raciocínio em meu amigo que achei bem possível que a história de Wharton tivesse um significado a seus olhos que eu fora obtuso demais para compreender.

A noite toda Tom Donahue esteve excitadíssimo e, quando Wharton saiu, insistiu com ele que mantivesse a promessa, não sem antes extrair dele uma descrição do lugar exato em que vira a aparição, bem como a hora em que a vira. Depois de sua partida, o que deve ter sido por volta das quatro da manhã, deitei-me no catre e fiquei observando Tom sentado ao pé da lareira emendando dois pauzinhos, até que adormeci. Suponho que devo ter dormido umas duas horas; mas, quando acordei, Tom continuava fazendo a mesma coisa quase na mesma posição. Tinha prendido um pauzinho atravessado sobre o outro de modo a formar um tosco T, e estava agora ocupado em encaixar um pauzinho menor no ângulo entre os dois, para permitir que o pauzinho horizontal pudesse ser erguido e baixado até certo ponto, quando preciso. Cortara também entalhes no pauzinho perpendicular, de modo que, com a ajuda do outro menor, a cruz pudesse se manter em qualquer posição por tempo indefinido.

– Olhe aqui, Jack! – exclamava sempre que via que eu estava acordado. – Vem cá me dar uma opinião. Suponho que eu pusesse esta cruz apontando diretamente para alguma coisa, e usasse esta menor para mantê-la em posição e a deixasse lá, acha que poderia reencontrá-la se quisesse... não acha que eu poderia, Jack... não acha? – insistia nervoso, agarrando-me pelo braço.

– Bom – eu respondia –, ia depender da distância em que a coisa se encontrasse e da precisão com que você apontasse a cruz para assinalá-la. Se a distância fosse grande, eu faria furinhos na cruz; amarrando um cordão à ponta e segurando-a à sua frente como um fio de prumo, você chegaria bem próximo do lugar que quisesse. Mas decerto, Tom, você não pretende localizar o fantasma desse jeito?

– Você verá hoje à noite, velho amigo... você verá hoje à noite. Vou levar isso para Sasassa Valley. Você pede emprestado o pé de cabra de Madison e vem comigo; mas cuide de não dizer a ninguém aonde vai e para que precisa da ferramenta.

O dia todo Tom caminhou pelo quarto ou trabalhou na peça. Seus olhos brilhavam, tinha o rosto esbraseado e todos os sintomas de febre alta. "Deus permita que o diagnóstico de Tom não esteja correto!", pensei, ao voltar com o pé de cabra; contudo, à medida que a noite se aproximava, encontrei-me imperceptivelmente partilhando a sua agitação.

Por volta das seis horas Tom se levantou e agarrou os pauzinhos.

– Não aguento mais, Jack – exclamou. – Pegue o seu pé de cabra e vamos para Sasassa Valley! O trabalho de hoje à noite, meu rapaz, ou vai nos deixar ricos ou vai nos desgraçar de vez! Leve o seu revólver, para o caso de encontrarmos cafres. Não tenho coragem de levar o meu, Jack – explicou, pondo as mãos nos meus ombros –, não tenho coragem de levar o meu porque, se a má sorte continuar a me perseguir hoje à noite, não sei o que poderia fazer com ele.

Bom, tendo enchido nossos bolsos de provisões, pusemo-nos a caminho, e, enquanto fazíamos o fatigante percurso até Sasassa Valley, tentei muitas vezes extrair de meu companheiro alguma pista que me indicasse as suas intenções. Mas sua única resposta foi:

– Vamos nos apressar, Jack. Quem sabe quantos já ouviram falar da aventura de Wharton por essas horas! Vamos nos apressar, ou talvez não sejamos os primeiros a chegar lá!

Muito bem, atravessamos penosamente as montanhas por uns 16 quilômetros; até que, finalmente, após descer um penhasco, abriu-se diante de nós uma ravina tão sombria e escura que poderia ser o próprio portal do inferno; penhascos com dezenas de metros de altura avançavam por todos os lados sobre as trilhas cravejadas de pedregulhos que atravessavam o desfiladeiro mal-assombrado em direção à terra dos cafres. A lua, espiando por cima dos penhascos, punha em relevo os contornos irregulares dos cumes das rochas, enquanto tudo embaixo eram trevas.

– Sasassa Valley? – perguntei.

– É – respondeu Tom.

Olhei para ele. Estava calmo; a vermelhidão e a febre tinham passado; seus movimentos eram lentos e deliberados. Contudo, havia uma certa rigidez em seu rosto e um brilho em seus olhos que demonstravam que chegara o momento culminante.

Entramos na garganta, tropeçando em meio aos grandes blocos de pedra. De repente ouvi Tom soltar uma exclamação breve e rápida.

– É aquele penhasco! – disse apontando para um grande vulto que assomava diante de nós na escuridão. – Agora, Jack, por favor, use os olhos! Estamos a uns 90 metros daquele penhasco, imagino; por isso, caminhe lentamente para um lado dele e farei o mesmo para o outro. Quando vir alguma coisa, pare e me chame. Não dê passos de mais de 30 centímetros e mantenha os olhos fixos naquele penhasco que está a uns 2 quilômetros e meio do chão. Está pronto?

– Estou. – A essa altura eu me sentia mais ansioso do que Tom. Qual era a sua intenção ou objetivo eu não fazia ideia, além do fato de que desejava examinar à luz do dia o trecho do penhasco de onde vinha a luz. Porém a influência da situação aventurosa e da agitação reprimida de meu companheiro era tão grande que eu não podia deixar de sentir o sangue correr pelas veias nem de contar a pulsação que sentia nas têmporas.

– Comece! – gritou Tom; e começamos a andar, ele para a direita e eu para a esquerda, cada qual com os olhos fixos na base do penhasco. Tinha caminhado talvez uns 6 metros, quando inesperadamente a coisa surgiu. Na escuridão crescente apareceu um pontinho luminoso e avermelhado, cuja luz diminuía e aumentava, piscava e flutuava, cada mudança produzindo um efeito mais estranho que a outra. A velha superstição dos cafres me veio à mente, e senti um arrepio me passar pelo corpo. Na minha agitação, dei um passo para trás e instantaneamente a luz sumiu, deixando a mais completa escuridão em seu lugar; mas, quando tornei a avançar, lá estava o fulgor avermelhado aparecendo na base do penhasco.

– Tom, Tom – gritei.

– Hein, hein! – ouvi-o responder, enquanto corria para mim.

– Lá está... lá, em cima no penhasco.

Tom colou-se a mim.

– Não vejo nada.

– Ora, lá, lá, homem, diante de você! – dei um passo à direita ao falar e a luz instantaneamente desapareceu de vista.

Mas pelas exclamações de prazer de Tom era claro que da posição onde eu estivera a luz também se tornara visível para ele.

– Jack – exclamou virando-se e apertando minha mão. – Jack, você e eu nunca mais poderemos reclamar da sorte. Agora amontoe umas pedras no lugar onde estamos parados. Isso mesmo. Agora preciso prender bem a minha cruz no alto. Assim! Seria preciso um vento forte para pô-la abaixo; e só queremos que se aguente até de manhã. Oh, Jack, meu velho, e pensar que ainda ontem estávamos falando em virar escriturários e você dizia que nenhum homem sabia o que o esperava! Por Deus, Jack, isso daria uma boa história!

Por essa altura já tínhamos firmado a cruzeta entre duas grandes pedras; e Tom se agachou e espiou pelo pauzinho horizontal. Durante uns quinze minutos puxou e ajustou o pauzinho até que finalmente, com um suspiro de satisfação, conseguiu firmar a cruz no ângulo certo e se levantou.

– Dê uma olhada, Jack – pediu. – Das pessoas que conheço você é quem sabe tirar a melhor visada.

Espiei. Lá, na distância, estava o pontinho vermelho e cintilante aparentemente na extremidade do próprio pauzinho, tal fora a exatidão de seu ajuste.

– E agora, meu amigo – disse Tom –, vamos comer alguma coisa e dormir. Não temos mais nada a fazer esta noite; mas precisaremos de toda a habilidade e força amanhã. Apanhe uns gravetos, acenda um fogo aqui e assim poderemos ficar de olho no nosso marcador e vigiar para que nada lhe aconteça durante a noite.

Bem, acendemos o fogo e jantamos com o olho do demônio de Sasassa girando e reluzindo diante de nós a noite inteira. Nem sempre no mesmo ponto, porém; porque depois do jantar, quando espiei pela cruzeta para dar mais uma olhada, não o vi em parte alguma. Essa informação, porém, não pareceu preocupar Tom de forma alguma. Apenas comentou:

– É a luz e não a coisa que se mexeu – e, voltando a se encolher, foi dormir.

De manhãzinha levantamos e fomos espiar o penhasco pela cruzeta; mas não conseguimos avistar nada, exceto uma superfície monótona e rochosa, mais áspera talvez no ponto em que a observávamos do que no resto, mas que de outro modo nada apresentava de extraordinário.

– Agora vamos à sua ideia, Jack! – disse Tom Donahue, desenrolando um barbante longo e fino da cintura. – Você amarra e me orienta enquanto eu apanho a outra ponta.

Assim dizendo, ele se afastou em direção à base do penhasco, segurando uma ponta do barbante, enquanto eu mantive a outra esticada e a enrolei pelo meio do pauzinho horizontal, passando pelo furinho da extremidade. Dessa maneira pude orientar Tom para a direita ou para a esquerda, até conseguirmos estender o barbante da cruzeta, passando pelo furinho, até o penhasco a uns 2 metros e meio do chão. Tom riscou um círculo de uns 90 centímetros de diâmetro em torno do ponto e a seguir me chamou para ir até onde estava.

– Até aqui tratamos de tudo juntos, Jack – me disse –, e descobriremos o que vamos descobrir juntos.

O círculo que traçara abrangia uma parte de rocha mais lisa do que o resto, salvo que no centro havia umas poucas saliências ásperas ou nós. Foi para uma dessas que Tom apontou com uma exclamação de prazer. Era uma massa áspera e pardacenta com o tamanho aproximado de um punho fechado de homem que parecia um caquinho de vidro sujo metido no paredão da rocha.

– E isso aí! – exclamou. – É isso aí!

– É isso o quê?

– Ora, homem, um *diamante*, e de tal porte que não há um monarca da Europa que não inveje Tom Donahue por possuí-lo. Traga seu pé de cabra e logo exorcizaremos o demônio de Sasassa Valley!

O meu assombro era tamanho que fiquei parado, mudo

de espanto, olhando para o tesouro que tão inesperadamente nos caíra nas mãos.

– Vamos, dê-me o pé de cabra – disse Tom. – Agora, usando como apoio esse calombinho do penhasco nesse ponto, talvez possamos extraí-lo. – Isso. Está saindo. Nunca pensei que saísse tão fácil. Agora, Jack, quanto mais cedo voltarmos ao nosso casebre e à Cidade do Cabo, melhor.

Embrulhamos nosso tesouro e atravessamos as montanhas a caminho de casa. No trajeto, Tom me contou que, quando era estudante de direito em Middle Temple, descobrira por acaso um panfleto na biblioteca, escrito por um tal Jans van Hounym, que contava uma experiência semelhante à nossa, por que passara aquele estimável holandês em fins do século XVII, e que resultara na descoberta de um diamante luminoso.

Fora essa narrativa que viera à cabeça de Tom ao ouvir a história de fantasma contada pelo honesto Dick Wharton; e os meios que empregara para verificar sua suposição tinham saído do seu próprio cérebro fértil de irlandês.

– Vamos levá-lo para a Cidade do Cabo – continuou Tom –, e, se não pudermos vendê-lo com vantagem lá, valerá a pena embarcarmos para Londres com ele. Mas vamos passar primeiro na casa de Madison; ele entende um pouco dessas coisas e talvez possa nos dar uma ideia do que podemos considerar um preço justo pelo tesouro.

Assim, tomamos outro rumo antes de chegarmos ao nosso casebre e prosseguimos pela trilha estreita que levava à fazenda de Madison. Ele estava almoçando quando entramos; e logo nos sentamos um de cada lado dele, gozando da hospitalidade sul-africana.

– Bom – disse ele depois que os criados se retiraram –, qual é a novidade agora? Vejo que têm uma coisa para me dizer. O que é?

Tom puxou do embrulho e solenemente desamarrou o lenço que o envolvia.

– Veja isto! – disse, pondo o cristal na mesa – Que preço diria que seria justo por essa pedra?

Madison apanhou-a e examinou-a criticamente.

– Bom – disse, tornando a pô-la na mesa –, em estado bruto uns 12 xelins por tonelada.

– 12 xelins! – exclamou Tom, pondo-se de pé. – Não está vendo o que é?

– Sal-gema!

– Sal-gema uma ova! Diamante.

– Prove! – disse Madison.

Tom levou-o à boca, atirou-o de volta com uma imprecação e saiu correndo da sala.

Eu próprio me senti triste e desapontado; mas, lembrando-me em seguida do que Tom dissera sobre a pistola, também saí e rumei para o casebre, deixando Madison boquiaberto de espanto. Quando entrei, encontrei Tom deitado no catre com o rosto virado para a parede, aparentemente deprimido demais para responder às minhas palavras de consolo.

Esconjurando Dick e Madison, o demônio de Sasassa e tudo o mais, saí do casebre e acendi o cachimbo para me acalmar depois de nossa cansativa viagem. Estava a uns 40 metros do casebre quando ouvi um som às minhas costas, o som que eu menos esperava ouvir. Se tivesse sido um gemido ou uma praga eu teria achado normal; mas o som que me fizera parar e tirar o cachimbo da boca fora uma alegre explosão de riso! No momento seguinte, o próprio Tom apareceu à porta, o rosto radiante de felicidade.

– Topa mais uma caminhada de 16 quilômetros, amigo velho?

– Quê! Para apanhar mais uma pedra de sal-gema a 12 xelins a tonelada?

– Nada disso, Hal, e você me ama – sorriu Tom. – Agora olhe aqui, Jack. Que dois idiotas nós somos de desanimar por tão pouco! Sente-se aí nesse tronco cinco minutos e você vai ver tudo claro como o dia. Você já viu muitas pedras de sal-gema encravadas num penhasco e eu também, embora tenhamos cometido um grandessíssimo engano com essa. Agora, Jack, algum dia os pedaços de sal-gema que você viu brilhando na escuridão brilhavam mais que um vaga-lume?

– Não, não posso dizer que brilhassem.

– Eu me arriscaria a profetizar que, se esperássemos até anoitecer, o que não faremos, veríamos que aquela luz continuava a faiscar entre as rochas. Portanto, Jack, quando tiramos esse pedaço de sal sem valor, tiramos o cristal errado. Não é nada estranho nessas montanhas que um pedaço de sal-gema esteja a poucos centímetros de um diamante. Chamou-nos atenção, estávamos ansiosos e assim fizemos papel de tolos e *deixamos a pedra verdadeira lá*. Pode acreditar, Jack, o diamante de Sasassa continua naquele círculo mágico de giz que fizemos no paredão do penhasco. Vamos, amigo velho, acenda o cachimbo e guarde o revólver e estaremos a caminho antes que aquele Madison tenha tempo de somar dois mais dois.

Não posso dizer que me sentisse muito animado dessa vez. De fato começara a encarar o diamante como uma arrematada maçada. Porém, em vez de jogar um balde de água fria nas esperanças de Tom, disse que estava ansioso para partir. Que caminhada aquela! Tom sempre foi um bom montanhista, mas sua agitação parecia emprestar-lhe asas naquele dia, enquanto eu procurava acompanhá-lo o melhor que podia aos tropeções. Quando chegamos a uns 800 metros do local, ele acelerou o passo e não parou até alcançar o círculo de giz branco no penhasco. Pobre Tom! Quando me aproximei, seu humor mudara e ele estava parado com as mãos nos bolsos, o olhar perdido na distância e um ar de pesar no rosto.

– Olhe! – disse. – Olhe! – e apontava para o penhasco. Não havia sinal de nada que se parecesse com um diamante ali. O círculo não abrangia nada além da pedra cinzenta, com um grande buraco, onde tínhamos extraído o sal-gema e uma ou duas mossas menores. Nem sinal da pedra.

– Já examinei cada centímetro – disse o coitado do Tom. – Não está lá. Alguém esteve aqui, reparou no giz e o retirou. – Vamos voltar para casa, Jack; estou farto e cansado. Ah! Será que algum homem teve uma sorte como a minha?!

Virei-me para ir, mas dei uma última olhada no penhasco primeiro. Tom já se distanciara uns dez passos.

– Veja! – exclamei –, não reparou nenhuma diferença naquele círculo desde ontem?

– Que quer dizer com isso? – perguntou Tom.

– Não está dando por falta de uma coisa que estava ali antes?

– O sal-gema?

– Não; o calombinho redondo que usamos como ponto de apoio. Imagino que devemos tê-lo arrancado ao usar a alavanca. Vamos ver de que é feito.

Assim, procuramos entre as pedras soltas na base do penhasco.

– Achei, Jack! Conseguimos finalmente! Estamos ricos, homem!

Virei-me e lá estava Tom radiante de felicidade, com um pedacinho de pedra negra na mão. À primeira vista parecia apenas uma lasca do penhasco; mas junto à base projetava-se um objeto para o qual Tom agora apontava exultante. A princípio parecia com um olho de vidro; mas possuía uma profundidade e um brilho que o vidro nunca foi capaz de apresentar. Não havia engano dessa vez; sem dúvida estávamos de posse de uma joia de grande valor; e de coração leve nos afastamos do vale, levando conosco o "demônio" que durante tanto tempo reinara ali.

Caros senhores, já estiquei muito a minha história e talvez os tenha cansado. Sabem, quando começo a falar dos velhos tempos de provação, meio que vejo o nosso casebre e o regato que corria ao lado dele, o mato a toda volta e me parece ouvir a voz honesta de Tom mais uma vez. Resta pouco a dizer. Prosperamos com a pedra. Tom Donahue, como sabem, radicou-se lá e é muito conhecido na cidade. Eu me dei bem cultivando e criando avestruzes na África. Ajudamos Dick Wharton a abrir um negócio e ele é um dos nossos vizinhos mais próximos. Se algum dia aparecerem por lá, não esqueçam de perguntar por Jack Turnbull – Jack Turnbull da Fazenda Sasassa.

COMO CONAN DOYLE FEZ SUA LISTA

MINHAS AVENTURAS FAVORITAS DE SHERLOCK HOLMES

Quando essa competição foi discutida pela primeira vez entrei nela displicentemente, achando que seria a coisa mais fácil do mundo escolher as doze melhores histórias de Holmes. Na prática descobri que havia assumido uma tarefa complicada. Em primeiro lugar tinha de ler as histórias com alguma atenção. "Eta canseira desalmada", como diria uma senhoria que conheci.

Comecei por eliminar de todo as últimas doze histórias que se encontram dispersas na *Strand* dos últimos cinco ou seis anos. Estão em via de serem publicadas em livro sob o título *O último adeus de Sherlock Holmes*, mas o público não teria acesso fácil a elas. Se pudessem ser lidas eu teria escolhido duas delas: "A juba do leão" e "O cliente ilustre". A primeira dessas é prejudicada por ser contada pelo próprio Sherlock, um método que empreguei apenas duas vezes, e que definitivamente tolhe a narrativa. Por outro lado, a trama em si está entre as melhores da série e mereceria o destaque. Já "O cliente ilustre" não se distingue pela trama, mas possui uma certa teatralidade e se desenvolve de maneira interessante, em círculos, de modo que também mereceria um lugar entre as doze.

No entanto, excluídas essas duas, deparo-me agora com umas quarenta e tantas candidatas que devem ser comparadas umas às outras. Há sem dúvida algumas cujo eco chegou-me de todas as partes do mundo e creio que isso é prova final de certo merecimento. Há a assustadora história da serpente, "A faixa malhada". Essa, tenho certeza, estará em todas as listas. A seguir, tanto na minha estima quanto na do público, eu colocaria "A liga dos cabeça-vermelha" e "Os dançarinos", ambos os casos pela originalidade da trama. Assim, não poderíamos deixar de fora a história sobre o único inimigo que realmente engrandeceu Holmes e que enganou o público (e Watson) fazendo-os inferir erroneamente a sua morte. Creio que a primeira história da série também deveria entrar, pois abriu caminho para as outras e tem mais interesse para as mulheres do que normalmente. E, por último, acho que a história que explica a difícil tarefa de justificar a pretensa morte de Holmes, ao mesmo tempo que apresenta um vilão da categoria do coronel Sebastian Moran, deveria merecer um lugar. Isso coloca "O problema final", "Um escândalo na boêmia" e "A casa vazia" na nossa lista e teremos completado a primeira meia dúzia.

Mas agora surge o problema crucial. Há um certo número de histórias que são na realidade difíceis de separar. De um modo geral creio que encontraria lugar para "As cinco sementes de laranja", que embora curta possui uma certa teatralidade própria. Portanto, restam apenas cinco lugares a preencher. Há duas histórias que envolvem a alta diplomacia e a intriga. Estão entre as melhores da série. Uma é "O tratado naval" e a outra, "A segunda mancha". Não há lugar para as duas na lista e no todo considero a última melhor. Portanto, vamos escolhê-la para o oitavo lugar.

E agora? "O pé do diabo" tem mérito. É sinistra e nova. Vamos dar-lhe o nono lugar. Creio que também "A escola do priorado" merece um lugar, ainda que apenas pelo momento dramático em que Holmes aponta o dedo para o duque. Só tenho mais dois lugares. Hesito entre "Silver Blaze", "Os planos do submarino Bruce-Partington", "O corcunda", "O homem do lábio torcido", "A tragédia do 'Gloria Scott' ",

"O intérprete grego", "Os magnatas de Reigate", "O ritual Musgrave" e "O residente internado". Em que devo me basear para escolher duas entre todas essas? O detalhe das corridas em "Silver Blaze" deixa muito a desejar, de modo que devemos desqualificá-la. Mas há pouco que escolher entre as demais. Um pequeno detalhe pode pesar. "O ritual Musgrave" tem um toque histórico que lhe acrescenta distinção. É também uma lembrança da vida de Holmes. E assim chegamos à última. Seria preferível tirar o nome de um saco, pois não vejo razão para preferir uma a outra. Quaisquer que sejam seu méritos – e não digo que tenham –, todas são tão boas quanto me seria possível fazê-las. No total talvez Holmes demonstre mais inventividade em "Os magnatas de Reigate", portanto essa será a décima segunda da lista.

É proverbialmente errado que um juiz justifique seu julgamento, mas analisei o meu, ainda que apenas para mostrar aos meus concorrentes que realmente me debrucei sobre a questão.

A lista, portanto, é a seguinte:

1. A faixa malhada
2. A liga dos cabeça-vermelha
3. Os dançarinos
4. O problema final
5. Um escândalo na Boêmia
6. A casa vazia
7. As cinco sementes de laranja
8. A segunda mancha
9. O pé do diabo
10. A escola do priorado
11. O ritual Musgrave
12. Os magnatas de Reigate

Coleção **L&PM** POCKET (LANÇAMENTOS MAIS RECENTES)

- 153. **Intervalo amoroso** – A. Romano de Sant'Anna
- 154. **Memorial de Aires** – Machado de Assis
- 155. **Naufrágios e comentários** – Cabeza de Vaca
- 156. **Ubirajara** – José de Alencar
- 157. **Textos anarquistas** – Bakunin
- 159. **Amor de salvação** – Camilo Castelo Branco
- 160. **O gaúcho** – José de Alencar
- 161. **O livro das maravilhas** – Marco Polo
- 162. **Inocência** – Visconde de Taunay
- 163. **Helena** – Machado de Assis
- 164. **Uma estação de amor** – Horácio Quiroga
- 165. **Poesia reunida** – Martha Medeiros
- 166. **Memórias de Sherlock Holmes** – Conan Doyle
- 167. **A vida de Mozart** – Stendhal
- 168. **O primeiro terço** – Neal Cassady
- 169. **O mandarim** – Eça de Queiroz
- 170. **Um espinho de marfim** – Marina Colasanti
- 171. **A ilustre Casa de Ramires** – Eça de Queiroz
- 172. **Lucíola** – José de Alencar
- 173. **Antígona** – Sófocles – trad. Donaldo Schüler
- 174. **Otelo** – William Shakespeare
- 175. **Antologia** – Gregório de Matos
- 176. **A liberdade de imprensa** – Karl Marx
- 177. **Casa de pensão** – Aluísio Azevedo
- 178. **São Manuel Bueno, Mártir** – Unamuno
- 179. **Primaveras** – Casimiro de Abreu
- 180. **O noviço** – Martins Pena
- 181. **O sertanejo** – José de Alencar
- 182. **Eurico, o presbítero** – Alexandre Herculano
- 183. **O signo dos quatro** – Conan Doyle
- 184. **Sete anos no Tibet** – Heinrich Harrer
- 185. **Vagamundo** – Eduardo Galeano
- 186. **De repente acidentes** – Carl Solomon
- 187. **As minas de Salomão** – Rider Haggar
- 188. **Uivo** – Allen Ginsberg
- 189. **A ciclista solitária** – Conan Doyle
- 190. **Os seis bustos de Napoleão** – Conan Doyle
- 191. **Cortejo do divino** – Nelida Piñon
- 194. **Os crimes do amor** – Marquês de Sade
- 195. **Besame Mucho** – Mário Prata
- 196. **Tuareg** – Alberto Vázquez-Figueroa
- 197. **O longo adeus** – Raymond Chandler
- 198. **Notas de um velho safado** – Bukowski
- 200. **111 ais** – Dalton Trevisan
- 201. **O nariz** – Nicolai Gogol
- 202. **O capote** – Nicolai Gogol
- 203. **Macbeth** – William Shakespeare
- 204. **Heráclito** – Donaldo Schüler
- 205. **Você deve desistir, Osvaldo** – Cyro Martins
- 206. **Memórias de Garibaldi** – A. Dumas
- 207. **A arte da guerra** – Sun Tzu
- 208. **Fragmentos** – Caio Fernando Abreu
- 209. **Festa no castelo** – Moacyr Sclíar
- 210. **O grande deflorador** – Dalton Trevisan
- 212. **Homem do príncipio ao fim** – Millôr Fernandes
- 213. **Aline e seus dois namorados (1)** – A. Itturusgarai
- 214. **A juba do leão** – Sir Arthur Conan Doyle
- 215. **Assassino metido a esperto** – R. Chandler
- 216. **Confissões de um comedor de ópio** – Thomas De Quincey
- 217. **Os sofrimentos do jovem Werther** – Goethe
- 218. **Fedra** – Racine / Trad. Millôr Fernandes
- 219. **O vampiro de Sussex** – Conan Doyle
- 220. **Sonho de uma noite de verão** – Shakespeare
- 221. **Dias e noites de amor e de guerra** – Galeano
- 222. **O Profeta** – Khalil Gibran
- 223. **Flávia, cabeça, tronco e membros** – M. Fernandes
- 224. **Guia da ópera** – Jeanne Suhamy
- 225. **Macário** – Álvares de Azevedo
- 226. **Etiqueta na prática** – Celia Ribeiro
- 227. **Manifesto do Partido Comunista** – Marx & Engels
- 228. **Poemas** – Millôr Fernandes
- 229. **Um inimigo do povo** – Henrik Ibsen
- 230. **O paraíso destruído** – Frei B. de las Casas
- 231. **O gato no escuro** – Josué Guimarães
- 232. **O mágico de Oz** – L. Frank Baum
- 233. **Armas no Cyrano's** – Raymond Chandler
- 234. **Max e os felinos** – Moacyr Sclíar
- 235. **Nos céus de Paris** – Alcy Cheuiche
- 236. **Os bandoleiros** – Schiller
- 237. **A primeira coisa que eu botei na boca** – Deonísio da Silva
- 238. **As aventuras de Simbad, o marújo**
- 239. **O retrato de Dorian Gray** – Oscar Wilde
- 240. **A carteira de meu tio** – J. Manuel de Macedo
- 241. **A luneta mágica** – J. Manuel de Macedo
- 242. **A metamorfose** – Franz Kafka
- 243. **A flecha de ouro** – Joseph Conrad
- 244. **A ilha do tesouro** – R. L. Stevenson
- 245. **Marx - Vida & Obra** – José A. Giannotti
- 246. **Gênesis**
- 247. **Unidos para sempre** – Ruth Rendell
- 248. **A arte de amar** – Ovídio
- 249. **O sono eterno** – Raymond Chandler
- 250. **Novas receitas do Anonymous Gourmet** – J.A.P.M.
- 251. **A nova catacumba** – Arthur Conan Doyle
- 252. **Dr. Negro** – Arthur Conan Doyle
- 253. **Os voluntários** – Moacyr Sclíar
- 254. **A bela adormecida** – Irmãos Grimm
- 255. **O príncipe sapo** – Irmãos Grimm
- 256. **Confissões e Memórias** – H. Heine
- 257. **Viva o Alegrete** – Sergio Faraco
- 258. **Vou estar esperando** – R. Chandler
- 259. **A senhora Beate e seu filho** – Schnitzler
- 260. **O ovo apunhalado** – Caio Fernando Abreu
- 261. **O ciclo das águas** – Moacyr Sclíar
- 262. **Millôr Definitivo** – Millôr Fernandes
- 264. **Viagem ao centro da Terra** – Júlio Verne
- 265. **A dama do lago** – Raymond Chandler
- 266. **Caninos brancos** – Jack London
- 267. **O médico e o monstro** – R. L. Stevenson
- 268. **A tempestade** – William Shakespeare
- 269. **Assassinatos na rua Morgue** – E. Allan Poe
- 270. **99 corruíras nanicas** – Dalton Trevisan
- 271. **Broquéis** – Cruz e Sousa
- 272. **Mês de cães danados** – Moacyr Sclíar
- 273. **Anarquistas – vol. 1 – A idéia** – G. Woodcock
- 274. **Anarquistas – vol. 2 – O movimento** – G. Woodcock
- 275. **Pai e filho, filho e pai** – Moacyr Sclíar
- 276. **As aventuras de Tom Sawyer** – Mark Twain
- 277. **Muito barulho por nada** – W. Shakespeare

278. **Elogio da loucura** – Erasmo
279. **Autobiografia de Alice B. Toklas** – G. Stein
280. **O chamado da floresta** – J. London
281. **Uma agulha para o diabo** – Ruth Rendell
282. **Verdes vales do fim do mundo** – A. Bivar
283. **Ovelhas negras** – Caio Fernando Abreu
284. **O fantasma de Canterville** – O. Wilde
285. **Receitas de Yayá Ribeiro** – Celia Ribeiro
286. **A galinha degolada** – H. Quiroga
287. **O último adeus de Sherlock Holmes** – A. Conan Doyle
288. **A. Gourmet *em* Histórias de cama & mesa** – J. A. Pinheiro Machado
289. **Topless** – Martha Medeiros
290. **Mais receitas do Anonymous Gourmet** – J. A. Pinheiro Machado
291. **Origens do discurso democrático** – D. Schüler
292. **Humor politicamente incorreto** – Nani
293. **O teatro do bem e do mal** – E. Galeano
294. **Garibaldi & Manoela** – J. Guimarães
295. **10 dias que abalaram o mundo** – John Reed
296. **Numa fria** – Bukowski
297. **Poesia de Florbela Espanca** vol. 1
298. **Poesia de Florbela Espanca** vol. 2
299. **Escreva certo** – E. Oliveira e M. E. Bernd
300. **O vermelho e o negro** – Stendhal
301. **Ecce homo** – Friedrich Nietzsche
302. (7).**Comer bem, sem culpa** – Dr. Fernando Lucchese, A. Gourmet e Iotti
303. **O livro de Cesário Verde** – Cesário Verde
305. **100 receitas de macarrão** – S. Lancellotti
306. **160 receitas de molhos** – S. Lancellotti
307. **100 receitas light** – H. e Á. Tonetto
308. **100 receitas de sobremesas** – Celia Ribeiro
309. **Mais de 100 dicas de churrasco** – Leon Diziekaniak
310. **100 receitas de acompanhamentos** – C. Cabeda
311. **Honra ou vendetta** – S. Lancellotti
312. **A alma do homem sob o socialismo** – Oscar Wilde
313. **Tudo sobre Yôga** – Mestre De Rose
314. **Os varões assinalados** – Tabajara Ruas
315. **Édipo em Colono** – Sófocles
316. **Lisistrata** – Aristófanes / trad. Millôr
317. **Sonhos de Bunker Hill** – John Fante
318. **Os deuses de Raquel** – Moacyr Scliar
319. **O colosso de Marússia** – Henry Miller
320. **As eruditas** – Molière / trad. Millôr
321. **Radicci 1** – Iotti
322. **Os Sete contra Tebas** – Ésquilo
323. **Brasil Terra à vista** – Eduardo Bueno
324. **Radicci 2** – Iotti
325. **Júlio César** – William Shakespeare
326. **A carta de Pero Vaz de Caminha**
327. **Cozinha Clássica** – Sílvio Lancellotti
328. **Madame Bovary** – Gustave Flaubert
329. **Dicionário do viajante insólito** – M. Scliar
330. **O capitão saiu para o almoço...** – Bukowski
331. **A carta roubada** – Edgar Allan Poe
332. **É tarde para saber** – Josué Guimarães
333. **O livro de bolso da Astrologia** – Maggy Harrisonx e Mellina Li
334. **1933 foi um ano ruim** – John Fante
335. **100 receitas de arroz** – Aninha Comas
336. **Guia prático do Português correto – vol. 1** – Cláudio Moreno
337. **Bartleby, o escriturário** – H. Melville
338. **Enterrem meu coração na curva do rio** – Dee Brown
339. **Um conto de Natal** – Charles Dickens
340. **Cozinha sem segredos** – J. A. P. Machado
341. **A dama das Camélias** – A. Dumas Filho
342. **Alimentação saudável** – H. e Á. Tonetto
343. **Continhos galantes** – Dalton Trevisan
344. **A Divina Comédia** – Dante Alighieri
345. **A Dupla Sertanojo** – Santiago
346. **Cavalos do amanhecer** – Mario Arregui
347. **Biografia de Vincent van Gogh por sua cunhada** – Jo van Gogh-Bonger
348. **Radicci 3** – Iotti
349. **Nada de novo no front** – E. M. Remarque
350. **A hora dos assassinos** – Henry Miller
351. **Flush – Memórias de um cão** – Virginia Woolf
352. **A guerra no Bom Fim** – M. Scliar
353. (1). **O caso Saint-Fiacre** – Simenon
354. (2). **Morte na alta sociedade** – Simenon
355. (3). **O cão amarelo** – Simenon
356. (4). **Maigret e o homem do banco** – Simenon
357. **As uvas e o vento** – Pablo Neruda
358. **On the road** – Jack Kerouac
359. **O coração amarelo** – Pablo Neruda
360. **Livro das perguntas** – Pablo Neruda
361. **Noite de Reis** – William Shakespeare
362. **Manual de Ecologia (vol.1)** – J. Lutzenberger
363. **O mais longo dos dias** – Cornelius Ryan
364. **Foi bom prá você?** – Nani
365. **Crepusculário** – Pablo Neruda
366. **A comédia dos erros** – Shakespeare
367. (5). **A primeira investigação de Maigret** – Simenon
368. (6). **As férias de Maigret** – Simenon
369. **Mate-me por favor (vol.1)** – L. McNeil
370. **Mate-me por favor (vol.2)** – L. McNeil
371. **Carta ao pai** – Kafka
372. **Os vagabundos iluminados** – J. Kerouac
373. (7). **O enforcado** – Simenon
374. (8). **A fúria de Maigret** – Simenon
375. **Vargas, uma biografia política** – H. Silva
376. **Poesia reunida (vol.1)** – A. R. de Sant'Anna
377. **Poesia reunida (vol.2)** – A. R. de Sant'Anna
378. **Alice no país do espelho** – Lewis Carroll
379. **Residência na Terra 1** – Pablo Neruda
380. **Residência na Terra 2** – Pablo Neruda
381. **Terceira Residência** – Pablo Neruda
382. **O delírio amoroso** – Bocage
383. **Futebol ao sol e à sombra** – E. Galeano
384. (9). **O porto das brumas** – Simenon
385. (10). **Maigret e seu morto** – Simenon
386. **Radicci 4** – Iotti
387. **Boas maneiras & sucesso nos negócios** – Celia Ribeiro
388. **Uma história Farroupilha** – M. Scliar
389. **Na mesa ninguém envelhece** – J. A. Pinheiro Machado
390. **200 receitas inéditas do Anonymus Gourmet** – J. A. Pinheiro Machado
391. **Guia prático do Português correto – vol.2** – Cláudio Moreno
392. **Breviário das terras do Brasil** – Assis Brasil
393. **Cantos Cerimoniais** – Pablo Neruda
394. **Jardim de Inverno** – Pablo Neruda

395. **Antonio e Cleópatra** – William Shakespeare
396. **Tróia** – Cláudio Moreno
397. **Meu tio matou um cara** – Jorge Furtado
398. **O anatomista** – Federico Andahazi
399. **As viagens de Gulliver** – Jonathan Swift
400. **Dom Quixote** – (v. 1) – Miguel de Cervantes
401. **Dom Quixote** – (v. 2) – Miguel de Cervantes
402. **Sozinho no Pólo Norte** – Thomaz Brandolin
403. **Matadouro 5** – Kurt Vonnegut
404. **Delta de Vênus** – Anaïs Nin
405. **O melhor de Hagar 2** – Dik Browne
406. **É grave Doutor?** – Nani
407. **Orai pornô** – Nani
408. (11).**Maigret em Nova York** – Simenon
409. (12).**O assassino sem rosto** – Simenon
410. (13).**O mistério das jóias roubadas** – Simenon
411. **A irmãzinha** – Raymond Chandler
412. **Três contos** – Gustave Flaubert
413. **De ratos e homens** – John Steinbeck
414. **Lazarilho de Tormes** – Anônimo do séc. XVI
415. **Triângulo das águas** – Caio Fernando Abreu
416. **100 receitas de carnes** – Sílvio Lancellotti
417. **Histórias de robôs:** vol. 1 – org. Isaac Asimov
418. **Histórias de robôs:** vol. 2 – org. Isaac Asimov
419. **Histórias de robôs:** vol. 3 – org. Isaac Asimov
420. **O país dos centauros** – Tabajara Ruas
421. **A república de Anita** – Tabajara Ruas
422. **A carga dos lanceiros** – Tabajara Ruas
423. **Um amigo de Kafka** – Isaac Singer
424. **As alegres matronas de Windsor** – Shakespeare
425. **Amor e exílio** – Isaac Bashevis Singer
426. **Use & abuse do seu signo** – Marília Fiorillo e Marylou Simonsen
427. **Pigmaleão** – Bernard Shaw
428. **As fenícias** – Eurípides
429. **Everest** – Thomaz Brandolin
430. **A arte de furtar** – Anônimo do séc. XVI
431. **Billy Bud** – Herman Melville
432. **A rosa separada** – Pablo Neruda
433. **Elegia** – Pablo Neruda
434. **A garota de Cassidy** – David Goodis
435. **Como fazer a guerra: máximas de Napoleão** – Balzac
436. **Poemas escolhidos** – Emily Dickinson
437. **Gracias por el fuego** – Mario Benedetti
438. **O sofá** – Crébillon Fils
439. **O "Martín Fierro"** – Jorge Luis Borges
440. **Trabalhos de amor perdidos** – W. Shakespeare
441. **O melhor de Hagar 3** – Dik Browne
442. **Os Maias (volume1)** – Eça de Queiroz
443. **Os Maias (volume2)** – Eça de Queiroz
444. **Anti-Justine** – Restif de La Bretonne
445. **Juventude** – Joseph Conrad
446. **Contos** – Eça de Queiroz
447. **Janela para a morte** – Raymond Chandler
448. **Um amor de Swann** – Marcel Proust
449. **À paz perpétua** – Immanuel Kant
450. **A conquista do México** – Hernan Cortez
451. **Defeitos escolhidos e 2000** – Pablo Neruda
452. **O casamento do céu e do inferno** – William Blake
453. **A primeira viagem ao redor do mundo** – Antonio Pigafetta
454. (14).**Uma sombra na janela** – Simenon
455. (15).**A noite da encruzilhada** – Simenon
456. (16).**A velha senhora** – Simenon
457. **Sartre** – Annie Cohen-Solal
458. **Discurso do método** – René Descartes
459. **Garfield em grande forma (1)** – Jim Davis
460. **Garfield está de dieta** (2) – Jim Davis
461. **O livro das feras** – Patricia Highsmith
462. **Viajante solitário** – Jack Kerouac
463. **Auto da barca do inferno** – Gil Vicente
464. **O livro vermelho dos pensamentos de Millôr** – Millôr Fernandes
465. **O livro dos abraços** – Eduardo Galeano
466. **Voltaremos!** – José Antonio Pinheiro Machado
467. **Rango** – Edgar Vasques
468. (8).**Dieta mediterrânea** – Dr. Fernando Lucchese e José Antonio Pinheiro Machado
469. **Radicci 5** – Iotti
470. **Pequenos pássaros** – Anaïs Nin
471. **Guia prático do Português correto – vol.3** – Cláudio Moreno
472. **Atire no pianista** – David Goodis
473. **Antologia Poética** – García Lorca
474. **Alexandre e César** – Plutarco
475. **Uma espiã na casa do amor** – Anaïs Nin
476. **A gorda do Tiki Bar** – Dalton Trevisan
477. **Garfield um gato de peso (3)** – Jim Davis
478. **Canibais** – David Coimbra
479. **A arte de escrever** – Arthur Schopenhauer
480. **Pinóquio** – Carlo Collodi
481. **Misto-quente** – Bukowski
482. **A lua na sarjeta** – David Goodis
483. **O melhor do Recruta Zero (1)** – Mort Walker
484. **Aline: TPM – tensão pré-monstrual (2)** – Adão Iturrusgarai
485. **Sermões do Padre Antonio Vieira**
486. **Garfield numa boa (4)** – Jim Davis
487. **Mensagem** – Fernando Pessoa
488. **Vendeta** *seguido de* **A paz conjugal** – Balzac
489. **Poemas de Alberto Caeiro** – Fernando Pessoa
490. **Ferragus** – Honoré de Balzac
491. **A duquesa de Langeais** – Honoré de Balzac
492. **A menina dos olhos de ouro** – Honoré de Balzac
493. **O lírio do vale** – Honoré de Balzac
494. (17).**A barcaça da morte** – Simenon
495. (18).**As testemunhas rebeldes** – Simenon
496. (19).**Um engano de Maigret** – Simenon
497. (1).**A noite das bruxas** – Agatha Christie
498. (2).**Um passe de mágica** – Agatha Christie
499. (3).**Nêmesis** – Agatha Christie
500. **Esboço para uma teoria das emoções** – Sartre
501. **Renda básica de cidadania** – Eduardo Suplicy
502. (1).**Pílulas para viver melhor** – Dr. Lucchese
503. (2).**Pílulas para prolongar a juventude** – Dr. Lucchese
504. (3).**Desembarcando o diabetes** – Dr. Lucchese
505. (4).**Desembarcando o sedentarismo** – Dr. Fernando Lucchese e Cláudio Castro
506. (5).**Desembarcando a hipertensão** – Dr. Lucchese
507. (6).**Desembarcando o colesterol** – Dr. Fernando Lucchese e Fernanda Lucchese
508. **Estudos de mulher** – Balzac
509. **O terceiro tira** – Flann O'Brien
510. **100 receitas de aves e ovos** – J. A. P. Machado
511. **Garfield em toneladas de diversão (5)** – Jim Davis

512. **Trem-bala** – Martha Medeiros
513. **Os cães ladram** – Truman Capote
514. **O Kama Sutra de Vatsyayana**
515. **O crime do Padre Amaro** – Eça de Queiroz
516. **Odes de Ricardo Reis** – Fernando Pessoa
517. **O inverno da nossa desesperança** – Steinbeck
518. **Piratas do Tietê (1)** – Laerte
519. **Rê Bordosa: do começo ao fim** – Angeli
520. **O Harlem é escuro** – Chester Himes
521. **Café-da-manhã dos campeões** – Kurt Vonnegut
522. **Eugénie Grandet** – Balzac
523. **O último magnata** – F. Scott Fitzgerald
524. **Carol** – Patricia Highsmith
525. **100 receitas de patisseria** – Silvio Lancellotti
526. **O fator humano** – Graham Greene
527. **Tristessa** – Jack Kerouac
528. **O diamante do tamanho do Ritz** – F. Scott Fitzgerald
529. **As melhores histórias de Sherlock Holmes** – Arthur Conan Doyle
530. **Cartas a um jovem poeta** – Rilke
531.(20). **Memórias de Maigret** – Simenon
532.(4). **O misterioso sr. Quin** – Agatha Christie
533. **Os analectos** – Confúcio
534.(21). **Maigret e os homens de bem** – Simenon
535.(22). **O medo de Maigret** – Simenon
536. **Ascensão e queda de César Birotteau** – Balzac
537. **Sexta-feira negra** – David Goodis
538. **Ora bolas – O humor de Mario Quintana** – Juarez Fonseca
539. **Longe daqui aqui mesmo** – Antonio Bivar
540.(5). **É fácil matar** – Agatha Christie
541. **O pai Goriot** – Balzac
542. **Brasil, um país do futuro** – Stefan Zweig
543. **O processo** – Kafka
544. **O melhor do Hagar 4** – Dik Browne
545.(6). **Por que não pediram a Evans?** – Agatha Christie
546. **Fanny Hill** – John Cleland
547. **O gato por dentro** – William S. Burroughs
548. **Sobre a brevidade da vida** – Sêneca
549. **Geraldão (1)** – Glauco
550. **Piratas do Tietê (2)** – Laerte
551. **Pagando o pato** – Ciça
552. **Garfield de bom humor (6)** – Jim Davis
553. **Conhece o Mário!** vol.1 – Santiago
554. **Radicci 6** – Iotti
555. **Os subterrâneos** – Jack Kerouac
556.(1). **Balzac** – François Taillandier
557.(2). **Modigliani** – Christian Parisot
558.(3). **Kafka** – Gérard-Georges Lemaire
559.(4). **Júlio César** – Joël Schmidt
560. **Receitas da família** – J. A. Pinheiro Machado
561. **Boas maneiras à mesa** – Celia Ribeiro
562.(9). **Filhos sadios, pais felizes** – R. Pagnoncelli
563.(10). **Fatos & mitos** – Dr. Fernando Lucchese
564. **Ménage à trois** – Paula Taitelbaum
565. **Mulheres!** – David Coimbra
566. **Poemas de Álvaro de Campos** – Fernando Pessoa
567. **Medo e outras histórias** – Stefan Zweig
568. **Snoopy e sua turma (1)** – Schulz
569. **Piadas para sempre (1)** – Visconde da Casa Verde
570. **O alvo móvel** – Ross Macdonald
571. **O melhor do Recruta Zero (2)** – Mort Walker
572. **Um sonho americano** – Norman Mailer
573. **Os broncos também amam** – Angeli
574. **Crônica de um amor louco** – Bukowski
575.(5). **Freud** – René Major e Chantal Talagrand
576.(6). **Picasso** – Gilles Plazy
577.(7). **Gandhi** – Christine Jordis
578. **A tumba** – H. P. Lovecraft
579. **O príncipe e o mendigo** – Mark Twain
580. **Garfield, um charme de gato (7)** – Jim Davis
581. **Ilusões perdidas** – Balzac
582. **Esplendores e misérias das cortesãs** – Balzac
583. **Walter Ego** – Angeli
584. **Striptiras (1)** – Laerte
585. **Fagundes: um puxa-saco de mão cheia** – Laerte
586. **Depois do último trem** – Josué Guimarães
587. **Ricardo III** – Shakespeare
588. **Lona Anja** – Josué Guimarães
589. **24 horas na vida de uma mulher** – Stefan Zweig
590. **O terceiro homem** – Graham Greene
591. **Mulher no escuro** – Dashiell Hammett
592. **No que acredito** – Bertrand Russell
593. **Odisséia (1): Telemaquia** – Homero
594. **O cavalo cego** – Josué Guimarães
595. **Henrique V** – Shakespeare
596. **Fabulário geral do delírio cotidiano** – Bukowski
597. **Tiros na noite 1: A mulher do bandido** – Dashiell Hammett
598. **Snoopy em Feliz Dia dos Namorados! (2)** – Schulz
599. **Mas não se matam cavalos?** – Horace McCoy
600. **Crime e castigo** – Dostoiévski
601.(7). **Mistério no Caribe** – Agatha Christie
602. **Odisséia (2): Regresso** – Homero
603. **Piadas para sempre (2)** – Visconde da Casa Verde
604. **À sombra do vulcão** – Malcolm Lowry
605.(8). **Kerouac** – Yves Buin
606. **E agora são cinzas** – Angeli
607. **As mil e uma noites** – Paulo Caruso
608. **24 horas entre nós** – Ruth Rendell
609. **Crack-up** – F. Scott Fitzgerald
610. **Do amor** – Stendhal
611. **Cartas do Yage** – William Burroughs e Allen Ginsberg
612. **Striptiras (2)** – Laerte
613. **Henry & June** – Anaïs Nin
614. **A piscina mortal** – Ross Macdonald
615. **Geraldão (2)** – Glauco
616. **Tempo de delicadeza** – A. R. de Sant'Anna
617. **Tiros na noite 2: Medo de tiro** – Dashiell Hammett
618. **Snoopy em Assim é a vida, Charlie Brown! (3)** – Schulz
619. **1954 – Um tiro no coração** – Hélio Silva
620. **Sobre a inspiração poética (Íon)** e ... – Platão
621. **Garfield e seus amigos (8)** – Jim Davis
622. **Odisséia (3): Ítaca** – Homero
623. **A louca matança** – Chester Himes
624. **Factótum** – Bukowski
625. **Guerra e Paz: volume 1** – Tolstói
626. **Guerra e Paz: volume 2** – Tolstói
627. **Guerra e Paz: volume 3** – Tolstói
628. **Guerra e Paz: volume 4** – Tolstói

629(9). **Shakespeare** – Claude Mourthé
630. **Bem está o que bem acaba** – Shakespeare
631. **O contrato social** – Rousseau
632. **Geração Beat** – Jack Kerouac
633. **Snoopy: É Natal! (4)** – Charles Schulz
634(8). **Testemunha da acusação** – Agatha Christie
635. **Um elefante no caos** – Millôr Fernandes
636. **Guia de leitura (100 autores que você precisa ler)** – Organização de Léa Masina
637. **Pistoleiros também mandam flores** – David Coimbra
638. **O prazer das palavras** – vol. 1 – Cláudio Moreno
639. **O prazer das palavras** – vol. 2 – Cláudio Moreno
640. **Novíssimo testamento: com Deus e o diabo, a dupla da criação** – Iotti
641. **Literatura Brasileira: modos de usar** – Luís Augusto Fischer
642. **Dicionário de Porto-Alegrês** – Luís A. Fischer
643. **Clô Dias & Noites** – Sérgio Jockymann
644. **Memorial de Isla Negra** – Pablo Neruda
645. **Um homem extraordinário e outras histórias** – Tchékhov
646. **Ana sem terra** – Alcy Cheuiche
647. **Adultérios** – Woody Allen
648. **Para sempre ou nunca mais** – R. Chandler
649. **Nosso homem em Havana** – Graham Greene
650. **Dicionário Caldas Aulete de Bolso**
651. **Snoopy: Posso fazer uma pergunta, professora? (5)** – Charles Schulz
652(10). **Luís XVI** – Bernard Vincent
653. **O mercador de Veneza** – Shakespeare
654. **Cancioneiro** – Fernando Pessoa
655. **Non-Stop** – Martha Medeiros
656. **Carpinteiros, levantem bem alto a cumeeira & Seymour, uma apresentação** – J.D.Salinger
657. **Ensaios céticos** – Bertrand Russell
658. **O melhor de Hagar 5** – Dik e Chris Browne
659. **Primeiro amor** – Ivan Turguêniev
660. **A trégua** – Mario Benedetti
661. **Um parque de diversões da cabeça** – Lawrence Ferlinghetti
662. **Aprendendo a viver** – Sêneca
663. **Garfield, um gato em apuros (9)** – Jim Davis
664. **Dilbert (1)** – Scott Adams
665. **Dicionário de dificuldades** – Domingos Paschoal Cegalla
666. **A imaginação** – Jean-Paul Sartre
667. **O ladrão e os cães** – Naguib Mahfuz
668. **Gramática do português contemporâneo** – Celso Cunha
669. **A volta do parafuso** seguido de **Daisy Miller** – Henry James
670. **Notas do subsolo** – Dostoiévski
671. **Abobrinhas da Brasilônia** – Glauco
672. **Geraldão (3)** – Glauco
673. **Piadas para sempre (3)** – Visconde da Casa Verde
674. **Duas viagens ao Brasil** – Hans Staden
675. **Bandeira de bolso** – Manuel Bandeira
676. **A arte da guerra** – Maquiavel
677. **Além do bem e do mal** – Nietzsche
678. **O coronel Chabert** seguido de **A mulher abandonada** – Balzac
679. **O sorriso de marfim** – Ross Macdonald
680. **100 receitas de pescados** – Sílvio Lancellotti
681. **O juiz e seu carrasco** – Friedrich Dürrenmatt
682. **Noites brancas** – Dostoiévski
683. **Quadras ao gosto popular** – Fernando Pessoa
684. **Romanceiro da Inconfidência** – Cecília Meireles
685. **Kaos** — Millôr Fernandes
686. **A pele de onagro** – Balzac
687. **As ligações perigosas** – Choderlos de Laclos
688. **Dicionário de matemática** – Luiz Fernandes Cardoso
689. **Os Lusíadas** – Luís Vaz de Camões
690(11). **Átila** – Éric Deschodt
691. **Um jeito tranquilo de matar** – Chester Himes
692. **A felicidade conjugal** seguido de **O diabo** – Tolstói
693. **Viagem de um naturalista ao redor do mundo** – vol. 1 – Charles Darwin
694. **Viagem de um naturalista ao redor do mundo** – vol. 2 – Charles Darwin
695. **Memórias da casa dos mortos** – Dostoiévski
696. **A Celestina** – Fernando de Rojas
697. **Snoopy: Como você é azarado, Charlie Brown! (6)** – Charles Schulz
698. **Dez (quase) amores** – Claudia Tajes
699(9). **Poirot sempre espera** – Agatha Christie
700. **Cecília de bolso** – Cecília Meireles
701. **Apologia de Sócrates** precedido de **Êutifron** e seguido de **Críton** – Platão
702. **Wood & Stock** – Angeli
703. **Striptiras (3)** – Laerte
704. **Discurso sobre a origem e os fundamentos da desigualdade entre os homens** – Rousseau
705. **Os duelistas** – Joseph Conrad
706. **Dilbert (2)** – Scott Adams
707. **Viver e escrever** (vol. 1) – Edla van Steen
708. **Viver e escrever** (vol. 2) – Edla van Steen
709. **Viver e escrever** (vol. 3) – Edla van Steen
710(10). **A teia da aranha** – Agatha Christie
711. **O banquete** – Platão
712. **Os belos e malditos** – F. Scott Fitzgerald
713. **Libelo contra a arte moderna** – Salvador Dalí
714. **Akropolis** – Valerio Massimo Manfredi
715. **Devoradores de mortos** – Michael Crichton
716. **Sob o sol da Toscana** – Frances Mayes
717. **Batom na cueca** – Nani
718. **Vida dura** – Claudia Tajes
719. **Carne trêmula** – Ruth Rendell
720. **Cris, a fera** – David Coimbra
721. **O anticristo** – Nietzsche
722. **Como um romance** – Daniel Pennac
723. **Emboscada no Forte Bragg** – Tom Wolfe
724. **Assédio sexual** – Michael Crichton
725. **O espírito do Zen** – Alan W.Watts
726. **Um bonde chamado desejo** – Tennessee Williams
727. **Como gostais** seguido de **Conto de inverno** – Shakespeare
728. **Tratado sobre a tolerância** – Voltaire
729. **Snoopy: Doces ou travessuras? (7)** – Charles Schulz
730. **Cardápios do Anonymus Gourmet** – J.A. Pinheiro Machado
731. **100 receitas com lata** – J.A. Pinheiro Machado
732. **Conhece o Mário?** vol.2 – Santiago
733. **Dilbert (3)** – Scott Adams
734. **História de um louco amor** seguido de **Passado amor** – Horacio Quiroga

735(11).**Sexo: muito prazer** – Laura Meyer da Silva
736(12).**Para entender o adolescente** – Dr. Ronald Pagnoncelli
737(13).**Desembarcando a tristeza** – Dr. Fernando Lucchese
738.**Poirot e o mistério da arca espanhola & outras histórias** – Agatha Christie
739.**A última legião** – Valerio Massimo Manfredi
740.**As virgens suicidas** – Jeffrey Eugenides
741.**Sol nascente** – Michael Crichton
742.**Duzentos ladrões** – Dalton Trevisan
743.**Os devaneios do caminhante solitário** – Rousseau
744.**Garfield, o rei da preguiça (10)** – Jim Davis
745.**Os magnatas** – Charles R. Morris
746.**Pulp** – Charles Bukowski
747.**Enquanto agonizo** – William Faulkner
748.**Aline: viciada em sexo (3)** – Adão Iturrusgarai
749.**A dama do cachorrinho** – Anton Tchékhov
750.**Tito Andrônico** – Shakespeare
751.**Antologia poética** – Anna Akhmátova
752.**O melhor de Hagar 6** – Dik e Chris Browne
753(12).**Michelangelo** – Nadine Sautel
754.**Dilbert (4)** – Scott Adams
755.**O jardim das cerejeiras** seguido de **Tio Vânia** – Tchékhov
756.**Geração Beat** – Claudio Willer
757.**Santos Dumont** – Alcy Cheuiche
758.**Budismo** – Claude B. Levenson
759.**Cleópatra** – Christian-Georges Schwentzel
760.**Revolução Francesa** – Frédéric Bluche, Stéphane Rials e Jean Tulard
761.**A crise de 1929** – Bernard Gazier
762.**Sigmund Freud** – Edson Sousa e Paulo Endo
763.**Império Romano** – Patrick Le Roux
764.**Cruzadas** – Cécile Morrisson
765.**O mistério do Trem Azul** – Agatha Christie
766.**Os escrúpulos de Maigret** – Simenon
767.**Maigret se diverte** – Simenon
768.**Senso comum** – Thomas Paine
769.**O parque dos dinossauros** – Michael Crichton
770.**Trilogia da paixão** – Goethe
771.**A simples arte de matar (vol.1)** – R. Chandler
772.**A simples arte de matar (vol.2)** – R. Chandler
773.**Snoopy: No mundo da lua! (8)** – Charles Schulz
774.**Os Quatro Grandes** – Agatha Christie
775.**Um brinde de cianureto** – Agatha Christie
776.**Súplicas atendidas** – Truman Capote
777.**Ainda restam aveleiras** – Simenon
778.**Maigret e o ladrão preguiçoso** – Simenon
779.**A viúva imortal** – Millôr Fernandes
780.**Cabala** – Roland Goetschel
781.**Capitalismo** – Claude Jessua
782.**Mitologia grega** – Pierre Grimal
783.**Economia: 100 palavras-chave** – Jean-Paul Betbèze
784.**Marxismo** – Henri Lefebvre
785.**Punição para a inocência** – Agatha Christie
786.**A extravagância do morto** – Agatha Christie
787(13).**Cézanne** – Bernard Fauconnier
788.**A identidade Bourne** – Robert Ludlum
789.**Da tranquilidade da alma** – Sêneca
790.**Um artista da fome** seguido de **Na colônia penal e outras histórias** – Kafka
791.**Histórias de fantasmas** – Charles Dickens
792.**A louca de Maigret** – Simenon
793.**O amigo de infância de Maigret** – Simenon
794.**O revólver de Maigret** – Simenon
795.**A fuga do sr. Monde** – Simenon
796.**O Uraguai** – Basílio da Gama
797.**A mão misteriosa** – Agatha Christie
798.**Testemunha ocular do crime** – Agatha Christie
799.**Crepúsculo dos ídolos** – Friedrich Nietzsche
800.**Maigret e o negociante de vinhos** – Simenon
801.**Maigret e o mendigo** – Simenon
802.**O grande golpe** – Dashiell Hammett
803.**Humor barra pesada** – Nani
804.**Vinho** – Jean-François Gautier
805.**Egito Antigo** – Sophie Desplancques
806(14).**Baudelaire** – Jean-Baptiste Baronian
807.**Caminho da sabedoria, caminho da paz** – Dalai Lama e Felizitas von Schönborn
808.**Senhor e servo e outras histórias** – Tolstói
809.**Os cadernos de Malte Laurids Brigge** – Rilke
810.**Dilbert (5)** – Scott Adams
811.**Big Sur** – Jack Kerouac
812.**Seguindo a correnteza** – Agatha Christie
813.**O álibi** – Sandra Brown
814.**Montanha-russa** – Martha Medeiros
815.**Coisas da vida** – Martha Medeiros
816.**A cantada infalível** seguido de **A mulher do centroavante** – David Coimbra
817.**Maigret e os crimes do cais** – Simenon
818.**Sinal vermelho** – Simenon
819.**Snoopy: Pausa para a soneca (9)** – Charles Schulz
820.**De pernas pro ar** – Eduardo Galeano
821.**Tragédias gregas** – Pascal Thiercy
822.**Existencialismo** – Jacques Colette
823.**Nietzsche** – Jean Granier
824.**Amar ou depender?** – Walter Riso
825.**Darmapada: A doutrina budista em versos**
826.**J'Accuse...! : a verdade em marcha** – Zola
827.**Os crimes ABC** – Agatha Christie
828.**Um gato entre os pombos** – Agatha Christie
829.**Maigret e o sumiço do sr. Charles** – Simenon
830.**Maigret e a morte do jogador** – Simenon
831.**Dicionário de teatro** – Luiz Paulo Vasconcellos
832.**Cartas extraviadas** – Martha Medeiros
833.**A longa viagem de prazer** – J. J. Morosoli
834.**Receitas fáceis** – J. A. Pinheiro Machado
835(14).**Mais fatos & mitos** – Dr. Fernando Lucchese
836.(15).**Boa viagem!** – Dr. Fernando Lucchese
837.**Aline: Finalmente nua!!! (4)** – Adão Iturrusgarai
838.**Mônica tem uma novidade!** – Mauricio de Sousa
839.**Cebolinha em apuros!** – Mauricio de Sousa
840.**Sócios no crime** – Agatha Christie
841.**Bocas do tempo** – Eduardo Galeano
842.**Orgulho e preconceito** – Jane Austen
843.**Impressionismo** – Dominique Lobstein
844.**Escrita chinesa** – Viviane Alleton
845.**Paris: uma história** – Yvan Combeau
846(15).**Van Gogh** – David Haziot
847.**Maigret e o corpo sem cabeça** – Simenon
848.**Portal do destino** – Agatha Christie
849.**O futuro de uma ilusão** – Freud
850.**O mal-estar na cultura** – Freud
851.**Maigret e o matador** – Simenon
852.**Maigret e o fantasma** – Simenon
853.**Um crime adormecido** – Agatha Christie

854. Satori em Paris – Jack Kerouac
855. Medo e delírio em Las Vegas – Hunter Thompson
856. Um negócio fracassado e outros contos de humor – Tchékhov
857. Mônica está de férias! – Mauricio de Sousa
858. De quem é esse coelho? – Mauricio de Sousa
859. O burgomestre de Furnes – Simenon
860. O mistério Sittaford – Agatha Christie
861. Manhã transfigurada – L. A. de Assis Brasil
862. Alexandre, o Grande – Pierre Briant
863. Jesus – Charles Perrot
864. Islã – Paul Balta
865. Guerra da Secessão – Farid Ameur
866. Um rio que vem da Grécia – Cláudio Moreno
867. Maigret e os colegas americanos – Simenon
868. Assassinato na casa do pastor – Agatha Christie
869. Manual do líder – Napoleão Bonaparte
870. (16). Billie Holiday – Sylvia Fol
871. Bidu arrasando! – Mauricio de Sousa
872. Desventuras em família – Mauricio de Sousa
873. Liberty Bar – Simenon
874. E no final a morte – Agatha Christie
875. Guia prático do Português correto – vol. 4 – Cláudio Moreno
876. Dilbert (6) – Scott Adams
877. (17). Leonardo da Vinci – Sophie Chauveau
878. Bella Toscana – Frances Mayes
879. A arte da ficção – David Lodge
880. Striptiras (4) – Laerte
881. Skrotinhos – Angeli
882. Depois do funeral – Agatha Christie
883. Radicci 7 – Iotti
884. Walden – H. D. Thoreau
885. Lincoln – Allen C. Guelzo
886. Primeira Guerra Mundial – Michael Howard
887. A linha de sombra – Joseph Conrad
888. O amor é um cão dos diabos – Bukowski
889. Maigret sai em viagem – Simenon
890. Despertar: uma vida de Buda – Jack Kerouac
891. (18). Albert Einstein – Laurent Seksik
892. Hell's Angels – Hunter Thompson
893. Ausência na primavera – Agatha Christie
894. Dilbert (7) – Scott Adams
895. Ao sul de lugar nenhum – Bukowski
896. Maquiavel – Quentin Skinner
897. Sócrates – C.C.W. Taylor
898. A casa do canal – Simenon
899. O Natal de Poirot – Agatha Christie
900. As veias abertas da América Latina – Eduardo Galeano
901. Snoopy: Sempre alerta! (10) – Charles Schulz
902. Chico Bento: Plantando confusão – Mauricio de Sousa
903. Penadinho: Quem é morto sempre aparece – Mauricio de Sousa
904. A vida sexual da mulher feia – Claudia Tajes
905. 100 segredos de liquidificador – José Antonio Pinheiro Machado
906. Sexo muito prazer 2 – Laura Meyer da Silva
907. Os nascimentos – Eduardo Galeano
908. As caras e as máscaras – Eduardo Galeano
909. O século do vento – Eduardo Galeano
910. Poirot perde uma cliente – Agatha Christie
911. Cérebro – Michael O'Shea
912. O escaravelho de ouro e outras histórias – Edgar Allan Poe
913. Piadas para sempre (4) – Visconde da Casa Verde
914. 100 receitas de massas light – Helena Tonetto
915. (19). Oscar Wilde – Daniel Salvatore Schiffer
916. Uma breve história do mundo – H. G. Wells
917. A Casa do Penhasco – Agatha Christie
918. Maigret e o finado sr. Gallet – Simenon
919. John M. Keynes – Bernard Gazier
920. (20). Virginia Woolf – Alexandra Lemasson
921. Peter e Wendy *seguido de* Peter Pan em Kensington Gardens – J. M. Barrie
922. Aline: numas de colegial (5) – Adão Iturrusgarai
923. Uma dose mortal – Agatha Christie
924. Os trabalhos de Hércules – Agatha Christie
925. Maigret na escola – Simenon
926. Kant – Roger Scruton
927. A inocência do Padre Brown – G.K. Chesterton
928. Casa Velha – Machado de Assis
929. Marcas de nascença – Nancy Huston
930. Aulete de bolso
931. Hora Zero – Agatha Christie
932. Morte na Mesopotâmia – Agatha Christie
933. Um crime na Holanda – Simenon
934. Nem te conto, João – Dalton Trevisan
935. As aventuras de Huckleberry Finn – Mark Twain
936. (21). Marilyn Monroe – Anne Plantagenet
937. China moderna – Rana Mitter
938. Dinossauros – David Norman
939. Louca por homem – Claudia Tajes
940. Amores de alto risco – Walter Riso
941. Jogo de damas – David Coimbra
942. Filha é filha – Agatha Christie
943. M ou N? – Agatha Christie
944. Maigret se defende – Simenon
945. Bidu: diversão em dobro! – Mauricio de Sousa
946. Fogo – Anaïs Nin
947. Rum: diário de um jornalista bêbado – Hunter Thompson
948. Persuasão – Jane Austen
949. Lágrimas na chuva – Sergio Faraco
950. Mulheres – Bukowski
951. Um pressentimento funesto – Agatha Christie
952. Cartas na mesa – Agatha Christie
953. Maigret em Vichy – Simenon
954. O lobo do mar – Jack London
955. Os gatos – Patricia Highsmith
956. (22). Jesus – Christiane Rancé
957. História da medicina – William Bynum
958. O Morro dos Ventos Uivantes – Emily Brontë
959. A filosofia na era trágica dos gregos – Nietzsche
960. Os treze problemas – Agatha Christie
961. A massagista japonesa – Moacyr Scliar
962. A taberna dos dois tostões – Simenon
963. Humor do miserê – Nani
964. Todo o mundo tem dúvida, inclusive você – Édison de Oliveira
965. A dama do Bar Nevada – Sergio Faraco
966. O Smurf Repórter – Peyo
967. O Bebê Smurf – Peyo
968. Maigret e os flamengos – Simenon
969. O psicopata americano – Bret Easton Ellis
970. Ensaios de amor – Alain de Botton
971. O grande Gatsby – F. Scott Fitzgerald
972. Por que não sou cristão – Bertrand Russell

973. **A Casa Torta** – Agatha Christie
974. **Encontro com a morte** – Agatha Christie
975. (23). **Rimbaud** – Jean-Baptiste Baronian
976. **Cartas na rua** – Bukowski
977. **Memória** – Jonathan K. Foster
978. **A abadia de Northanger** – Jane Austen
979. **As pernas de Úrsula** – Claudia Tajes
980. **Retrato inacabado** – Agatha Christie
981. **Solanin (1)** – Inio Asano
982. **Solanin (2)** – Inio Asano
983. **Aventuras de menino** – Mitsuru Adachi
984. (16). **Fatos & mitos sobre sua alimentação** – Dr. Fernando Lucchese
985. **Teoria quântica** – John Polkinghorne
986. **O eterno marido** – Fiódor Dostoiévski
987. **Um safado em Dublin** – J. P. Donleavy
988. **Mirinha** – Dalton Trevisan
989. **Akhenaton e Nefertiti** – Carmen Seganfredo e A. S. Franchini
990. **On the Road – o manuscrito original** – Jack Kerouac
991. **Relatividade** – Russell Stannard
992. **Abaixo de zero** – Bret Easton Ellis
993. (24). **Andy Warhol** – Mériam Korichi
994. **Maigret** – Simenon
995. **Os últimos casos de Miss Marple** – Agatha Christie
996. **Nico Demo** – Mauricio de Sousa
997. **Maigret e a mulher do ladrão** – Simenon
998. **Rousseau** – Robert Wokler
999. **Noite sem fim** – Agatha Christie
1000. **Diários de Andy Warhol (1)** – Editado por Pat Hackett
1001. **Diários de Andy Warhol (2)** – Editado por Pat Hackett
1002. **Cartier-Bresson: o olhar do século** – Pierre Assouline
1003. **As melhores histórias da mitologia: vol. 1** – A.S. Franchini e Carmen Seganfredo
1004. **As melhores histórias da mitologia: vol. 2** – A.S. Franchini e Carmen Seganfredo
1005. **Assassinato no beco** – Agatha Christie
1006. **Convite para um homicídio** – Agatha Christie
1007. **Um fracasso de Maigret** – Simenon
1008. **História da vida** – Michael J. Benton
1009. **Jung** – Anthony Stevens
1010. **Arsène Lupin, ladrão de casaca** – Maurice Leblanc
1011. **Dublinenses** – James Joyce
1012. **120 tirinhas da Turma da Mônica** – Mauricio de Sousa
1013. **Antologia poética** – Fernando Pessoa
1014. **A aventura de um cliente ilustre** seguido de **O último adeus de Sherlock Holmes** – Sir Arthur Conan Doyle
1015. **Cenas de Nova York** – Jack Kerouac
1016. **A corista** – Anton Tchékhov
1017. **O diabo** – Leon Tolstói
1018. **Fábulas chinesas** – Sérgio Capparelli e Márcia Schmaltz
1019. **O gato do Brasil** – Sir Arthur Conan Doyle
1020. **Missa do Galo** – Machado de Assis
1021. **O mistério de Marie Rogêt** – Edgar Allan Poe
1022. **A mulher mais linda da cidade** – Bukowski
1023. **O retrato** – Nicolai Gogol
1024. **O conflito** – Agatha Christie
1025. **Os primeiros casos de Poirot** – Agatha Christie
1026. **Maigret e o cliente de sábado** – Simenon
1027. (25). **Beethoven** – Bernard Fauconnier
1028. **Platão** – Julia Annas
1029. **Cleo e Daniel** – Roberto Freire
1030. **Til** – José de Alencar
1031. **Viagens na minha terra** – Almeida Garrett
1032. **Profissões para mulheres e outros artigos feministas** – Virginia Woolf
1033. **Mrs. Dalloway** – Virginia Woolf
1034. **O cão da morte** – Agatha Christie
1035. **Tragédia em três atos** – Agatha Christie
1036. **Maigret hesita** – Simenon
1037. **O fantasma da Ópera** – Gaston Leroux
1038. **Evolução** – Brian e Deborah Charlesworth
1039. **Medida por medida** – Shakespeare
1040. **Razão e sentimento** – Jane Austen
1041. **A obra-prima ignorada** seguido de **Um episódio durante o Terror** – Balzac
1042. **A fugitiva** – Anaïs Nin
1043. **As grandes histórias da mitologia greco-romana** – A. S. Franchini
1044. **O corno de si mesmo & outras historietas** – Marquês de Sade
1045. **Da felicidade** seguido de **Da vida retirada** – Sêneca
1046. **O horror em Red Hook e outras histórias** – H. P. Lovecraft
1047. **Noite em claro** – Martha Medeiros
1048. **Poemas clássicos chineses** – Li Bai, Du Fu e Wang Wei
1049. **A terceira moça** – Agatha Christie
1050. **Um destino ignorado** – Agatha Christie
1051. (26). **Buda** – Sophie Royer
1052. **Guerra Fria** – Robert J. McMahon
1053. **Simons's Cat: as aventuras de um gato travesso e comilão – vol. 1** – Simon Tofield
1054. **Simons's Cat: as aventuras de um gato travesso e comilão – vol. 2** – Simon Tofield
1055. **Só as mulheres e as baratas sobreviverão** – Claudia Tajes
1056. **Maigret e o ministro** – Simenon
1057. **Pré-história** – Chris Gosden
1058. **Pintou sujeira!** – Mauricio de Sousa
1059. **Contos de Mamãe Gansa** – Charles Perrault
1060. **A interpretação dos sonhos: vol. 1** – Freud
1061. **A interpretação dos sonhos: vol. 2** – Freud
1062. **Frufru Rataplã Dolores** – Dalton Trevisan
1063. **As melhores histórias da mitologia egípcia** – Carmem Seganfredo e A.S. Franchini
1064. **Infância. Adolescência. Juventude** – Tolstói
1065. **As consolações da filosofia** – Alain de Botton
1066. **Diários de Jack Kerouac – 1947-1954**
1067. **Revolução Francesa – vol. 1** – Max Gallo
1068. **Revolução Francesa – vol. 2** – Max Gallo
1069. **O detetive Parker Pyne** – Agatha Christie
1070. **Memórias do esquecimento** – Flávio Tavares
1071. **Drogas** – Leslie Iversen
1072. **Manual de ecologia (vol.2)** – J. Lutzenberger
1073. **Como andar no labirinto** – Affonso Romano de Sant'Anna
1074. **A orquídea e o serial killer** – Juremir Machado da Silva
1075. **Amor nos tempos de fúria** – Lawrence Ferlinghetti

1076. A aventura do pudim de Natal – Agatha Christie
1077. Maigret no Picratt's – Simenon
1078. Amores que matam – Patricia Faur
1079. Histórias de pescador – Mauricio de Sousa
1080. Pedaços de um caderno manchado de vinho – Bukowski
1081. A ferro e fogo: tempo de solidão (vol.1) – Josué Guimarães
1082. A ferro e fogo: tempo de guerra (vol.2) – Josué Guimarães
1083. Carta a meu juiz – Simenon
1084.(17). Desembarcando o Alzheimer – Dr. Fernando Lucchese e Dra. Ana Hartmann
1085. A maldição do espelho – Agatha Christie
1086. Uma breve história da filosofia – Nigel Warburton
1087. Uma confidência de Maigret – Simenon
1088. Heróis da História – Will Durant
1089. Concerto campestre – L. A. de Assis Brasil
1090. Morte nas nuvens – Agatha Christie
1091. Maigret no tribunal – Simenon
1092. Aventura em Bagdá – Agatha Christie
1093. O cavalo amarelo – Agatha Christie
1094. O método de interpretação dos sonhos – Freud
1095. Sonetos de amor e desamor – Vários
1096. 120 tirinhas do Dilbert – Scott Adams
1097. 124 fábulas de Esopo
1098. O curioso caso de Benjamin Button – F. Scott Fitzgerald
1099. Piadas para sempre: uma antologia para morrer de rir – Visconde da Casa Verde
1100. Hamlet (Mangá) – Shakespeare
1101. A arte da guerra (Mangá) – Sun Tzu
1102. Maigret na pensão – Simenon
1103. Meu amigo Maigret – Simenon
1104. As melhores histórias da Bíblia (vol.1) – A. S. Franchini e Carmen Seganfredo
1105. As melhores histórias da Bíblia (vol.2) – A. S. Franchini e Carmen Seganfredo
1106. Psicologia das massas e análise do eu – Freud
1107. Guerra Civil Espanhola – Helen Graham
1108. A autoestrada do sul e outras histórias – Julio Cortázar
1109. O mistério dos sete relógios – Agatha Christie
1110. Peanuts: Ninguém gosta de mim... (amor) – Charles Schulz
1111. Cadê o bolo? – Mauricio de Sousa
1112. O filósofo ignorante – Voltaire
1113. Totem e tabu – Freud
1114. Filosofia pré-socrática – Catherine Osborne
1115. Desejo de status – Alain de Botton
1116. Maigret e o informante – Simenon
1117. Peanuts: 120 tirinhas – Charles Schulz
1118. Passageiro para Frankfurt – Agatha Christie
1119. Maigret se irrita – Simenon
1120. Kill All Enemies – Melvin Burgess
1121. A morte da sra. McGinty – Agatha Christie
1122. Revolução Russa – S. A. Smith
1123. Até você, Capitu? – Dalton Trevisan
1124. O grande Gatsby (Mangá) – F. S. Fitzgerald
1125. Assim falou Zaratustra (Mangá) – Nietzsche
1126. Peanuts: É para isso que servem os amigos (amizade) – Charles Schulz
1127.(27). Nietzsche – Dorian Astor
1128. Bidu: Hora do banho – Mauricio de Sousa
1129. O melhor do Macanudo Taurino – Santiago
1130. Radicci 30 anos – Iotti
1131. Show de sabores – J.A. Pinheiro Machado
1132. O prazer das palavras – vol. 3 – Cláudio Moreno
1133. Morte na praia – Agatha Christie
1134. O fardo – Agatha Christie
1135. Manifesto do Partido Comunista (Mangá) – Marx & Engels
1136. A metamorfose (Mangá) – Franz Kafka
1137. Por que você não se casou... ainda – Tracy McMillan
1138. Textos autobiográficos – Bukowski
1139. A importância de ser prudente – Oscar Wilde
1140. Sobre a vontade na natureza – Arthur Schopenhauer
1141. Dilbert (8) – Scott Adams
1142. Entre dois amores – Agatha Christie
1143. Cipreste triste – Agatha Christie
1144. Alguém viu uma assombração? – Mauricio de Sousa
1145. Mandela – Elleke Boehmer
1146. Retrato do artista quando jovem – James Joyce
1147. Zadig ou o destino – Voltaire
1148. O contrato social (Mangá) – J.-J. Rousseau
1149. Garfield fenomenal – Jim Davis
1150. A queda da América – Allen Ginsberg
1151. Música na noite & outros ensaios – Aldous Huxley
1152. Poesias inéditas & Poemas dramáticos – Fernando Pessoa
1153. Peanuts: Felicidade é... – Charles M. Schulz
1154. Mate-me por favor – Legs McNeil e Gillian McCain
1155. Assassinato no Expresso Oriente – Agatha Christie
1156. Um punhado de centeio – Agatha Christie
1157. A interpretação dos sonhos (Mangá) – Freud
1158. .Peanuts: Você não entende o sentido da vida – Charles M. Schulz
1159. A dinastia Rothschild – Herbert R. Lottman
1160. A Mansão Hollow – Agatha Christie
1161. Nas montanhas da loucura – H.P. Lovecraft
1162.(28). Napoleão Bonaparte – Pascale Fautrier
1163. Um corpo na biblioteca – Agatha Christie
1164. Inovação – Mark Dodgson e David Gann
1165. O que toda mulher deve saber sobre os homens: a afetividade masculina – Walter Riso
1166. O amor está no ar – Mauricio de Sousa
1167. Testemunha de acusação & outras histórias – Agatha Christie
1168. Etiqueta de bolso – Celia Ribeiro
1169. Poesia reunida (volume 3) – Affonso Romano de Sant'Anna
1170. Emma – Jane Austen
1171. Que seja em segredo – Ana Miranda
1172. Garfield sem apetite – Jim Davis
1173. Garfield: Foi mal... – Jim Davis
1174. Os irmãos Karamázov (Mangá) – Dostoiévski
1175. O Pequeno Príncipe – Antoine de Saint-Exupéry
1176. Peanuts: Ninguém mais tem o espírito aventureiro – Charles M. Schulz
1177. Assim falou Zaratustra – Nietzsche

Miss Marple

Agatha Christie

- UM PASSE DE MÁGICA
- UM PUNHADO DE CENTEIO
- ASSASSINATO NA CASA DO PASTOR
- A MÃO MISTERIOSA
- UM CORPO NA BIBLIOTECA
- MISTÉRIO NO CARIBE

L&PMPOCKET

Poirot

Agatha Christie

- Morte no Nilo
- Morte na Praia
- Noite das Bruxas
- Encontro com a Morte
- Assassinato no Expresso Oriente
- A Mansão Hollow

© 2015 Agatha Christie Limited. All rights reserved.

L&PM POCKET

Mitsuru Adachi
Aventuras de menino

Inio Asano
Solanin 1

Inio Asano
Solanin 2

L&PM POCKET MANGÁ

SHAKESPEARE
HAMLET

SIGMUND FREUD
A INTERPRETAÇÃO DOS SONHOS

FIÓDOR DOSTOIÉVSKI
OS IRMÃOS KARAMÁZOV

JEAN-JACQUES ROUSSEAU
O CONTRATO SOCIAL

MARX & ENGELS
MANIFESTO DO PARTIDO COMUNISTA

FRANZ KAFKA
A METAMORFOSE

SUN TZU
A ARTE DA GUERRA

F. NIETZSCHE
ASSIM FALOU ZARATUSTRA

F. SCOTT FITZGERALD
O GRANDE GATSBY

IMPRESSÃO:

Pallotti
GRÁFICA EDITORA
IMAGEM DE QUALIDADE

Santa Maria - RS - Fone/Fax: (55) 3220.4500
www.pallotti.com.br